巧心童養媳 下

文創風 575

葉可心 著

目錄

第三十一章　成品

到了晚稻收成的季節，秦小寶停了作坊，讓大家回家去幹農活，並告訴他們等家裡事忙完了，再來作坊幫忙。

秦小寶和裴子安趕在收魚前去了一趟青州城，找祥叔確認送魚的時間和數量。祥叔一看見他倆，就知道稻花魚又要上市了，高興得合不攏嘴，拉著他們趕緊把事情定下來。

「祥叔，您可有認識布莊管事的人嗎？」秦小寶見稻花魚的訂單搞定了，便想打聽布莊的事情。青州城她不熟，與其瞎找，不如讓熟人帶路，如果祥叔有認識布莊的人就太好了。

祥叔略一思忖，回答道：「我是不認識布莊管事的人，不過我媳婦在布莊做工，她認識的。」

「真的？太好了！回頭想請祥嬸幫忙介紹介紹，我們有些自己織的布想賣，但並不是太懂行情，如果有個認識的人比較好。」秦小寶說道。

「沒問題，回頭妳來找我就行，我讓我媳婦帶你們去她做工的布莊。」

「好，謝謝祥叔。」秦小寶高興地說。如果青州城的布莊能收下這些棉布，就不用在亭林鎮販售，畢竟大城市的需求量和價格比小鎮高多了。

秦小寶和裴子安向祥叔告辭，路過一個賣馬、騾子和驢的集市，兩人商量買了一頭驢，今後不但能代步，還能拉驢車、載東西。

「子安哥，我們給牠取個名字吧，以後我們就靠牠馱東西了，一定要對牠好一點。」秦小寶邊走邊摸著驢腦袋說。

「好啊！那我們想想叫牠什麼好。」裴子安答道。

「牠是我們是在青州城買的，要不就叫小青吧？」秦小寶提議道。

「再想想。」裴子安對這個名字不太滿意，覺得不搭。

「子安哥，你看牠渾身都是黑色的，要不就叫牠小黑？」秦小寶又提議。

裴子安沒有答話。

「你倒是也想想啊！我是起名廢。」秦小寶氣鼓鼓地嘟起了嘴。

「起名廢？又是個新名詞，不過我大概猜得到是什麼意思，就是不會取名的意思對嗎？」裴子安看著秦小寶生氣的樣子，覺得非常有趣，不禁哈哈大笑起來。

「你還笑，我不理你了。」秦小寶背過身去表示抗議。

裴子安走到秦小寶的正面，看到秦小寶嘟著嘴，鼻孔朝天，看都不看他一眼，心中頓生歡喜，覺得小寶怎麼連生氣都這麼可愛。

裴子安忍不住伸手將秦小寶攬入懷裡，一邊摸摸秦小寶的腦袋，一邊哄著。「小寶乖，不生氣，我在想呢！」

秦小寶只覺得天旋地轉，不知怎麼就被一雙有力的臂膀攬住，聞到對方身上好聞的氣息，她呆了半晌，這才意識到自己被吃豆腐了，哎喲喂！

兩人雖是夫妻，但從沒有過這種親密的舉動，秦小寶想推開裴子安，但又覺得這個感覺挺好的。聽著裴子安有力的心跳和溫柔的聲音，秦小寶有些暈了。

裴子安明顯感覺到懷中的小人兒起初身體緊繃，但過了一會兒便放鬆下來，嘴角也微微揚起，他心中暗暗想著：小寶，妳是跟我一樣的感覺嗎？

裴子安緩緩地鬆開秦小寶，秦小寶低著頭，掩飾著自己的情緒，悶聲問道：「那你想好名字了嗎？」

「想好啦！就叫小貝吧！」裴子安喜歡她這害羞的樣子，笑著說道。

「不行！我叫小寶，牠叫小貝，感覺我倆是同類，絕對不行！」太過分了。秦小寶抬頭抗議。

秦小寶說這話時，那頭驢也在一旁配合地叫了兩聲。

「妳看，牠也不想跟妳是同類呢！」裴子安大笑起來。

秦小寶對驢怒目而視。憑什麼你不想跟我同類，我不想跟你同類才對。

「我決定了，就叫牠驢二。」秦小寶咬著牙說道。什麼小青、小黑、小貝，對一頭驢來說太文謅謅了。

裴子安早已抱著肚子笑蹲在地，斷斷續續地說道：「好、好，就叫牠驢二。」

「驢二，從今天開始，我就是你的主人，聽到了嗎？」秦小寶決定給驢二來個下馬威，嚴正地對著驢二說著。

豈料，聽完秦小寶的話，驢二的腦袋就轉向了另一邊，完全沒有把她當一回事。

這下可把秦小寶氣得哇哇叫，裴子安哭笑不得地上前安撫即將暴走的秦小寶，一手牽著驢二，一手牽著秦小寶，慢慢地往裴家村走去。

驢二一回到家，便受到全家人的歡迎，驢二得意洋洋地叫了一陣，秦小寶懶得理牠，直接拴在後院。

裴子安拉著手推板車去找裴榮澤，想請他幫忙改造成驢車。

裴榮澤見又有新鮮東西來了，非常興奮，馬上停下手中的活兒，仔細研究起來。

過了幾個時辰，一輛結實的驢車便做好，載貨和坐人都沒有問題。

「小寶，妳上去試試，看好不好坐？」裴子安拉著驢車讓秦小寶上車。

秦小寶上了驢車，裴子安趕著驢二走了幾圈，十分順暢。這下可好，再也不用走這麼遠的路了，這個代步工具還不錯。

秦小寶為了獎勵驢二，把飼料混在草料裡，驢二吃得可開心了，果然，好吃的東西誰都喜歡啊！

驢二把腦袋往秦小寶身上蹭了蹭，表達對這頓飯的謝意，秦小寶笑罵了一句「吃貨」。

工。

村民們按部就班地割稻、收魚，秦小寶等大夥兒田裡的事忙完，便張羅著小作坊繼續開工。

棉花全部彈好了，現在就剩下捻線和織布。經過趙氏和邱氏前段時間的研究，棉布一點一點地織了出來，雖然過程緩慢，也遇到不少困難，但總算看到了希望，秦小寶的熱情被點燃，也跟著兩人學織布。

蘭秋本來就對針線活兒感興趣，也一同學習。

彈棉工不用請，秦小寶便又請了兩個捻線工，速度快了許多。棉布一旦織出來，熟能生巧，後續也會越來越快。

秦小寶時常關心一下沈氏，私底下詢問裴永根還有沒有去騷擾她？

自從秦小寶送沈氏回家後，沈氏的精神越來越好，沒有以前那麼憔悴。

「小寶，妳放心吧，那無賴後來沒敢再出現在我面前，這次肯定把他嚇得夠嗆，而且我們手中還有他立的字據，諒他不敢再造次。」沈氏笑著回答道。

「那就好，我看妳最近心情不錯的樣子，妳婆婆對妳有好些嗎？」秦小寶又問。

「小寶，這事說起來真要感謝妳，上次妳送我回去，說了那些勸解的話後，我婆婆就沒再罵我，雖然態度還是有些冷淡，但我已經知足了。」沈氏感激地說道。

「那就好，妳也可以安心工作啦！」秦小寶說道。

「謝謝妳，小寶。」沈氏真誠地向秦小寶道謝。

秦小寶對沈氏笑笑，說道：「走，幹活去。」

沈氏點頭，兩人走進堂屋。

「小寶，妳快來看一下，這樣子做對不對？」蘭秋見秦小寶走了進來，趕緊叫道。

秦小寶一直想做棉被，剛剛她跟蘭秋提了一下自己的想法，心靈手巧的蘭秋便照著她的描述做起來。

「蘭秋姊，妳簡直就是天才，這棉被做得這麼好！」秦小寶摸著四四方方、整整齊齊的棉胎說道。

「什麼天才不天才的，做對了就行。」蘭秋被秦小寶誇得有些不好意思。

「蘭秋姊，妳把剩下這些棉花都做成棉被吧！回頭妳帶幾條回去。」秦小寶說。

「我不要了，還是多織一些棉布，可以賣錢。」

「沒事的，這些棉花是下等的等級，就是品相不好，做不了棉布的，不做棉被就浪費了。」秦小寶解釋。

「是嗎？對了，既然這樣，我們可以做幾件棉衣、棉褲啊！」蘭秋突然想到可以把棉花塞進布料裡面，做成棉衣、棉褲。

「蘭秋姊，妳太聰明了！不然這樣，我們再做五條棉被，剩下的就都做成棉衣、棉褲吧！」秦小寶高興地說。有了棉衣、棉褲，冬天好過多了，特別是文氏的腿冬天經常犯疼，穿上棉褲就不會疼了。

蘭秋也很高興，點點頭，專心做起來。秦小寶也在一旁打下手，她雖然不會手工做衣服，但量尺寸和裁剪布料還是會的，秦小寶負責把布料裁好，省下蘭秋不少時間。

過了幾日，棉被、棉衣和棉褲都已做好，秦小寶幫文氏穿上棉褲，文氏穿好後直呼好暖和。

秦小寶將棉被分給大家。文氏一條，子安和平安一條，自己和秀安一條，另外三條都送給了蘭秋，她家應該也夠了，這樣每人都有棉被可以蓋。

離過年沒剩幾天，秦小寶她們日夜趕工，這才將棉布全都織好，一共織出三十疋。秦小寶算著帳，青州城的絲綢每疋能賣五兩銀子，棉布也差不多是這個價，只不過這些純白棉布沒有經過染色，就賣便宜一些，每疋三兩銀子，布莊肯定會收。

秦小寶帶著笑意在算帳，連裴子安進來都沒發覺。

「小寶，又在算掙了多少錢啊？」裴子安笑嘻嘻地問道。

「是啊。子安哥，這次如果把棉布賣了，我們又能掙四十多兩銀子呢！」秦小寶沒回頭，依舊記著帳，但高興的語氣溢於言表。

「小寶真是能幹，馬上要過年了，我們該去置辦年貨了吧？否則會來不及。」裴子安提醒道。

「對呢！明天我們就去鎮上吧！正好可以讓驢二出點力。」秦小寶說道。自從買了驢二回來，就好吃好喝地供著牠，這回是牠派上用場的時候。

裴子安笑而不語。不知那頭倔驢會不會聽話？

果然，驢二這個名字取壞了，在路上二到不行，看見蝴蝶要去追一追，看見花草要去聞一聞，秦小寶急得想用鞭子抽牠，可偏偏下不了手，只能坐在驢車上晃悠晃悠地隨牠去。

「小寶，我看驢二是對這條路覺得新鮮，所以才會這樣，回來的時候，一樣的景色，牠沒興趣，肯定不會這樣了。」裴子安安慰著秦小寶。

秦小寶看了裴子安一眼，問道：「這是頭公驢嗎？」

裴子安點了點頭，不解地問道：「公驢怎麼了？」

「如果是公驢，你說的應該就沒錯了，唉……」秦小寶嘆口氣。

裴子安半晌才反應過來，不禁大笑起來。

還好，裴子安和秦小寶不趕時間，冬天有太陽的中午，也不冷，反而讓人曬著想睡覺，秦小寶瞇著眼睛在驢車上打起盹來。

過年的日子過得飛快，秦小寶和裴子安去給裴成德拜年，裴成德問起了棉田的事情，意思是想讓秦小寶帶著村裡人一起種棉花。

自從上次魚田出過事情後，秦小寶意識到自己只是個普通人，實在不願意再承擔這麼大的壓力，便婉拒了裴成德，說現在還不知道棉布能不能賣得出去，而且棉種也不夠種這麼多田。

秦小寶算過，今年收的棉種正好夠自己和蘭秋家的旱田用，所以決定等開春以後，種完兩家的棉田就好，其他的不想管了。

裴成德見秦小寶這麼說，便不再勉強。有了魚田的收入，村裡人的生活已經好過很多，棉田的事情不如等更成熟後再說。今年村民給他送的節禮比以往好了不少，往年與他較勁要爭族長位置的幾個兄弟也沒了聲音。

裴衛安回來過年了，他年前剛剛考中秀才，讓裴耀澤高興到不行，年初三在家請了好多人吃飯，當然裴子安和秦小寶並未在邀請之列。

不過，裴衛安卻是來到裴子安家。他一直惦記著裴子安，給裴子安和裴平安帶回好些書和紙墨，還考了考他們一些學問。

裴子安和裴平安對裴衛安一向敬重，他們恭恭敬敬地回答完裴衛安的問題，裴衛安很滿意地點頭。

裴衛安語重心長地說道：「子安和平安，你們要好好唸書，你們家幾代先祖都是有功名在身、在朝廷做官的，但明澤叔生前只考取秀才，他心中肯定不甘心，雖然他放棄功名這條路回村務農，但若將來你們能考取功名，明澤叔在天之靈也會感到欣慰。」

秦小寶在旁看著這一幕，感慨良多。裴衛安是個好人，他是真心對裴子安和裴平安好，真的希望他們能考取功名。

每天吃吃喝喝睡睡的秦小寶，就等著過了正月要到青州城賣棉布，這是件大事，忙了一年，不知道能不能像自己計畫得那樣，她心中有些忐忑。

裴子安看出秦小寶的心思，於是天天想法子逗她開心。今年裴子安十四歲，秦小寶十二歲了，兩人感覺又長大不少，感情也越來越好，文氏在一旁看著，越來越舒心了。

第三十二章　稅賦

出了正月，秦小寶迫不及待拉著裴子安、趕著驢二去青州城。

剛過完年，青州城依舊是熱鬧的景象，秦小寶和裴子安先去了祥叔那兒，給他帶了些家裡種的新鮮蔬菜。

「小寶，你們怎麼過來啦？」祥叔看著秦小寶和裴子安問道。

「祥叔，上次不是跟您提過想請祥嬸帶我們去布莊的事，我們帶了樣品過來，不知祥嬸今天方不方便？」秦小寶問道。

「沒問題，我上次回去就跟妳祥嬸說過了，她答應的，正好現在時間還早，店裡還沒開張，我先帶你們去布莊吧！妳祥嬸已經去布莊上工了。」祥叔爽快地答應道。

當「雲錦布莊」幾個大字印入眼簾時，秦小寶不禁發出一聲讚嘆。「哇！這間布莊好大的規模。」

「是啊！雲錦布莊是青州城四大布莊之一，老闆姓雲，家裡世代傳下來的生意，到了這一代的雲老闆更是將布莊經營得有聲有色。」祥叔介紹道。

「怪不得，老闆會做生意就是不一樣。」秦小寶說道。

「三位請進來隨意看看，什麼布都有，想要什麼就有什麼。」他們三人剛走到門口，迎客的夥計就趕緊上前來。

秦小寶暗自點頭。這服務不錯，只要客人進去逛逛，就有可能會買東西。

「這位小哥，我們是來找人的。」祥叔客氣地說。

「哦？請問你們找哪位啊？」迎客夥計聽他們不是顧客，依然熱情有禮。

「找一位叫蓮嬸的中年婦人。」祥叔說道。

「蓮嬸啊！我知道的，你們這邊請。」夥計帶著他們走進偏門，到了一個院子裡。「你們在這兒稍等一下，我去找蓮嬸過來。」

「多謝小哥。」祥叔抱拳說道。

夥計笑著搖搖手，離開了。

秦小寶打量著院子。這應該是布莊工人休息的地方，院子不小，有六間房，可見布莊的工人應該滿多的。

「孩子他爹，你怎麼來啦？出什麼事了？」蓮嬸匆匆地走進院子詢問。

「沒出啥事，這是小寶，他們今天來找我了，就是上次跟妳說過的那事。」祥叔趕緊擺手說道。

「哦！我記得的，就是那位幫你解決草魚問題的小寶，對嗎？」蓮嬸好奇地看著秦小寶。這小姑娘年紀不大，居然挺能幹的。

「蓮嬸好。」秦小寶笑嘻嘻地給蓮嬸屈膝行禮。蓮嬸面相看起來很和善，應該是個好脾氣的女人。

「小寶，快起來，不必這麼客氣。」蓮嬸趕緊扶了秦小寶一把。

「蓮嬸，這次要麻煩您了，我們織了一些布，想請您牽線讓我們見見掌櫃的，跟他談談賣布的事情。」秦小寶說道。

「這不麻煩，雲錦布莊這麼大，雖有固定的織布坊供貨，但我們老闆心善，也會收一些農婦自己織的布，不過，他對布的品質要求很高。我可以帶你們見掌櫃，至於掌櫃收不收，就看你們的布織得如何了。」

「那是自然，東西不好我們也不敢拿出來賣。」秦小寶點頭表示理解，畢竟這麼大的一個織布坊，不會收不好的布，砸了自己的招牌。

「你們有沒有帶樣布來？能讓我先看看嗎？」蓮嬸想先把關，如果品質實在不行，也不用帶去掌櫃那裡了。

裴子安趕忙遞上抱著的一疋樣布，為了避免弄髒，還特別用麻布包了一層。

蓮嬸接過來，打開麻布，驚呼了一聲。「啊！這可是棉布？」

「是啊，這是我們自己種的棉花、織的棉布，只是沒有染色，所以都是白色的，因為怕弄髒就包了一層麻布在外頭。」秦小寶已經預料到蓮嬸的表情，趕緊解釋。

「哎呀！真不錯，你們居然能做出棉布來，這棉布目前只能從西域進貨，可是矜貴得很，也就是去年我們老闆才讓掌櫃的從西域引進棉布，掌櫃見了你們的棉布，肯定會收的。」蓮嬸放心地說道。

「謝謝蓮嬸，那我們現在去見掌櫃吧！」秦小寶謝道。

「好、好，這邊走。」蓮嬸帶著他們幾個去見掌櫃。

雲錦布莊的掌櫃姓楊，是一個精明能幹的中年人，他看到秦小寶遞過來的棉布時，也不禁愣了一下，但他畢竟見過大場面，還是沈得住氣。

「這棉布當真是你們自己做出來的？」楊掌櫃仔細地看著布疋。這棉布潔白柔軟，看得出來原料和織布的手法都很不錯。

「是的，楊掌櫃，我們託京都的商隊從西域帶回棉花種子，自己嘗試種植和織布，雖然是第一次嘗試，但結果還不錯，做出來的東西跟西域進來的不相上下。」秦小寶誇了自家的棉布一番，做生意千萬不能太謙虛。

「質地雖然不錯，可惜沒有染色。」楊掌櫃不愧是生意人，既給了一些肯定，又挑了一些毛病。

「我們這棉布確實沒有染色，所以楊掌櫃只要給我未染色棉布的價格就可以。」秦小寶明白楊掌櫃的意思，索性把自己的要求說了出來。

「好，妳這小姑娘夠爽快！」楊掌櫃見秦小寶如此直接，誇讚道。從西域進貨畢竟慢又少，布莊經常出現棉布售罄的情況，現在秦小寶送上一批棉布，豈有不收的道理。

「楊掌櫃，我聽說雲錦布莊的老闆是個善人，願意收村裡農婦織的布，有這樣的老闆，相信您這位掌櫃也是個善心人，所以您就開個價吧，我們這棉布您能以多少價格收？」秦小寶拍幾句馬屁，把楊掌櫃抬舉一番，讓他不好意思壓價。

楊掌櫃聽秦小寶這番話，哪裡不知道她的用意，不禁搖頭嘆氣道：「唉……妳這小姑娘真是厲害，那好，我就跟妳直說吧！我們從西域進貨的染色棉布是四兩銀子一疋，沒染色的棉布是三兩銀子一疋，妳這棉布品質雖比西域的差一點，但確實不錯，所以我們還是以三兩銀子一疋跟妳收購，如何？」

秦小寶上次來青州城賣魚時，跑過幾間布莊，打聽到的價格基本上是染色棉布五兩銀子一疋，沒染色的棉布四兩銀子一疋，現在楊掌櫃以三兩銀子收購沒染色的棉布也能說得過去，畢竟布莊是要賺錢的。

「好，楊掌櫃爽快，這個價格我們接受。」達到秦小寶心裡的價位，當即拍板定案。

「你們有多少棉布可以賣給我們呢？」楊掌櫃問道。

秦小寶看了裴子安一眼。她和裴子安在出發前已經商量好，打算拿出十疋布交給萬隆商號，當初跟萬景龍談好的，最少將三分之一的棉布給萬隆商號代理，價格按當時進貨價格的八折結算。

裴子安回她一個妳做主的眼神。

「楊掌櫃，我們有二十疋棉布，你們能都收下嗎？」秦小寶開口問道。如果楊掌櫃收不了那麼多貨，那剩下的就都交給萬隆商號，應該少收不了多少錢。

「當然，你們有多少，我們收多少，青州城有錢人多，也懂得享受，像這種沒染色的棉布，他們會做成貼身衣物，穿著很舒服的。」楊掌櫃說道。

「有錢真是好。楊掌櫃，明天我們就把二十疋棉布送過來。」秦小寶說道。

「行，明天我在布莊等你們，收了貨就給你們銀子。」楊掌櫃一口應道。

秦小寶等人辭別楊掌櫃和蓮嬸，祥叔看天色已近中午，便帶著秦小寶和裴子安去醉香樓吃午飯。

吃過午飯，秦小寶和裴子安趕著驢二開開心心地回家了。

「子安、小寶，你們可回來了。」兩人一進屋，文氏就迎了上來。

秦小寶看文氏兩眼紅紅，心裡一揪，趕緊問道：「娘，您這是怎麼了？誰欺負您了？」

裴子安也趕忙扶著文氏坐下來，安慰道：「娘，您別急，有什麼事情慢慢說。」

「你倆今天早上走了以後，鎮上管稅賦的吏員到我們家，說要我們繳交去年和前年的稅賦。」文氏著急地說道。

「什麼？交稅賦？以前不是從來都沒交過嗎？」秦小寶問道。

「那是因為妳爹原來是秀才，所以免掉了稅賦，但是妳爹三年前去世了，所以前年和去年的稅賦就得交了。」文氏抹著眼淚說道。

「前年的稅賦不是應該去年來收嗎？怎麼今年才來啊？」秦小寶不解。

「戶籍兩年登記一次，所以去年年底村裡的戶籍報上去以後，衙門知道妳爹已經不在，今年就來收稅了，那個吏員還說我們沒有主動上報戶籍情況，除了補交以外，還要懲罰。」文氏傷心地說道。

「娘啊，這事您怎麼沒跟我們說呢？」秦小寶問道。

「這兩年這麼多事情，吃飯都吃不飽了，我哪裡還想得起來這事？」文氏嘆氣。

「算了，小寶，既然該交，我們就去補交吧！」裴子安勸道。

「可是，這稅賦可不少啊……」文氏悶聲說道。

「等等，剛剛娘說因為爹是秀才，所以之前才免了稅賦？」秦小寶突然想起這句話。

文氏和裴子安都點了點頭。

秦小寶的眼睛瞇了瞇，看著裴子安呵呵笑了起來。

裴子安被秦小寶笑得心裡發毛，正想找個藉口遁逃，卻被秦小寶一把拉了過來。

「娘，您放心，前年和去年的稅賦我們明天去補交，今年以後我們就不用交了。」秦小寶笑嘻嘻地對文氏說道。

「真的嗎？妳有什麼辦法？」有了裴子安和秦小寶在身邊，文氏情緒已明顯好轉，但她聽到秦小寶如此說，還是覺得十分奇怪。

「讓子安哥去考秀才，考上秀才不就不用交稅賦了嗎？」

裴子安聞言身子一震，說道：「小寶，妳不是不想我考取功名、做官的嗎？」

「考個秀才又沒什麼，既不用做官又不用交稅賦，兩全其美多好啊！」秦小寶笑嘻嘻地說道。

裴子安心中直嘆氣。女人的心思都這麼善變嗎？不過，考秀才對於他來說很簡單，舉手之勞而已，為了這個家，他願意去考。

「可是，子安沒正經讀過書啊，怎麼考？」文氏說出自己的擔心。

「娘，子安哥很聰明，而且可能是爹在天之靈保佑，這兩年我跟他一起讀書，他書讀得比我好多了；如果您不放心，我們將他送去青州城，我聽說青州城有書院專門收這些要考功名的學子，我相信子安哥去了以後，今年秋試肯定會考上的。」秦小寶提議。

「什麼？還要去青州城讀書？我可不去，我不去青州城也可以考上的。」裴子安一聽這個建議，立刻跳起來否決。要離開小寶這麼久，他才不要。

秦小寶見裴子安反應這麼激烈，趕緊對文氏說：「娘，我跟子安哥再好好商量商量，這些煩心的事情您就不要想了，有我們兩個解決就好啦。」

文氏點點頭。她現在唯一的依靠就是秦小寶和裴子安，他倆是好孩子，又很能幹，有他們在文氏放心多了。

秦小寶拉著裴子安進了房間，關上門。秦小寶說道：「青州城你必須要去，在旁人眼裡，考上秀才對我們來說是非常不容易的，如果你突然考上秀才，肯定會引起不必要的猜疑，為了咱們家，你一定要忍一忍。」

裴子安冷靜下來。他知道秦小寶說得沒錯，只是要離開秦小寶大半年時間，他實在是捨不得。

「我走後，又剩妳一個人當家，家裡有魚田、棉田，妳行嗎？」裴子安擔心地說。

「你放心，這些我都很熟悉了，我可以雇人幫忙；再說了，還有大慶哥和蘭秋姊在呢！」秦小寶安慰道。

「可是、可是……要離開這麼久，我捨不得妳。」裴子安可是了半天，終於說出這句話。

秦小寶見裴子安眼中流露著不捨，心中一陣暖流流過。她主動靠在裴子安的肩膀，輕聲說道：「我也是，不過等過了今年就好了，而且我會去青州城看你的，驢二老這麼閒著也不好。」

裴子安噗哧一聲笑了出來。要來看他就看嘛，還要扯上驢二。他雙手環抱住懷中的柔軟，閉著眼睛說道：「好，我聽妳的。」

正當兩人享受著這種親暱的感覺時，房門被打開了。

秦小寶趕緊從裴子安懷中跳起來，往門口看去，原來是裴平安站在門口。

「平安，怎麼了，有事嗎？」秦小寶問道。

「哥、小寶姊，我……我也想去青州城讀書……想考功名。」裴平安欲言又止地開口。

「平安，你願意考功名？」裴子安有些意外。

「是的，哥，我要考功名，考上的話，爹就會安心了。」裴平安堅定地說。

「好，平安，我們支持你讀書、考功名，只是今年你去不了青州城，因為我們家的錢只夠一個人去青州城讀書，不過小寶姊答應你，等子安哥今年考上秀才，明年就送你去青州城讀書。」秦小寶心中欣慰，裴平安平時話不多，一門心思就想著讀書，沒想到他的目標這麼遠大。

裴平安眼中閃過一絲失落，不過，很快他就恢復了正常。家裡的情況他也了解，既然小寶姊說明年就可以送他去青州城讀書，再等一年又何妨，反正他現在才十二歲。

「我知道了，我去看書了。」裴平安抬起頭，對著秦小寶和裴子安說。

「去吧！用心讀哦。」秦小寶鼓勵道。

裴平安回過頭給了他倆一個笑容，便回書屋去看書了。

「看來。衛安哥的話，平安記在心裡了。」裴子安說道。

「如果平安願意讀書，走這條路也很好，只不過我們就要多掙些錢，供養一個學子可不是件容易的事情。」秦小寶點頭。

「明天我們去雲錦布莊送完貨，就去書院問問什麼時候可以上學，然後再到鎮上交稅賦吧！」裴子安說道。

秦小寶點點頭。今天先好好休息，稅賦的事情明天再說。

第三十三章 奔忙

第二天一早，裴子安將二十疋棉布仔細裹好，放到驢車上面。還好有驢車，否則還真不知該怎麼載送貨物？

秦小寶跟在驢二旁邊走。二十疋棉布已經很重，她不忍心再跳上驢車加重驢二的負擔。驢二賣力地拉車，終於在午飯前趕到青州城。裴子安和秦小寶先吃了些點心墊肚子，便趕著驢二往雲錦布莊走去。

楊掌櫃一見到他們，馬上迎了上來，說道：「來了啊！快跟我到這邊卸貨。」說完帶他們走了另一道偏門，進了一個院子，應該是雲錦布莊的庫房。

「來兩人幫忙卸貨。」楊掌櫃喊了一聲，便有兩個壯丁過來幫忙裴子安一起小心地卸貨。

「楊掌櫃，您驗一下貨吧！」秦小寶說道。

「好。」

楊掌櫃每一疋都仔細驗過，然後起身對秦小寶說：「沒問題了，我這就去給你們結貨款，跟我來。」

秦小寶和裴子安跟著楊掌櫃來到帳房。楊掌櫃請帳房先生取六十兩銀子交給秦小寶。

「謝謝楊掌櫃，我們先告辭啦！」因為還有別的事情，秦小寶拿了銀子便想離開。

「小寶，你們如果還有棉布，要來找我啊！不會讓你們吃虧的！」楊掌櫃見秦小寶要走，趕忙說道。

「知道啦！楊掌櫃，放心吧！」秦小寶朝著楊掌櫃揮揮手，拉著裴子安走了出去。

經過打聽，秦小寶和裴子安來到了青州城仁文書院。

「這位大哥，我們想請問一下，仁文書院今年什麼時候開始招收學生？」秦小寶向門裡一位男子問道。

「你們看那邊，貼著告示呢，上面寫得很詳細。」那人指了指門口說道。

「好，謝謝您，我們過去看看。」

裴子安和秦小寶看著門口的告示。新一批學生三月開始招收。

「正好，等我去完京都，回來收拾收拾，就可以上學了。」裴子安邊看邊說。

「子安哥，進書院還須考試呢，你回家再看看書吧！別考得太好，差不多能進去就行。」秦小寶看到告示上面寫著進學考相關事項。

仁文書院主要是培養考功名的學子，不是什麼人都能上學，必須要有一定基礎才行。

裴衛安也是在私塾唸過書後再到仁文書院學習，然後才考中秀才。他去年考中秀才後，裴耀澤就將他送到京都的書院去，希望他能一步一步往上考。

「我有數的，放心吧！」裴子安答道。

了解完書院的消息，秦小寶和裴子安便坐上驢車往亭林鎮趕去。

到亭林鎮衙門，天色已經不早，還好管稅賦的吏員還在，裴子安將情況和他說了一遍，並表示自己是來補交稅賦的。

那吏員看了裴子安一眼，起身到書櫃上翻了翻，拿著裴家村稅賦的冊子，找到登記裴子安家裡情況那一頁，說道：「裴子安，家中共五口人，共兩男三女，旱田十五畝，水田五畝，你們家是不是這情況？」

「是的。」裴子安答道。

「你父親原是秀才，三年前過世，所以按照規定，現在要收你們前年和去年的稅賦，另外你們沒有及時報送戶籍更改，所以要罰錢。」吏員公事公辦地說道。

「請問我們要交多少呢？」裴子安問道。

那吏員噼哩啪啦打了一陣算盤，說道：「前年和去年的稅賦是十六兩銀子，罰款四兩銀子，一共二十兩。」

秦小寶一聽要二十兩，眼睛瞪大，沒好氣地問道：「這是怎麼算出來的，也太多了吧？」

「你家一共二十畝田，按稅法，畝產收益的一成是要交稅賦的，每畝田按二兩銀子的收成計算，二十畝就是四十兩銀子，一年兩季就是八十兩，兩年就是一百六十兩，一百六十兩的一成是十六兩，我可有算錯？」吏員把算盤往秦小寶面前一扔，問道。

「可是水田收成好時能有二兩銀子的收益，旱田卻沒有啊，你們怎麼能一概而論呢？」秦小寶反駁。如果不是魚田養魚、旱地種棉，這兩年掙的錢也就只夠交稅，怪不得裴耀澤哄著裴明澤把自家的旱田換了水田。

「這是稅法的規定，至於能不能收益那麼多錢，我管不著。」吏員鼻孔朝天，一副你拿我沒轍的樣子。

秦小寶還想爭論，裴子安一把拉住她，對她搖搖頭，眼神示意她跟吏員爭辯沒什麼好處。

「大人，這兩年的稅賦我們交，只是罰錢能不能通融一下？您看我們是農民，都是靠天吃飯的，手裡餘錢不多，交了稅就沒剩幾個錢了。」裴子安說著，偷偷塞給吏員一兩銀子。

吏員掂了掂手中的銀子，臉上堆了笑，說道：「好吧！看在你們不懂規矩的分上，罰款就免了，把稅錢交清你們就可以走了，記得明年這個時候來交今年的稅錢，否則便真要罰錢了。」

秦小寶也知這世道就是如此，自己並沒有辦法改變，只能接受。嘆口氣，交了稅賦、拿了憑證，趕著驢二回到裴家村。

到了去京都送貨的日子，秦小寶收拾一下，把剩餘的十疋棉布包好放到驢車上。趕著驢二到亭林鎮，寄放好驢二，再租了輛馬車，裝上貨，晃晃悠悠地往京都駛去。

京都依舊熱鬧繁華，裴子安和秦小寶在萬隆商號見到了萬景龍。

「萬公子，我們把棉布給您送過來了，煩請找人驗一下貨。」一番寒暄過後，三人坐定，裴子安抱拳說道。

萬景龍這些日子正想著裴子安應該快到了，果然沒幾日便見到他們兩人。

「好！裴兄弟果然講信用，驗貨就不必了，我信得過你們。」萬景龍爽快地說道。

「萬公子如此信任我們，子安非常感激，不過在商言商，萬公子還是讓人驗一下，我們也好安心。」裴子安說道。

「那行，我讓人驗貨，咱們在這兒繼續喝茶。」萬景龍吩咐夥計去把貨驗了，自己依然陪著秦小寶和裴子安喝茶。

「萬公子，我們第一次嘗試種棉織布，還有很多地方沒有考慮到，所以產量並不多，一共織出三十疋棉布，按照我們的約定，帶了十疋過來給您。」裴子安向萬景龍解釋道。

「哦？十五畝棉田織出三十疋棉布，這個量已經算不錯了，不過有了這一季的經驗，下一季肯定會更多。」萬景龍說道。

「借萬公子吉言，希望明年能送更多貨過來。」裴子安回道。

「少東家，裴公子送來的貨沒有問題，是未染色的棉布，一共十疋。」驗貨的夥計回來稟報。

「好，知道了，下去吧。」萬景龍揮了揮手，讓夥計下去。

萬景龍轉頭對裴子安和秦小寶說道：「如今京都的棉布價格我大概跟你們說一下，染色的棉布可賣到六兩銀子一疋，未染色的棉布是五兩銀子一疋，實不相瞞，在我們這兒，未染色棉布的進貨價是四兩銀子一疋，八成的價格就是三兩二錢銀子，裴兄弟你看對不對？」

秦小寶一聽，京都的棉布價格漲了呀？記得去年還跟現在青州城一樣價格呢，這樣的話，可以多賺二兩銀子，秦小寶不禁面露喜色。

裴子安也很高興，說道：「對，萬公子算得沒錯。」

「好，我吩咐帳房取銀子過來。」萬景龍叫來貼身小廝吩咐一番。

在等帳房先生時，萬景龍和裴子安聊起京都最近發生的事情，當然也說到了蘇老爺。

蘇老爺已經恢復官職，經過一年的頤神養性，比以前更加仁善，每逢年節都會布施給窮人和乞丐。

裴子安聽著安心不少。看來父親是過了這個坎了，幸好自己不是父親唯一的孩子，父親還有弟弟、妹妹可以承歡膝下，自己也不用太擔心。

「少東家，這是您交代的三十二兩銀子。」不多一會兒，帳房先生便帶著銀子過來。

「交給裴兄弟吧！」萬景龍手一揮說道。

「多謝萬公子，如果沒有其他事情，那子安和小寶就告辭了。」裴子安接過銀子，拱手說道。

「好，我送你們。」萬景龍起身送裴子安和秦小寶到門口，注視著他們離開。

秦小寶和裴子安買了好些禮物，要去看望蘇老爺。

蘇老爺拉著裴子安和秦小寶好一陣端詳。這些日子不見，兩個孩子都長大了。

為了讓蘇老爺高興，裴子安講了許多路上遇見的趣事，蘇老爺聽得很認真，不住地點頭。

秦小寶看著心酸，知道蘇老爺是想多聽聽裴子安的聲音，便安靜地在一旁待著。

裴子安和秦小寶硬是被留下來吃了飯才離開。秦小寶發現裴子安這次見蘇老爺的心情是輕鬆的，可能他也覺得這樣相處反而不錯吧！秦小寶心中還惦記著裴子安上學的事情，沒在京都耽擱太久，便回到了裴家村。

其實離裴子安去青州城還有大半個月，但秦小寶總覺得時間快到了，心中一直感到淡淡的憂傷。

裴子安何嘗不傷感，眼看跟小寶的感情越來越好，這一別就是大半年，回來不知會不會生疏了？而且家裡這一大堆事情，不知道小寶能否應付得來？

裴子安就是各種擔心，但又不敢表露出來，怕會影響秦小寶的心情。

到了出發的日子，本來秦小寶要送他到青州城，裴子安不肯，他擔心回來的時候秦小寶一個人不安全。

秦小寶說：「那我找大慶哥和蘭秋姊一起送你。」裴子安這才點頭答應。所以這天一早，一行四人便趕著驢二去青州城。

裴子安到了青州城，在仁文書院附近找了間客棧安頓下來。

今天報名，入學考試安排在三天後，本來秦小寶要陪他考完才回家，但是裴子安不許，因為這樣大慶和蘭秋也要陪他們三天，他不想耽擱大家這麼久，更何況他一個人可以應付得來。

「小寶，妳應該相信我，進學考對我來說很容易，我隨便考都能拿第一。」裴子安勸著秦小寶。

「不行，你千萬別考第一，太引人注目。記住，你在書院一定要低調，包括考秀才的時候，考最後一名就可以了。」秦小寶緊張地糾正他。

「啊……考第一名很簡單，但要考最後一名，不容易啊！」裴子安苦著個臉說道。萬一不小心沒上榜不就糟了？

「不管，反正你答應我，一定不要出風頭。」秦小寶盯著裴子安要承諾。她怕裴子安年少氣盛，書院中不知是什麼情形，萬一被人盯上就慘了。

「小寶，妳是不是怕我太出色，那些官家小姐或富家千金會看上我？」裴子安看秦小寶這麼緊張，忍不住調侃起來。

秦小寶聽了，扔給裴子安一個白眼，故作激動地說道：「是啊、是啊！我好擔心你被人拐跑啦！」

「真的啊？那我答應妳，一定不會被別人拐跑，秋試一結束，我就回家找妳。」裴子安不管秦小寶說得真假，只當這是她的肺腑之言，一本正經地說道。

秦小寶不禁噗哧一聲笑了出來，點著裴子安的腦袋說道：「別開玩笑了，說真的，你一定記住我的話，做人低調一點。」

「遵命，媳婦大人。」裴子安也跟著笑起來，拱手鞠躬說道。

「那我跟大慶哥和蘭秋姊先回去了，你一個人在這兒要注意安全。」秦小寶覺得依依不捨。

「快去吧！現在走，天黑前能到家。」裴子安說道。

裴子安在客棧門口送他們三人離開，秦小寶一步三回頭地跟著大慶和蘭秋往裴家村走去。

秦小寶一路上都悶悶不樂，蘭秋只好想法子逗她開心，但秦小寶還是提不起勁，直到蘭秋說到棉田時，秦小寶才有了精神，跟蘭秋說起她接下來的打算。

「蘭秋姊，過幾天就要開始整理棉田，我算了一下，去年留的棉種足夠我家和妳家使用，妳和大慶哥回去把你們家的旱田整整，今年我們兩家一起種棉吧！你們覺得怎麼樣？」秦小寶說道。

大慶和蘭秋對視一眼。去年小寶就跟蘭秋提過要帶他們一起種棉，他們也商量過，覺得旱田的收益實在太少，如果能跟著一起種棉，那就太好了！

「小寶，我和大慶說過這事，妳能帶我們一起種棉真是太好了，每次妳都想到我們，真不知該怎麼感謝妳才好？」蘭秋拉著秦小寶的手感激地說道。

「我們這麼熟了，還對我客氣幹麼？你們也一直在幫助我們啊！去年織棉布的工錢，之前明明說好要給的，結果妳最後硬是不收，我都不好意思再請你們幫忙幹活。」秦小寶想起蘭秋沒收自己的工錢，心裡十分過意不去。

「小寶，我又沒幫上什麼忙，怎麼可以收妳的工錢？再說了，妳不是送棉被和棉衣給我們了嗎？那就很夠了。」蘭秋忙說道。

「是啊，所以你們這次種棉也不要跟我客氣，大家互相幫助、照應，等於多了幾個兄弟姊妹，多好啊。」秦小寶說道。

「對，我們兩家早就不分彼此，接下來一起努力把棉田種好吧！」大慶笑呵呵道。

秦小寶被棉田的話題吸引了注意力，一路上都在討論如何將棉花種得更好，和裴子安分別的憂傷也稍淡了些。

第三十四章 破壞

今年秦小寶照例請了雇工幫忙整理棉田。蘭秋家有五畝旱地，原本就有種植作物，並不像秦小寶家的十五畝旱田是荒廢的，所以整起來並沒有那麼費勁，他們決定自己來。

有過第一次種植的經驗，這次整田和播種都很順利，等忙完棉田，又該忙水田的事。

裴子安在跟秦小寶分別時曾說，自己肯定能上學，萬一失常沒考過，過個三、五天就回來，如果沒回來，就是順利上學了，要她別擔心。

秦小寶雖然記掛裴子安，但還是沒閒下來，按部就班地做著農活，等到種完棉苗，裴子安還沒回來，秦小寶終於鬆了口氣，看樣子是順利上學了。

可文氏卻是怎樣都放心不下。裴子安從來沒出遠門這麼久，文氏念叨著一定要去看一眼才安心，這正合秦小寶的心意。她也想去看看裴子安的情況，所以趁著種早稻前的一點空閒時間，秦小寶便和文氏一起坐上驢車去青州城。

文氏從未去過青州城，一路上感覺很新鮮，秦小寶看在眼裡，記在心裡，想著以後空閒的時候要經常帶文氏出來走走，眼界開闊了，心情也會不一樣。

驢二馱著文氏和秦小寶晃晃悠悠來到仁文書院，敲了書院的大門。門房問她們找誰？秦小寶報了裴子安的名字，門房要她們在外頭等著，然後讓人去叫他出來。

書院的門很大，秦小寶伸著脖子想往裡頭看。她好想知道裡面是什麼樣子，可惜只能看到大門正中央的一塊大照壁，把視線擋得嚴嚴實實。

文氏和秦小寶兩人在外頭左等右等，差不多過了一炷香的時間，裴子安才匆匆忙忙地跑出來。

「娘、小寶，妳們怎麼來了？」裴子安氣喘吁吁地跑到她倆面前，高興地問道。

「娘不放心你，所以我們過來看看。」秦小寶說道。

「子安，在書院過得可還習慣？有沒有人欺負你啊？」文氏拉起裴子安的手，關心地問。

「娘，我在這兒很好，認識了很多朋友，不會有人欺負我的，您就放心吧！」裴子安趕忙回答。

「那就好，在外面做事不要衝動，注意身體。」文氏囑咐著。

「知道了，娘。」裴子安笑著應道。

文氏看了看秦小寶，問裴子安。「你不能出來很久吧？」

「是啊，我馬上就要進去，不能多陪妳們了。」裴子安忍不住嘆了口氣。

文氏聽了這話，說道：「那你跟小寶聊聊吧，我去旁邊歇會兒。」

說完，文氏便拉著驢二到牆角休息。

「小寶，有沒有想我？」裴子安見文氏走到一旁，忙拉起秦小寶的手。

「當然，我每天都記掛著你呢！」秦小寶的手被裴子安暖暖的手握住，感覺心裡也暖暖的。

「我也是，以前每天都能見到妳，現在好不習慣。」裴子安注視著秦小寶的眼睛。

秦小寶聽了嘿嘿一笑，說道：「原來你只是習慣而已啊？」

裴子安一看秦小寶的表情，心想糟了，小媳婦不開心了，趕緊想辦法補救道：「不！當然不只是習慣，我這麼喜歡小寶，每天都在想妳。」

秦小寶聽了這話滿意地一笑，說道：「這還差不多！」

「小寶。」裴子安溫柔地叫了一聲。

「嗯？」秦小寶疑惑地抬頭看他。

「妳怎麼好像胖了呢？」裴子安一本正經地說道。

「胖點才可愛啊！你難道不喜歡嗎？」秦小寶一看裴子安的臉，就知道他又在捉弄自己，心中暗自嘲笑他真是幼稚。自己才不會上當！隨便他說好了。

裴子安見秦小寶不上鈎，自己倒是忍不住笑出來，說道：「喜歡，小寶變成啥樣我都喜歡。小寶，我馬上要進去了，妳還有什麼話要對我說嗎？」

說完，裴子安滿眼殷切地望著秦小寶。

「低調，最後一名。」秦小寶小嘴一張，吐出了這兩個詞。

裴子安聽了哭笑不得，但又不能再繼續耽擱，只能一步一回望地走進書院。

「子安哥，你放心在這裡讀書，家裡的事情就交給我了。」秦小寶見裴子安快要走進去，忍不住一陣傷感，開口卻是這樣一番話。

裴子安朝秦小寶揮了揮手，表示自己知道了，要她們快回家，然後便轉入照壁後面不見了人影。

「唉……怎樣也要說一些『自己注意身體、我會在家等你』之類感性的話，怎麼說出來都不一樣？」秦小寶暗自懊惱。

文氏見裴子安進去了，走過來說：「小寶，走吧！我看到子安這樣子，就放心了。」

「娘，我帶妳去吃東西，吃完再逛一逛。難得來一趟青州城，我們只要天黑前到家就好，如何？」秦小寶說道。

「好，聽妳的。」文氏笑著答道。

秦小寶帶文氏去醉香樓吃了一頓午飯，祥叔也在醉香樓。秦小寶養的雞鴨已經可以下蛋，所以這次帶了雞蛋和鴨蛋送給祥叔，感謝他上次引薦布莊的事，人與人之間講究的就是一個禮尚往來。

祥叔笑呵呵地收下秦小寶的一番心意。禮多人不怪，雖然不是貴重的禮物，但心意要傳達出來才行，而且秦小寶送的都是自家生產的東西，不會造成對方的壓力。

接著秦小寶帶文氏去了青州城最熱鬧繁華的集市，文氏邊逛邊感嘆。「當初妳爹回裴家村之前，就是在青州城生活的，只可惜不知道他以前住哪，否則可以去看看他當初住的房子。」

秦小寶知道文氏想念裴明澤了，趕緊說道：「娘，沒事的，雖然我們不知道爹以前住哪，但我們走在這個集市，說不定以前爹也正好逛過呢！而且說不定以後我們也可以在青州城生活，是吧？」

秦小寶這一番話把文氏說得眼眶都紅了。

秦小寶見狀趕緊住口，扯了一堆別的話題，好不容易轉移了文氏的注意力，但她也嚇得不敢亂說話。

青州城去過，裴子安也見到了，秦小寶在家安安心心地種早稻、養魚，這些事情忙完，日子就到了五月。

棉田的棉苗長到半公尺高，秦小寶帶著大慶和蘭秋又為棉苗施了一次肥。這次之後就可以放心地讓它長，他們也能好好休息一段時間。

田裡的活兒暫歇，秦小寶便整起了家後院的菜園和果園。

正當秦小寶滿心歡喜地侍弄著這些植物時，大慶和蘭秋帶來一個壞消息。

「小寶，我們的棉田被人破壞了。」

秦小寶聽到這句話，手中的澆水壺咯噹一聲掉在地上。

「蘭秋姊，出什麼事了？」秦小寶有些慌，抓著蘭秋的手問道。

「我和大慶今天去棉田，發現好多棉苗被拔起來扔在旁邊。」蘭秋也是壓抑不住驚慌失措的神色，顫著聲音說道。

「該死！是誰幹的？」秦小寶怒道。

「不知道，這可怎麼辦才好？」大慶撓著頭急道。

「你們說棉苗被扔在旁邊？」秦小寶問道。

「是啊！扔了一地的棉苗。」蘭秋答道。

「那個人應該不是想偷棉苗，而是存心搞破壞。對了，被扔在旁邊的棉苗還能不能再種回去？」秦小寶仍抱有一絲希望。

「不能，棉苗被拔出來踩壞後才扔在一旁。」大慶搖著頭說道。

秦小寶一聽，最後一點希望都破滅，便沮喪地說道：「我們先去棉田看看，然後再想辦法解決吧。」

秦小寶跟著大慶和蘭秋來到棉田，眼見自己的心血被糟蹋，有種欲哭無淚的感覺。

她仔細檢查了棉田，發現果然每株棉苗都被拔出來踩壞才被扔在一旁，她確信這是存心搞破壞。

一眼望去，將近一半的棉苗遭到毀壞，秦小寶心痛不已。這麼多心血花下去，說沒就沒了。

「小寶，現在怎麼辦？」蘭秋家的棉田也被破壞了一半，她也很著急。

心痛歸心痛，問題還是要解決，秦小寶想了想，說道：「我們去崗亭問問，看昨天有沒有可疑的人進村子？」

「好，我們分頭去。大慶你去村西口，我和小寶去村東口。」蘭秋說道。

結果，兩個崗亭的人都說沒有不認識的人進村子。

「那就是村裡的人幹的。」大慶說。

「會是誰呢？」蘭秋問道。

「你們覺得誰會恨我們？」秦小寶腦子裡閃過一個人，八成就是他。

「裴永根？」大慶和蘭秋同時說。

「裴家村估計只有裴永根如此恨我們，而且也只有他敢做這種事情吧？」秦小寶說道。

「對，肯定就是他，白天他不敢來，畢竟來來往往的人太多，他應該是一個人趁晚上來的，所以才毀了一半，不然以他的性格，肯定是要全部毀掉。」蘭秋說。

「我去把他揪過來，族規肯定饒不了他。」大慶恨聲說道。這次的棉田是他和蘭秋辛辛苦苦整出來的，居然就這樣被破壞掉一半。

「大慶哥，你先別衝動，現在去抓他，他肯定抵死不認，我們又沒有證據。」秦小寶趕緊勸阻道。以那無賴的性格，現在去找他，一點用都沒有。

「如果我們就這樣算了的話，估計另一半棉田也會被他毀掉。」蘭秋覺得秦小寶說得有理，可是又擔心另一半棉苗。

「你們也覺得他會來毀另一半棉苗？」秦小寶問道。

「如果我們不做點什麼的話，他肯定會來的。」蘭秋答道。

「好，我們先不要聲張，現在什麼都不要做。」

「啊……為什麼？難道就等著他來破壞另一半田？」大慶對秦小寶說的感到困惑。

蘭秋馬上就明白秦小寶的意思，她對大慶說：「我們沒有動靜，他才敢再來破壞，如果我們現在嚷嚷起來，他肯定會躲著，這樣就抓不到證據了。」

「有道理。」大慶點點頭。

「大慶哥，這就要麻煩你和小慶了，從今天晚上開始，天黑後偷偷盯著裘永根，在他家附近守著，一旦發現他出來就跟著他，如果他破壞棉田，把他當場抓住。」秦小寶對大慶說。

「沒問題，交給我吧，我一定辦好！」大慶拍著胸脯保證道。

秦小寶心中憋得慌。損失一半棉苗，今年恐怕掙不到錢了。

「大慶哥、蘭秋姊，真對不起，如果不是我拉著你們種棉花，你們也不會遇到這種事。」秦小寶心中內疚。本想帶他們一起掙錢，沒想到遇上這飛來橫禍。

「沒事，小寶，這又不怪妳，至少還剩一半，不會虧本，等問題解決了，我們再想辦法。」蘭秋安慰著秦小寶。

「也只能這樣了。」秦小寶低聲說道。

「小寶，妳放心，今晚我就去裘永根家門口蹲著，我就不信抓不到他。」大慶說道。

秦小寶點頭。只是大慶和小慶要辛苦了。

第一天晚上，什麼都沒發生。

「小寶，昨天晚上沒動靜。」蘭秋和秦小寶說。大慶和小慶昨晚守了一夜，沒有一絲動靜，現在正在補眠。

「他可能不敢這麼快再有動作，等這兩天風平浪靜，他肯定就忍不住，要不要讓大慶哥和小慶哥過兩天再去守？」秦小寶說道。

「不，還是讓他們每天都去，這兩天不守，萬一他又去破壞怎麼辦？」蘭秋搖頭。

「可是要熬這麼多晚，我怕他倆吃不消。」秦小寶擔心地說。

「還好，現在是農閒時候，白天他們可以補眠，他倆年輕，恢復很快。」

「那好吧！我們再守幾天看看。」秦小寶聽蘭秋這樣說，便點頭說道。

好幾天過去，大慶和小慶依然沒有任何收穫，正當他們擔心裘永根不會再出來搞破壞時，第五天晚上，裘永根悄悄地出了門。

大慶見裴永根有了動靜，精神都來了，趕緊拉了拉小慶，小心翼翼地尾隨裴永根身後。

裴永根很謹慎地四處張望，一段路走了好久，這才走到了秦小寶家的棉田。大慶和小慶在後頭跟得辛苦，又不敢跟得太緊，怕被發現，不過還好料到裴永根的目的地是棉田，所以跟丟了也沒關係，只要往棉田方向走就可以。

等大慶和小慶接近棉田，裴永根已經在拔棉苗，拔出來後還使勁踩一腳，一株活生生的棉苗便給踩死了。

大慶看到這一幕，忍不住大喝一聲，衝上去將裴永根撲倒在地，左右開弓揍了一頓，然後拿出繩子將他捆了個結實。

「小慶，你趕快去通知小寶和你嫂子，問問她倆現在該怎麼辦？」大慶將裴永根的嘴塞住，免得他大聲哀號。

秦小寶聽小慶報信說抓住裴永根了，現在正捆在棉田，她心裡一塊石頭終於落下。

她對小慶說：「小慶，你去棉田告訴大慶，就在那裡守著，千萬別讓他跑了。」然後又轉頭看向蘭秋。「蘭秋姊，妳跟我一起去族長家，把族長請到棉田，這個捉賊現場一定要讓族長看到，明天才好請族規。」

「但是，現在這麼晚了，去請族長適合嗎？」蘭秋擔心地看了看天色，估計族長已經睡下了。

「管不了這麼多，族長若是怪罪，回頭再給他賠禮，要是等天亮再去找族長，就錯失最佳時機了，說不定裴永根還會反咬我們一口，總之得讓族長親眼看到現場的狀況，就算明天再做處置也沒關係。」秦小寶急道。

「好，那我們分頭去辦。」大慶和蘭秋點頭應道。

第三十五章　賠償

秦小寶和蘭秋用力敲了敲裴成德家的大門。

「誰啊？大半夜的敲什麼門，都睡下了。」裴成德的媳婦劉氏一臉不情願地起來開門。

「小寶、蘭秋，妳們怎麼來了？」劉氏將門打開，看見她倆，奇怪地問道。

「我們來找族長，族長在嗎？」秦小寶著急地問道。

「在，不過睡下了。」劉氏擋著門，明顯不願意讓秦小寶和蘭秋進去。

秦小寶和蘭秋顧不了，大聲喊道：「曾叔公、我們有急事找您，您能跟我們走一趟嗎？」

裴成德也被敲門聲驚醒，他身為一族之長，聽到這麼晚的敲門聲，知道肯定有急事，便迅速把衣服穿戴整齊。

「讓她們進來！」裴成德在屋裡高聲說道。

劉氏聽見吩咐，把門打開讓秦小寶和蘭秋進去。

裴成德在堂屋等著她倆，看見她們焦急的神色，問道：「這是怎麼了？小寶，可是妳娘又犯病了？」

裴成德還記得第一次為了魚田的事情去找文氏興師問罪的時候，文氏就是那樣昏過去的，所以他以為文氏又犯病了。

「不是的，曾叔公，我家棉田前些日子被人破壞了一半的棉苗，所以這幾天晚上我們一直守著，直到今天搞破壞的人又出現了，我們抓住了他，現在還在棉田裡呢！求曾叔公為我們主持公道！」秦小寶急急地說道。

「居然會有這種事情！走，帶我去看看。」裴成德聽到秦小寶一番話，不禁大怒。居然有裴家村的人敢幹這種事情，簡直不把他這個族長放在眼裡。

「好，曾叔公，我們帶您過去。」秦小寶說道。

當三人趕到棉田時，大慶和小慶正坐在裴永根身上，裴永根被他倆壓得死死的，動彈不得。

「大慶，我們把族長請來了，快起來。」蘭秋對大慶說道。

大慶和小慶站起身來，對族長見禮。

裴成德拿著劉氏給他的燈籠，往躺在地上的人臉上照去，大聲喝道：「原來是你這個孽障！居然做出毀壞棉苗的事情，你可知道破壞農作物在族規裡可是重罪！」

地上的人嘴巴被塞住，嗚嗚地發出聲音。

裴成德拿出裴永根口中塞的布，怒氣衝衝地問道：「如今被當場逮到，你還有什麼可說的？」

裴永根知道自己栽了跟頭，卻還是抵死不認，哭喊著道：「族長，您可要為我做主啊！

是他們兩個把我強行綁來這裡誣陷我的。」

「你胡說，這麼晚了我們去哪裡綁你啊？明明就是你晚上出來毀我們的棉苗，才被我們抓個正著的。」大慶氣得踢了他一腳。

「沒有啊！我沒有破壞他們的棉苗，族長！」裴永根還在狡辯。

「你說沒有破壞，可你看看自己的鞋子，就是你把棉苗拔出來踩爛，才會這樣子。」蘭秋眼尖，看到裴永根的鞋子沾上了被踩爛的棉苗。

「這……我哪知道這是怎麼沾到的？」裴永根還是不肯認。

裴成德見裴永根到這時候還不承認，想了一想，吩咐小慶道：「小慶，你去把裴永根的爹娘帶來這裡。」

裴永根的爹娘隨著小慶匆匆忙忙地趕過來，一眼看到裴永根躺在地上，大驚失色，趕忙問道：「永根，你不是在房裡睡下了嗎，怎麼出現在這兒？是不是又做壞事了？趕緊跟族長認錯，族長大人有大量，會原諒你的。」

「你看，你爹娘都說你在家中睡了，大慶和小慶去哪裡綁你？難不成他倆能避過你家人的耳目，不弄出一點聲音就把你綁來了？你還不承認偷偷溜出來破壞棉田嗎？」裴成德對著裴永根喝道。

裴永根見爹娘一句話便把自己供了出來，臉都綠了，他睜大眼睛對爹娘喊道：「你們來這裡幹什麼？我的死活不用你們管，天天囉囉嗦嗦煩死了，趕緊給我回去。」

「天哪！我這是造了什麼孽，居然生出你這樣的兒子，從來都不讓人省心。」裴永根的娘哭了起來。這些年為了這個兒子，她可是操碎了心。

「永根他娘，妳先別哭了，裴永根毀壞小寶和大慶家的棉田，已經觸犯了族規，今天晚上我就將他關在祠堂，明天再審他，我會秉公處理的，你們先回去休息吧！」裴成德對裴永根的爹娘說道。

隨後，裴成德要大慶和小慶把裴永根關到了祠堂，這才回家休息，等明天一早再處理此事。

第二天一早，裴成德就吩咐人將族中德高望重的長輩都請到了祠堂。

大夥兒聽說今天要開祠堂，紛紛圍過來，見祠堂中間跪的是裴永根，便議論起來。

「這個無賴又犯事了？真是，早就該處置他了，不知道留著他幹麼？」

「他以前犯的事都不至於開祠堂，這次看樣子是惹出了大事。」

「唉……就是可憐了他爹娘，為他簡直是操碎了心，這次重重責罰，希望他能改過自新。」

「沒用的，他天性就是這樣，只要活著就會惹事。」

「噓！永根的娘來了，奇怪，怎麼他爹沒來啊？」

裴永根的娘紅腫著眼睛來到祠堂，聽到鄉親們的話，心中更是難受。

今天早上永根爹死活不肯來，說他丟不起這個臉，可是永根娘還是放心不下，畢竟兒子再壞，也是自己身上掉下來的一塊肉，她雙手合十，祈禱族長不要懲罰過重。

「永根娘，妳也來啦！」大家紛紛讓出通道給永根娘。

永根娘頭都抬不起來，默默走進祠堂裡。

族中長輩已聽裴成德安排坐好位置，文氏、秦小寶、大慶和蘭秋也走進祠堂；貴叔已經外出跑貨好多天，還沒有回來，所以只有大慶和蘭秋來了，他們是當事人，站在族中幾位長輩的身邊。

裴成德見該來的人都來了，便對跪在地上的裴永根喝道：「你這個孽障！膽敢破壞同村人的棉田，你可認罪？」

「什麼？這無賴連農作物也敢破壞，他不知道我們族裡最容不下這樣的行為嗎？」

「是啊！我們農民就是靠種田吃飯，破壞農作物就是斷人生機啊，會遭天譴的！」

圍觀的人一聽裴永根的罪狀，頓時義憤填膺起來。

永根娘的頭埋得更低了。

裴永根被捆著關了一個晚上，又餓又渴又睏，再也鬧不起來，只想快點被解開，他半跪半趴在地上哀求道：「族長，我錯了，求族長饒過我吧！」

「你說，你為何要毀掉他們兩家的棉田？」裴成德審問道。

秦小寶的心揪了起來。她怕裴永根說出調戲沈氏不成反被他們揍的事情，在這麼多人面前，就算她可以拿出字據證明是裴永根調戲沈氏，而不是沈氏勾引裴永根，但這事一旦傳開，恐怕沈氏難逃被指指點點的命運。

「我看他們不順眼，就去拔了他們的棉苗。」裴永根滿不在乎地說道。

秦小寶鬆了一口氣。這無賴還不蠢，知道若把那件事情扯出來，只會加重他的罪名，所以就扯了這個謊；不過他也沒說錯，他肯定看他們不順眼，誰叫裴子安和大慶把他揍成了豬頭呢？秦小寶一想到那天裴永根的樣子，忍不住想笑。

「你這個無賴，當真是無藥可救！好，既然你承認了，我就根據裴氏族規懲罰你，將你除去族籍，逐出裴家村，還須賠償文氏和大慶兩家的損失。」裴成德威嚴地說道。

「族長，不要啊！千萬不要將永根趕出村去，他一個人到了外頭，可怎麼活啊！」永根娘一聽到這個處置，雙腿一軟跪了下來，哀求道。

「永根娘，妳怎麼到現在還這麼糊塗，還要為他說話？族裡的規定妳不是不清楚，犯了罪就應當受到責罰，否則以後我還怎麼管理裴家村？」裴成德一臉恨鐵不成鋼。

永根娘見裴成德態度堅決，便求著一旁的本家，想讓他們一起幫忙求情，可是卻沒人願意出頭，旁邊圍觀的人倒是在小聲嘀咕。「這裴永根就是個禍害，留在村裡我們都不得安寧。」

裴永根聽到懲罰，一副無所謂的樣子。除籍就除籍，出去說不定還能混出個名堂來，至於賠償，自己有錢沒有，要命一條，賠不出來難道還能殺了他？所以當他娘嚎天喊地哀求的時候，他倒是完全沒吭聲。

「永根娘，妳別再哭了，再求也沒用，倒是關於賠償，我們得來討論一下。」裴成德對永根娘的哭喊感到心煩，皺著眉頭喝道。

永根娘被裴成德一聲喝斥嚇得住了嘴，她可憐兮兮、淚眼汪汪地看著裴成德。

「文氏、大慶，你們說應該怎麼賠償？」裴成德轉向他們，問道。

「族長，根據我們家去年種棉田的收益來算，這次我們兩家共種了二十畝棉田，被裴永根毀壞了一半的棉苗，共計損失約六十兩銀子，這還是根據去年來算的，今年有了經驗，可以收成更多，至於裴永根怎麼賠償，我們全聽您的安排。」這種場合，身為長輩的文氏站出來說話。

來祠堂前，他們就討論過這個問題。裴永根家可是窮得響叮噹，真要按照一半棉田生產的棉布來算，他們肯定是付不出來，所以他們先把賠償數字講出來，看族長怎麼說。

「六十兩銀子啊？還只是一半，平均下來每畝旱地六兩銀子收益，比養了魚的水田還多了將近二兩銀子，如果今年種得更好，那收益豈不是更多了？」圍觀鄉親都露出了羨慕的神色。沒想到旱地也能有這麼好的收益。

裴成德聽了這數字也是大為驚訝，心中暗自盤算著要是全村的旱田都種了棉花，那裴家村村民的日子便可以過得更好了。

「族長、各位鄉親，我們說的數字只是收益，但我們買棉花種子和農肥、請人種棉田、彈棉花和捻線、織布，還有房租和織布機的租金，都是支付了銀子的，所以實際上純利潤並沒有大家想像得那麼多。」秦小寶見大家臉上顯出豔羨的神色，知道誤導了他們，所以趕緊站出來解釋。

裴成德和村民都在心中飛快地計算著。秦小寶付的工錢大家也大概知道，就算純利潤沒有這麼多，至少也有一半的利潤，一般人家種的麻田，一畝只能收個幾百文，若是種土豆、紅薯之類的，那就更少了。

「好了，大家不要再議論，我們今天先把賠償的事情解決，其他的回頭再討論。」裴成德心中有了想法，便對還在竊竊私語的大夥兒說道。

「族長，我們家真的沒有這麼多銀子啊！您知道的，這些年，我家幾口人每天能吃飽就已經很好了，真的沒錢賠償啊！」永根娘聽到要賠那麼多銀子，又嚇哭了。

「娘，妳老哭有啥用，又不能解決問題。」裴永根不耐煩地對他娘喊道，然後轉頭對文氏叫道：「老子只有爛命一條，要錢沒有，要命你們就拿去，別在這囉哩囉嗦的。」

永根娘聽到裴永根這話，深怕激怒族長會受到更重的懲罰，咬著牙一巴掌就搧了過去，罵道：「你這個孽障，還有臉在這裡喊叫，如果不是你惹的禍，我們家要賠那麼多錢嗎？」

在平時，裴永根的爹娘是打不了裴永根的，不是捨不得，而是打不過，今天裴永根被捆起來，只能硬生生地受了這巴掌。

裴永根知道今天占不到便宜，再出聲只會討來更多打罵，索性閉眼往地上一躺，不作聲。

「永根娘，我們也知道妳家窮，但是妳家兒子毀人棉田是事實，造成的損失也是事實，妳總得有點誠意，說說妳的想法。」裴成德畢竟是一族之長，還是得好好把問題解決。

「族長、文妹子、大慶，我家的情況你們知道，六十兩我們一下還不起，可不可以容我們慢慢還？」永根娘說道。

「所以你們肯認這六十兩的賠償了？」裴成德鬆了一口氣。

肯認就好，若是永根娘要賴不肯認，那就讓人頭疼了。文氏和大慶都是善良人，不會逼他們一下子還清的。

永根娘點頭。她不認又如何，要她不管這個兒子的死活，她實在辦不到，只盼著經過這次教訓，兒子能長進些。然而她卻不知道越是護著裴永根，裴永根越是不會收斂，反正有人善後，他愛幹麼就幹麼。

「那好，妳說說如何慢慢還？」裴成德問道。

「我們家有三畝水田、五畝旱田，水田的糧食我們留著做口糧，魚田和旱田的收益全都用來賠償，直到還清為止。」永根娘說道。

「妳家五畝旱田種的是什麼？你們打算多久還清？」裴成德問。

「種的是亞麻。托小寶的福，魚田每年收益有十四兩銀子，麻田雖然收益少，但每年也有三兩銀子，我們勒緊褲腰，四年之內將這債務還清。」永根娘答道。還真是多虧了小寶，否則只靠旱田的收益，得還二十年了。

裴成德看向文氏，示意他們商量一下，文氏點點頭，便和秦小寶、大慶、蘭秋小聲商量起來。

第三十六章 同窗

文氏幾人討論了一會兒，便有了共識。

「族長，我們商量好了。」還是文氏開口說道。

「好，妳說，你們是什麼想法？」裴成德揮手示意文氏把想法講出來。

「裴永根毀壞我們一半的棉田，這個銀子必須賠，否則就是縱容犯罪；不過永根娘說得也有道理，她家確實一下子拿不出這麼多銀子，我們都是裴家村的人，雖然她兒子實在做得太過分，但我們不是不講道理的人，所以我們接受永根娘說的賠償方法。」文氏把商量的結果說出來。

「好，既然達成協商，那我們立個字據，雙方都來畫個押，永根娘今後每年過年前將當年該還的銀子還掉，不許拖欠，可做得到？」裴成德問。

「做得到、做得到，多謝族長、文妹子和大慶，我一定按時還錢。」永根娘見對方寬限自己的賠償期限，心中感激。

裴成德讓人寫下字據，看著雙方簽好，各執一份後，便對大家說道：「從今天起，裴永根被逐出裴家村，永不得回村，把他拉出去，其他人也散了吧！」

裴成德話音剛落，便有幾個壯漢將裴永根拖了出去，永根娘哭著跟在後面，圍觀的人也跟著出去看熱鬧。

「各位長輩，此事已經處理完畢，請回吧！」裴成德對坐著的幾位長輩說道。

長輩們起身，裴成德欠身送他們到祠堂外。

文氏一行人恭恭敬敬地目送長輩，直到人消失在門外，他們幾個正想離開，卻被裴成德攔了下來。

「曾叔公，不知還有什麼事情？」秦小寶疑惑道。

「小寶，剛剛你們說的棉田收益，可是真的？」裴成德沈吟了一會兒，開口問道。

秦小寶正奇怪裴成德為何將他們攔下來，聽到他這樣問，心中便有了底。

「曾叔公，我們說的全都屬實。」秦小寶說。

「咱們村裡旱田不少，現在大多種著亞麻，每畝收益也就六百文左右；小寶，不是曾叔公想勉強妳，我也是為了全村人考量，能不能讓大家的旱地都種上棉花呢？」裴成德開口問道。畢竟在中原百姓還不敢嘗試種棉花的時候，秦小寶勇敢做了第一人，而且還成功了，如果她能像魚田一樣，帶著大家一起種棉花，村中收入又會多上許多。

果然，裴成德還是這個想法，秦小寶沒敢一口回絕，只是謹慎地回答道：「曾叔公，這件事情容我回家考慮考慮，跟家裡人再商量一下吧。」

裴成德見秦小寶沒有一口拒絕，心中便有了希望。反正今年是來不及了，正好看看她的棉田是不是每年都能成功？而且到明年三月還有將近一年的時間，可以讓秦小寶慢慢考慮，實在不行就發動全村人去求她，她必是不能拒絕。

裴永根被幾個壯漢拖到了村口，正準備往外扔，永根娘一把抱住裴永根哭道：「各位鄉親，行行好，讓我給永根準備點衣物吧，他一個人在外頭什麼都沒有，求求你們了。」

村裡都姓裴，斷了骨頭還連著筋呢，不可能這點要求都不准，帶頭的人便給永根娘一炷香時間去準備。

永根爹在家中已經得知這事，嘆著氣收拾好裴永根的衣物，見永根娘跑進來，便把衣物塞給她，說：「給那孽障拿去。」

永根娘翻了翻包袱，抬頭問道：「怎麼沒放些銀子在裡面？沒錢怎麼活啊？」

「錢、錢！家裡哪有閒錢給他？還要替他還債呢！不給！」永根爹怒道。

「你這死老頭，他可是你的親生兒子，你怎麼能這麼狠心？」永根娘指著永根爹罵。

「妳還說，要不是妳從小寵慣兒子，他會變成這樣？妳還有臉說我！」永根爹回擊道。

「我怎麼知道會變成這樣？我嫁給你五年才生下他，我不得不小心養著啊！」永根娘委屈地說。她生下兒子不容易，好生養著有什麼錯？

「爹、娘，你們不要吵了，永盛會聽話的。」一個怯怯的童音傳了過來。

「永盛，你怎麼出來了？乖，快進去。」永根娘見自己六歲的小兒子害怕地看著他倆，趕緊走過去抱住他安慰著。

裴永盛是永根爹娘三十幾歲才得的兒子，雖然寶貝，但是因為有了裴永根的教訓，所以管教得較為嚴厲，他倆已經對裴永根徹底失望，便把所有的希望都寄託在永盛身上。

還好，裴永盛從小就聽話，可膽子也小，他們一吵架他就害怕。

「那爹娘答應永盛不要吵架了。」裴永盛央求道。

「好，爹娘不吵了，你哥哥犯了錯，族長要把他趕出村子去。」永根娘忍不住對裴永盛說了今天的事情。

「妳對孩子說這些幹麼？不要把永盛牽扯進來。」永根爹不想讓裴永盛知道這些事情，他一心想著裴永盛不要跟哥哥學壞。

「啊……那怎麼辦？哥哥被趕出去，不就沒飯吃了？」裴永盛著急地說道。

雖然裴永根是個渾蛋，但卻對這個弟弟很不錯，可能是兩人年齡差距大，而裴永盛的乖巧聽話，也讓裴永根有一種做老大的感覺。

「永盛真是好孩子，你哥哥做錯了事就要接受懲罰，以後你一定不要像你哥哥一樣，要做個好人，好嗎？」永根娘心疼裴永盛的乖巧，捧著他的小臉蛋說道。

「娘放心，我會做個好人的，可是哥哥對永盛很好，能不能求求族長不要趕他出村啊？」裴永盛搖著娘的手求情。

「不可以，別再提這個人了，從今以後我們家沒有這個孽障！」永根爹聽到裴永盛還為裴永根求情，一股火便上來，忍不住喝道。

裴永盛被永根爹嚇得不敢出聲，眼淚汪汪地看著永根娘。

永根娘把裴永盛抱進房間，囑咐他不許出來，裴永盛聽話地點了點頭。

永根爹看到永根娘從房裡走出來，嘆了口氣，說道：「妳去取二兩銀子給他吧，再多是沒有了，我們還要想想永盛。」

永根娘也知道家裡的狀況，也就是靠著去年魚田掙了些銀子，現在才有這二兩銀子給他，按照往年，她家是一個銅板都拿不出來的。

永根娘默默地拿了銀子和衣服，又將早晨剛做的饅頭塞了幾個到包袱裡，就匆匆忙忙地趕到村口。

村口的人已經等得不耐煩，見到永根娘便趕緊喊道：「永根娘，妳倒是快點，我們都還有事呢！」

「對不住、對不住，來了、來了。」永根娘邊跑邊道歉。可憐她快四十的人了，還要為了這個兒子奔波勞累。

「永根啊！到了外面不要再犯渾了，好好找個工去做，別餓著、凍著自己。」永根娘把包袱遞給裴永根，含著淚說道。

裴永根最煩他娘嘮叨，一把搶過包袱，說道：「不用妳管，妳快回去，老子到外頭過逍遙日子去了。」

旁邊的人見裴永根依舊是這個態度，不禁搖頭。看樣子狗改不了吃屎，這性子只怕到死都難改了。

「永根娘，妳別管他了，隨他去吧，妳該做的都做了，就當沒這個兒子吧！」有位中年農婦實在看不慣裴永根對親娘的態度，大聲對永根娘說道。

裴永根聽到這話，當下瞪大了眼睛，對著說話的大嬸揮著拳頭罵道：「關妳屁事，再囉嗦小心我的拳頭不長眼。」

「啪」的一聲，押著裴永根出村的漢子給了裴永根一個耳光，罵道：「你這流氓，當著這麼多人的面還敢這麼橫，快給我滾出去，永遠都不許回村！如果讓我看見的話，保證讓你後悔自己生出來。」

裴永根看了看比自己高一個頭的壯漢，自是不敢還手，便摀著臉悻悻地走出村子。

他是一臉的無所謂，可憐他娘望著他的背影，看了很久很久，直到看不見了，還不肯離去。

「唉……永根娘，快回去吧，妳兒子已經走遠了。」剛剛出言勸慰永根娘的農婦道。

永根娘回過神來，對著大嬸感激地說：「謝謝嫂子，我知道了。」

「還好妳還有永盛，還有個指望，好好帶大永盛，別讓他走了永根的路。」農婦真心實意地勸著她。

永根娘聽到永盛的名字，這才打起精神回家。人有了精神支柱，就不會垮下去。

秦小寶在處理棉田的事情時，裴子安在書院也是日夜讀書，一點都沒有浪費時間。

仁文書院歷史悠久，出過很多文人及官員，其中的藏書自然不少。

裴子安原來就是個愛看書的人，各種類型的書都愛看，前兩年在裴家村，他就把裴明澤的藏書都看完了，如今到了仁文書院，看到那麼多藏書，有種老鼠掉進米缸的感覺，喜得不行。

裴子安原本以為要唸一些自己老早爛熟於心的書，這大半年日子會很難熬，沒想到現在反而覺得只在書院待半年，時間實在不夠用。

他在藏書館看書時，總是拿著四書五經做幌子，讓人以為他是在努力學習、準備應試，實際上他卻是在看各種雜書，就是不看應試的書。

沒過多久，他努力學習的名聲就傳遍了，旁人以為他是徹夜不眠地用功苦讀，不知道他只是被書中內容吸引，就算不睡覺也要把書看完。

人以群分，書院也會分派系，有錢人家的子弟往往在一起讀書吃飯，而家中清貧的人也會湊到一起。

裴子安從農村來，自然被劃分到沒錢人家那一派，只是裴子安整日除了讀書還是讀書，自得其樂，並不管那些派系劃分。

裴子安始終記著秦小寶的吩咐，要低調，所以他不多話也不出風頭，總是對人恭敬有禮。

上課的時候，他看起來很認真地聽課，其實思緒已經飄到了秦小寶那裡，或在回味著昨天晚上讀的那本書。

當先生點名問他功課，他也是挑簡單的回答，太難的就說不會，這段日子倒也過得平平淡淡。

仁文書院的學生宿舍是兩人一間，按入學考試名次來安排房間，裴子安排名在中間，所以跟他同住一室的也是個名次中間的學子。

本來裴子安想在入學考試中考個最後幾名，後來一想，如果入學考試考太差，最後卻又考上秀才，未免說不通，所以就小心翼翼地考了中間的名次。

跟裴子安同一住的學子名叫木鴻宇，他家是青州城首富，來讀書還帶了個小廝阿興伺候，不過小廝不能住在學生宿舍，只能住在書院別處，所以木鴻宇頂多差他跑跑腿、辦點事，不用貼身伺候。

木鴻宇今年十五，比裴子安大一歲，卻讓人感覺比裴子安小很多；他性格外向活潑，第一天見面就跟裴子安無話不談，所以裴子安一開始就知道醉香樓是他家的產業。

木家家大業大，醉香樓只是很小一部分資產，木府雖然很有錢，但木老爺一心希望兒子中能出個做官的，可能有了錢就想要權吧！

但是府中的公子做生意個個出色，卻沒一個能讀書，好不容易最小的兒子還能讀點書，立刻被木老爺當作寶貝，木鴻宇也不負木老爺的期望，考進了仁文書院，所以他在家裡是能橫著走的。

裴子安謹守秦小寶的叮嚀，並沒有說出他家供給醉香樓稻花魚的事，一方面不想讓別人了解自己太深，另一方面覺得木鴻宇家裡產業那麼多，哪會將醉香樓的稻花魚放在心上，說了反而讓人覺得在套關係。

裴子安對於自己的事情不多說，可木鴻宇卻覺得跟裴子安越聊越投緣。可能是裴子安沈穩的個性讓他有好感，也可能有些人生來就是有緣，雖然認識沒多久，卻感覺好像上輩子就是朋友一般熟悉。

自入學後，木鴻宇每天都跟裴子安一起上下學、吃飯讀書。裴子安起初很不習慣，他被有錢的那幫學生中傷過，說他心術不正，巴結木鴻宇，但都被木鴻宇一一罵回去，他見木鴻宇為人直爽、愛恨分明，便也心中坦蕩，真心交了這個同窗好友。

木鴻宇還有一個結伴上學的同齡好友，住在他們隔壁，名叫魏啟才，是青州知府的三兒子，因為木鴻宇的爹與青州知府相交甚篤，所以他倆從小是一起玩大的。

與木鴻宇不同的是，魏啟才為人低調、謙遜，有著讀書人的傲氣，這與他爹從小教導有關。身在官場必須謹言慎行，不能隨心所欲，因此魏啟才很是喜歡木鴻宇灑脫不羈的性子。

魏啟才透過木鴻宇的介紹認識了裴子安，到底是年紀輕，正是結交朋友的時候，魏啟才的讀書人氣質很投裴子安的脾性，所以上學沒多久，便經常可以在書院中看見三人一起讀書、辯論的身影。

第三十七章　哮症

「子安、啟才，這個月休，你們去我家玩吧！」木鴻宇半躺在宿舍的床上，咬了一口蘋果說道。

書院管理很嚴，進了書院的學子基本上都不能回家，不過每個月還是有一天休息，想回家的可以回家，但是像裴子安家住很遠的就甭想了，只能待在書院繼續學習。

「我就不去了，我要讀書，如果考不上秀才，我家的小媳婦要罵死我了。」裴子安拿著一本書，頭也沒抬地說道。

「什麼？你已經有媳婦了？」木鴻宇一聽，顧不得吃蘋果，跳起來問道。

連一向文靜的魏啟才也「啊」了一聲，表示驚詫。

裴子安剛上學時不太講自己家中的事情，不過，經過一個月的相處，他覺得木鴻宇和魏啟才是真的把他當朋友，所以就慢慢透露了些。

「嗯。」裴子安認真地點了點頭。

「來來來，子安，快講講你媳婦的事情。她是不是比你大，所以你們才那麼早成親？」木鴻宇搬了個凳子坐過來，魏啟才也好奇地湊過來坐在裴子安床上。

「沒，我媳婦比我小兩歲。」裴子安一想到秦小寶，臉上不禁露出溫柔的笑容。

「啊？」木鴻宇和魏啟才面面相覷。

「難道你媳婦是童養媳？」木鴻宇猶豫了半天，小心翼翼地問道。

「是啊，她是童養媳，有什麼問題嗎？」裴子安奇怪地回答道。童養媳有什麼不好嗎？自小一起長大，感情不是更深厚嗎？

「沒、沒問題，只不過你媳婦真是個可憐人。」木鴻宇腦子裡都是童養媳的悲慘命運，語帶同情地說道。

「可憐？」裴子安以為自己聽錯，又重複了一遍。

「她這麼小就離開父母到你們家當童養媳，受盡公婆虐待，難道不可憐嗎？雖然我不應該這麼說你父母，但一般童養媳不都是這麼悲慘嗎？」木鴻宇說道。魏啟才雖然沒有說話，但看表情也是這樣認為。

裴子安看了看木鴻宇和魏啟才義憤填膺的臉，笑了起來，說道：「小寶不可憐，她幸福著呢！」

「怎說？」這次是魏啟才開口問道。

「小寶的娘在我家生下她就過世了，我爹娘不知道小寶和她娘的身分，就將她留下來養了，她是喝我娘奶水長大的，我娘把她當親生女兒，待她比待我還好呢！」裴子安為自己的爹娘說明，也為秦小寶這個名義上為童養媳、實際上是掌上珠的實情正名。

木鴻宇和魏啟才聽得一愣一愣。這般命好的童養媳他們從來沒見過，他倆開口問道：

「你說得可是真的？」

「唉……虧我還把你們當好友，居然懷疑我說話的真假，你們真是太讓我失望了。」裴子安佯怒。

「不不不，我們相信你，你媳婦真幸福，我們可以不用那麼義憤填膺了。」木鴻宇趕緊說道。

裴子安緩了緩臉色。他本就沒生氣，好友關心小寶，他該高興才是。

「子安，你媳婦是個什麼樣的人？」魏啟才看裴子安談到媳婦就一臉幸福，忍不住好奇地問。

「她是個很特別、很有趣的人。」秦小寶在裴子安心中是千好、萬好。

「特別？有趣？真想見一見你媳婦呢！」很少有人用這兩個詞形容一個女孩，木鴻宇心中充滿了好奇。

「好，有機會一定讓你們見見，如果她知道我交了你們兩位好友，一定也替我開心。」裴子安嘴裡說著，思緒已經飄回裴家村。

「子安、子安，回魂啦！」木鴻宇在裴子安眼前晃了晃手。

裴子安這才把思緒拉了回來，問道：「什麼事？」

「你才什麼事，說一下你的小媳婦，然後魂就沒了。」魏啟才調侃道。

裴子安裝咳了一聲，說道：「沒，我在想昨天先生出的那道題該怎麼答？」

木鴻宇和魏啟才對視一眼。有句話說得好，看破不說破，他倆非常有默契地說道：

「哦……原來如此。」

「話說回來，這個月的月休去不去我家玩啊？」木鴻宇想到這事還沒確定，顧不得再調侃裴子安，忙問道。

「不是說了我要看書嗎？不去。」裴子安不想去木鴻宇家，畢竟自己的身分與他倆相差太大，雖然木鴻宇和魏啟才真把他當朋友，但難免會碰上拿此事做文章的人，他不想惹閒話。

「子安，你是不想去鴻宇家裡吧？」魏啟才沈吟了一下，問道。

裴子安心中暗嘆。魏啟才果然聰明，一眼就看出自己的真實想法。

「是，我現在的身分不適合去你們家，等我考上秀才再說。」裴子安索性坦蕩承認。

「唉……你擔心啥，我家沒人會亂說閒話的。」木鴻宇還想勸他。

「鴻宇，既然子安心意已決，就不要勉強他了，不如我們找個風景秀麗的地方去郊遊怎麼樣？」魏啟才攔下木鴻宇。他知道裴子安一旦打定主意就不會改，他能理解裴子安內心的感受。

裴子安感激地對魏啟才笑笑。

「那好吧，我們商量一下去哪裡玩？」木鴻宇只好作罷，不過一想到可以去郊遊，又來了興致。

「東郊的楊柳湖不錯，現在這個季節正是最美的時候，就去那裡吧！」魏啟才提議。

「好，就去那裡，我讓阿興準備一下，月休那天我們直接過去。」木鴻宇看裴子安點了點頭，便拍手說道。

「這事就這麼定了，快上課了，我們過去吧！」魏啟才提醒。午休時間快結束，魏啟才說完便回到隔壁宿舍收拾書本去。

裴子安和木鴻宇也起來收拾好東西，和魏啟才一起往課堂走去。

教他們的夫子有好幾位，教的都是各自擅長的領域，今天下午的夫子名叫常鵬遠。

裴子安第一次見到常夫子的時候，差點落下淚來。

他是裴子安前世在京都書院讀書時的老師，當時只知道他是青州城人，沒想到這兩年他回了老家，在仁文書院教書。

當初在京都書院，裴子安是常夫子的得意門生，常夫子對裴子安很好，經常邀他去家中吃飯，裴子安也對常夫子非常敬重，那時候的他，父愛、母愛都缺乏，對裴子安來說，常夫子就好像父親一樣。

在給常夫子行完禮後，他是被一旁的木鴻宇拉著坐下來的，當時的他雙目含淚，行著拜師禮，沈浸在自己的回憶中，裴子安後來回想起這一切，覺得好像在作夢一樣。

裴子安三人走進課堂，坐到自己座位上，等著常夫子到來。

常夫子年過四旬，教出過不少進士，最令他感到驕傲的就是蘇元振，年僅十八就中了狀元，可惜天妒英才，年紀輕輕就去了。

正是因為這件事情，常夫子感到世事無常，落葉歸根的念頭一直在心頭縈繞不去，便帶著家眷回到老家青州城。回來沒多久，仁文書院三番兩次來請他教書，他也耐不住在家中無所事事，便接下了這個邀請。

他在仁文書院教了一年多，還沒發現哪個學生比得上蘇元振，心中不禁暗嘆這輩子恐怕是再也遇不到如此優秀的學生了。

常夫子踏進課堂，看到大家都端端正正地坐著等他，心中非常滿意。仁文書院的學生尊師重道，見他進來，立刻站起身來見禮，常夫子給大家回禮，示意大家坐下，接著講起課來。

裴子安在常夫子的課堂上聽得非常認真，常夫子還是跟以前一樣，課講得非常生動，讓學生都聽得津津有味。

「咳咳咳……」常夫子突然劇烈地咳了起來，不僅咳嗽，還帶著喘息聲，整個人身子都蜷縮起來。

裴子安見狀心中一驚，來不及多想，忙起身急奔上去扶住常夫子，讓他坐下來，然後讓他上半身往前傾。

坐著的學生紛紛湊過來，七嘴八舌地討論著該怎麼辦？也有學生跑出去找書院管事報告此事。

「你們讓開！別圍在夫子周圍擋住了空氣，快去把門窗都打開！」裴子安見圍過來一群人，急著叫道。

木鴻宇見裴子安這著說，趕緊照著做。

「子安，這是怎麼回事，要不要我去請大夫過來？」木鴻宇遠遠地問道。

「來不及了，夫子這是哮症，是急發症狀，我試試按摩夫子的穴位，看有沒有幫助？」裴子安回答。

他一邊說著，一邊雙手揉壓常夫子身上的內關、風池、天突、膻中等穴位，還對正在喘氣的大子說道：「夫子，趕快做吞嚥的動作。」

過了好一會兒，常夫子慢慢地平靜下來，裴子安見狀心中一鬆。若不是前世他與常夫子非常熟悉，見過他犯這個病，也見過大夫對他的治療，今天真的不知道該怎麼辦？

「夫子，現在正是換季的季節，花粉會誘發哮症，您怎不圍住口鼻呢？」裴子安記得以前這個季節，常夫子都會圍住口鼻在外行走，今天可能是因為沒有圍，才引發了哮症。

「唉……今天走得急就忘記了，誰知這麼巧。」常夫子苦笑道。平時他都很謹慎，偏偏今天忘記了，看來以後疏忽不得。

「對了，你叫什麼名字？你怎麼知道我這是哮症，還知道怎麼治療？」常夫子反應過來。剛剛是這個學生救了自己，而且用的方法跟幫自己治療的大夫一模一樣。

「學生裴子安，因以前遇過此症的病人，見過大夫治療，所以今天才僥倖用上了。」裴子安拱手行禮，恭敬地說道。

常夫子對裴子安印象不深，只知道這個學生平時上課很認真，但是一遇到複雜的問題就答不上來，可見資質一般，不過能在危急時刻臨危不亂、隨機應變，倒是不錯。

「子安，今日多謝你相救。」常夫子雖是老師，但對於相救的學生，還是認真地拱手行了一禮。

裴子安趕忙還禮，嘴中謙虛道：「夫子折煞學生，這是學生應該做的，愧不敢受這一禮。」

這時，書院管事匆匆帶著大夫走了進來。

「常夫子，您怎麼樣了？我請大夫過來了。」書院管事姓張，他神色焦急地問道。

常夫子趕忙站起來回答：「多謝張管事，老夫沒事了，多虧有位學生懂得治療之法，我才恢復過來。」

張管事聽到常夫子已經沒事，一顆心放了下來。這位常夫子可是在京都書院教過書，仁文書院的院長親自去請來的，如果在課堂上出了事情，他難以向院長交代。

「大夫，麻煩您再為常夫子診脈，確定他無事。」張管事向一同前來的大夫說道。

「好，張管事請放心，我這就為夫子把脈。」大夫答道。

大夫仔細地為常夫子診過脈，收拾著東西問常夫子。「夫子，您這個哮症應該是多年的毛病了吧？」

「是啊，平時倒沒什麼，就是每年春天最容易犯。」常夫子嘆了口氣說道。

「所以常夫子每年這個時候一定要做好防範，千萬不能貪圖省事就不圍住口鼻。」大夫囑咐。

「大夫，您不開些藥給夫子嗎？」張管事問道。

「這個哮症很難痊癒，湯藥也只是防範於未然，而且常夫子應該有經常看病的大夫，最好回去讓他開藥。這病只盼著不要發作，就會沒事。」大夫解釋。除非原本看病的大夫看得不好，否則還是由同一個大夫開藥比較好。

「多謝大夫，老夫知道了。」常夫子對大夫道謝。

「常夫子，今天下午的課您就別上了吧，我讓學生送您回去，今天好好休息。」張管事說道。

「也好，今日就上到這裡，下一次我再補上。」常夫子折騰一番，也有些累了，便說道。

裴子安放心不下其他人送常夫子，便主動提出要送他回家，木鴻宇和魏啟才也非要一起。張管事看向常夫子，徵求他的意見。

常夫子看著裴子安真誠的神色，不由得點頭同意。

裴子安讓木鴻宇取來他的絲綢布巾，小心地幫常夫子圍上口鼻，然後扶著常夫子慢慢地走回家。

下午送常夫子回到家，已經下學，他們三人便回到宿舍。

一進院子，就聽見一個陰陽怪氣的聲音說道：「喲，獻完殷勤回來了？」

「郭建安，你胡說什麼？」木鴻宇毫不客氣地回道。

郭建安也是裴子安他們的同窗，不過他從不跟裴子安說話，因為他家是青州城數一數二的富戶，雖然比木鴻宇家差了一點，但他伯父在朝廷為官，這點可就比木鴻宇家強得多。他實在不明白木鴻宇和魏啟才怎麼會跟裴子安做朋友，他們應該只跟自己這種身分相當的人來往才對。

「你們這麼愛出風頭，給夫子治病、送夫子回家，不是獻殷勤是什麼？」郭建安帶著幾個小弟站在走廊上，嗤笑地看著他們。

那幾個小弟家中也是做生意的，還是靠著郭建安家事業過活的，所以自然跟隨在郭建安身旁。

「夫子出事，我們能不管嗎？你讀的書被狗吃了不成？」木鴻宇見郭建安顛倒黑白，不禁怒道。

「鴻宇，不必跟無關的人解釋。公道自在人心，狗咬你一口，難道你還咬回去？」裴子安看了郭建安一眼。他明顯就是來找碴的，不過打嘴仗誰不會。

木鴻宇和魏啟才聽到裴子安最後一句話，都樂了，異口同聲說道：「對，我們不咬狗，哈哈哈……」

說完，三人大笑著走進宿舍，只剩下郭建安一張臉脹得跟豬肝似的，卻什麼也說不出來。

第三十八章　郊遊

「子安，你罵人技術真高，一個髒字不帶就讓他還不了嘴。」木鴻宇關上門，對裴子安豎起大拇指。

「小意思，這種人就是欠罵。對了，下午時間還很長，我去藏書館看書，你們去不去？」裴子安見下午沒事，便又想去藏書館。

「不去，我喜歡躺在床上看書，你一個人去吧！」木鴻宇擺擺手說道。

「我也不去了，我回房間看書。」魏啟才也說道。

他倆不去，裴子安樂得自由，他稍微收拾一下，便一個人去了藏書館。

藏書館坐落在仁文書院的西南角，此時正是上課時間，所以藏書館內空無一人，裴子安走進藏書館，看到這麼多的書，覺得很是安心。

裴子安先拿了一本考試的書，隨後又拿了一本雜書，聚精會神地看了起來。

才看沒多久，就聽到外面一陣吵鬧。裴子安心中不悅，究竟是什麼人，居然跑到藏書館來喧譁？

裴子安合上書本，皺著眉頭走了出去，一走出去，便見兩群人正吵鬧著，因為離得有點遠，聽不清在吵什麼，裴子安往前走了幾步，才聽出是怎麼回事。

兩群人分別以郭建安和寒門學子伍善水為首，不知什麼原因起了磨擦，便吵了起來。裴子安搖搖頭。這種事情太多了，他們互看不順眼，平常就老是在吵。

正當他準備回藏書館繼續看書，瞄見兩群人互相推擠著，其中一人沒站穩，一頭栽到旁邊的池子裡去。

這下吵架的人都慌了神。那池子的水很深，掉下去的學子明顯不諳水性，在那裡載浮載沈，岸上沒人敢下去救。

裴子安一看不妙，環顧一下四周，正好藏書館門口有一根杆子，立刻抄起杆子往池子衝去。到了池子旁，他把杆子伸到落水學子旁邊，讓他抓住並把他拉了上來。

原來落水的正是伍善水，伍善水一上來就吐了好幾口水，這才緩過來，所有人都鬆了一口氣。

這事傳到了張管事那兒，張管事匆匆忙忙地趕過來，口中念叨著。「今天是怎麼了，常夫子急症發作，這幫學生也狀況不斷。」

張管事了解事情前後，便指著兩群人教訓道：「你們成天就只知道吵來吵去，父母送你們來是讀書，不是來吵架的，你們要多向裴子安學學，據我所知，他所有的時間都是用來看書學習，從來不加入什麼派系。」學生之間歷來就有派系之分，書院也沒法阻止。

在張管事面前，原本鬥得跟公雞似的兩群人都安靜了，老老實實地聽著訓。

裴子安站在張管事身後，臉上謙虛心中卻哀號「浪費我看書的時間啊」，但又不敢離開。

「你們看，裴子安不但努力學習，今天還救人兩次，像他這樣才不愧為仁文書院的學生，再看看你們，一個個不知所謂。」張管事看著眼前這幫鬧事學子，真是氣到不行。

「張管事，我們知道錯了，下次一定不會再犯。」被訓的學生見張管事發怒，趕緊認錯，生怕被懲戒。

「算了，念在你們初犯，也沒釀成大禍，這次就放過你們，若再有下次，定不輕饒。」張管事加重語氣說道。

「是，學生知道了。」

「你們還不趕緊回去看書！」張管事一甩袖子，又匆匆忙忙地走了，這麼大一個書院，要管的事情太多了。

兩群學生互瞪對方一眼，便都散了。

伍善水攔住裴子安，硬是給他行了大禮，感謝他的救命之恩。

裴子安趕緊扶他起來，交代同來的學生趕快送他回宿舍換掉濕衣服，以免受寒，然後又回到藏書館啃起書來。

月休這天風和日麗，平時老愛賴床的木鴻宇一大早就起來了，還把裴子安和魏啟才也叫起來。

「鴻宇，只是去郊遊而已，不用這麼興奮吧？」裴子安揉著眼睛。昨天晚上看書睡晚了，現在還有點睏。

「是啊，鴻宇，這才幾點，就把我們叫起來了。」魏啟才附和道。

「好不容易有一天月休，天天在書院都快悶壞了，當然要早點起來出門！」木鴻宇拍著兩人的肩膀說道。

「走，我讓阿興備好馬了，我們一起騎馬過去。」木鴻宇說道。他原先還擔心裴子安不會騎馬，確定他會騎馬後才放心地讓阿興去準備馬匹，否則得駕馬車出遊，那多沒勁。

三匹健碩的好馬早已等在書院門口，阿興將韁繩交給少爺，木鴻宇拍拍他的肩膀表揚了一句。「馬選得不錯。」

阿興謙虛地低頭說道：「少爺過獎了，這是阿興的本分，少爺先去楊柳湖遊覽，中午的膳食阿興會準備好，到時再送去給您。」

「好。」木鴻宇簡單回答後便翻身上馬，對著裴子安和魏啟才說：「走，我們去楊柳湖。」

裴子安和魏啟才也翻身上馬，三人一同往楊柳湖方向騎去。在街道上他們不敢騎快，等出了城，這才加快速度飛馳起來。

楊柳湖確實景色優美，湖水清澈、湖面如鏡，三面環山，倒映在湖中。

既然是好地方，當然遊人也不少，三人將馬拴好，走到湖邊的亭子坐了下來，打算先休息一下再慢慢遊覽。

「七哥、七哥。」一聲叫喚讓他們三人抬起了頭。兩個眉清目秀的少年朝亭子走來，木鴻宇定睛一看，嘆了口氣對魏啟才說道：「來找你的。」

魏啟才回道：「她是你妹子，又不是我妹子，怎麼是來找我的？」這番對話讓裴子安丈二金剛摸不著頭腦。妹子？在說誰呢？

談話間，兩人已經來到亭子裡，走在前面的少年拉著木鴻宇的手說：「七哥，你們出來玩居然不帶我，要不是我見阿興回府拿東西時隨口問了一句，我都不知道你們今天來這裡玩。」

「早知道就叮囑阿興不許多嘴了。」木鴻宇嘴裡嘟囔著。

少年沒聽清，問道：「七哥，你說什麼？」

「嗯，沒什麼，妳帶丫鬟翠竹打扮成這樣跑出來，被父親知道，又要罵我了。」木鴻宇趕緊岔開話題。

「七哥，你怕什麼，父親疼你都來不及，怎麼會罵你？況且我也不會讓父親知道的。」少年得意地說道。

「算了，既然出來了就一起玩吧！啟才妳很熟了，這位是我新結交的朋友，名叫裴子安。」木鴻宇拉著裴子安介紹道，然後對裴子安說：「這是我妹妹清靈。」

裴子安拱了拱手，木清靈也對著裴子安行了女子之禮，然後對魏啟才說：「啟才哥哥，好久不見，你怎麼都不來我家玩了呢？」

「我和妳哥哥現在上學了，不能再像以前那樣玩了。」魏啟才答道。

木清靈臉上顯出失望的神色，不過想到今天一整天都能跟魏啟才在一起，便又開心起來。

接下來的遊湖，魏啟才便被木清靈纏住，木清靈拉著他一會兒到這裡看看，一會兒到那裡瞧瞧，木鴻宇和裴子安很識相地走在後面。

遊玩的時間總是過得很快，到了晌午時分，大家的肚子也開始咕嚕叫起來，這時候，阿興適時地出現了。

「少爺，阿興準備了午膳，您看我們在哪裡用比較好？」阿興帶了好多食盒，詢問著木鴻宇。

「七哥，不如我們把那條遊船包下來，到那上面去吃吧？」木清靈看了看四周，發現一條遊船。

「好主意！阿興，你去辦吧！」木鴻宇拍手叫好，吩咐阿興道。

「是，阿興這就去辦。」阿興躬身答道。

沒過多久，阿興便來請他們幾人上船，現在是中午時分，遊客不多，遊船老闆聽到有人要包船，便樂得租給他們。

這艘遊船不是很大，但布置得很雅致，大家圍著桌子坐好，吩咐船家慢慢地划到楊柳湖中心。

阿興把食盒一個一個打開，全是醉香樓最有名的菜，當然還備了酒。

「來，大家快吃吧，這可是醉香樓最好吃的幾道菜了！」木鴻宇招呼著大家。

阿興和翠竹給四人倒酒布菜，木鴻宇見了，對他倆說：「你們也去吃吧！這裡不用伺候，我們幾個人自己吃著自由。」

阿興和翠竹點頭稱是，下去吃飯，但也不敢走得太遠，怕到時候主子叫了聽不見。

「來，吃這個，糖醋草魚，我最喜歡吃的菜。」木鴻宇挾了一大塊魚給裴子安。魏啟才和木清靈常吃醉香樓的菜，所以他就只招呼裴子安，想把自己喜歡的東西也讓裴子安嚐嚐。

「味道真是不錯呢！」裴子安嚐了一口說道。

「是吧，我沒騙你吧！我告訴你啊，這還不是醉香樓最好吃的草魚，等過段時間，稻花魚上市了，那清蒸稻花魚更好吃，真可惜現在還不到時候。」木鴻宇嚥了口口水說道。

「你知道稻花魚？」裴子安問道。

「那當然，我這麼愛吃，像稻花魚這樣的美味豈能放過？」木鴻宇一副理所當然的樣子。

裴子安起初以為木鴻宇不會在意醉香樓的菜，而且那時尚未與他深交，所以沒說出稻花魚是自家產的，現在既然木鴻宇提到稻花魚，而且還這麼愛吃，不說出來就顯得生分了。

「鴻宇，有件事我要告訴你。」裴子安說道。

「什麼事？你放心，稻花魚上市了，我一定帶你去吃。」木鴻宇還沈浸在美食之中。

「這倒不用，我吃過稻花魚。」裴子安笑道。

「啊？你什麼時候吃的？難道你以前來醉香樓吃過？」木鴻宇奇道。

魏啟才和木清靈也停下手中的筷子看著裴子安。

「我家就是養稻花魚的，也是供給醉香樓稻花魚的農家。」裴子安說道。

三人沒想到裴子安與醉香樓有這層關係，頓時都呆了一會兒，到底還是木鴻宇反應快，說道：「哎呀！這麼巧，稻花魚居然是你們提供給醉香樓的？」

「是的，水田飼養稻花魚是我媳婦小寶想出來的，成功後便帶著全村人一起養，那天我和小寶來青州城賣稻花魚，恰巧碰到祥叔急著買魚，因緣際會下就成了醉香樓的供應商。」裴子安簡單說了一下經過。

「天啊！你這個媳婦真的是很特別、很有趣啊！沒想到稻花魚居然是你媳婦養出來的。」木鴻宇驚奇道。怪不得裴子安這麼描述他媳婦，能做成這種事情的人當然有趣啊！

「是啊，她很能幹的。」裴子安對秦小寶的能力很有自信。

「什麼時候讓我們見見你媳婦啊？說得我們越來越好奇了。」木鴻宇說道。他好想問問裴子安媳婦，還有沒有養什麼其他好吃的呢？

「快了，等稻花魚上市的時候，我們應該就能見到她了。」裴子安想了想說道。他也好想見小寶。

轉眼又到盛夏了，秦小寶正在做收魚的準備。

自從棉苗被毀的事情解決後，秦小寶和蘭秋便細心打理剩餘的一半棉苗，期盼打理得好，或許能損失少一點。

「小寶，自從咱們把棉苗重新整理、加寬了間距後，棉苗的長勢似乎更好了。」蘭秋邊做針線活邊跟秦小寶聊天。趁這兩天還有點空閒時間，趕緊把家裡的活兒給做完。

「棉苗雖然少了一半，但地還在，我們將棉苗重新移種，讓它們有更寬敞的生長空間，應該有機會結出更多棉桃。」秦小寶拿著針線做著一個荷包。她總想著要送個什麼東西給裴子安，後來還是蘭秋出主意，說不如親手做個貼身之物，比較有意義。

「對了，蘭秋姊，稻花魚快要收成了，在那之前我要去醉香樓找祥叔，妳能陪我一起去嗎？」秦小寶說道。

「沒問題，我跟妳一起去，順便去看看子安。」蘭秋笑著說道。

「好啦！我的荷包做完啦！」秦小寶收完最後一針，總算大功告成，雖然沒有蘭秋姊做得那麼精巧，但看上去也不差，最重要的還是一份心意。

出發去青州城是兩天後。已經有好幾個月沒見到裴子安，秦小寶心中有些緊張，不知道他在書院過得好不好？

蘭秋看出秦小寶的緊張，安慰道：「放心吧，子安在書院餓不著、凍不著，肯定好著呢！」

秦小寶點點頭，到後院牽了驢二出來。文氏對秦小寶交代了幾句，秦小寶一一應下來後便喊蘭秋坐上來，往青州城趕去。

大夏天趕路真的很折磨人，還好秦小寶出門時帶了一把傘，現在正好用上，不然真的要被太陽曬暈過去。

驢二在這麼熱的天氣下走得很慢，畢竟炎熱會消耗體力。秦小寶捨不得趕牠，倒是為了讓牠休息，中途歇息好幾次，等她倆到青州城的時候，已經是中午。

考慮到現在是中午，祥叔肯定正忙，所以秦小寶先到仁文書院。還是跟上次一樣，門房攔住了她們，派人去叫裴子安出來。這回裴子安很快就出來，不過後面還跟了兩個跟屁蟲。

可是門房只允許裴子安出來見秦小寶，跟在後面的木鴻宇和魏啟才被無情地攔在了大門裡面，他倆只好眼巴巴地看著裴子安去和秦小寶會面。

裴子安知道後面跟了兩個跟屁蟲，卻管不了那麼多，方才門房派人來找裴子安的時候，他們正在吃飯，裴子安一聽有人找，便知道是秦小寶來了，趕緊放下筷子飛奔出來，木鴻宇和魏啟才對視一眼，也放下筷子跟著裴子安奔了出來。

第三十九章　祭禮

「小寶，妳來啦！我好想妳。」裴子安拉起秦小寶的手，開心地說道，也和一旁的蘭秋打了招呼。

蘭秋笑盈盈地問候了裴子安，便趕著驢車走到離書院不遠的樹蔭下等候，把這短暫的會面時間留給他倆。

秦小寶看著裴子安激動的臉，不禁伸出手去摸了摸、捏了捏，感覺好像沒什麼變化，她點頭說道：「我先來看你，再去找祥叔說送稻花魚的事情。」

門後的木鴻宇和魏啟才看著秦小寶的舉動，目瞪口呆。這小媳婦膽子還滿大的，這麼主動。

「妳們吃了午飯嗎？」裴子安問道。

「路上吃過乾糧了。」秦小寶回答。

「唉，可惜書院規定不是月休不能出去，否則我便帶妳們去吃好吃的。」裴子安心疼秦小寶啃乾糧果腹。

「沒事，我和蘭秋姊也可以自己去吃啊！你在書院過得怎麼樣？」秦小寶安慰道。

「挺好的，這裡的藏書館有好多書呢！我這大半年有事做了。」裴子安湊近秦小寶的耳邊偷偷說道。

秦小寶抿嘴一笑。這倒好，有書看總比炒冷飯要有趣多了，也小聲說道：「那你當心點，別被人發現你看閒書啊！」

「這個妳放心，我會小心的，現在整個書院都傳遍了我刻苦讀書的事蹟呢！這樣也好，等我中了秀才，也是理所當然的。」裴子安笑著小聲說道。

木鴻宇和魏啟才一開始還能聽見他倆的聲音，後來裴子安和秦小寶的聲音越來越小，便忍不住把身體往外湊近，想聽得更清楚，沒想到一個重心不穩，兩人一起栽倒在地上。

這聲巨響把秦小寶嚇了一跳，她看向裴子安的背後，只見兩個跟裴子安穿得一樣的學子倒在地上，哎喲、哎喲地叫著。

「子安哥，他倆是誰？怎麼了？」秦小寶疑惑地問。

裴子安轉過頭看了一眼，搖搖頭嘆了口氣。「這兩人是我在書院的好友，一個叫木鴻宇，一個叫魏啟才，他倆聽說妳來找我，便要跟著一起來看妳，但是書院規定只有家眷探訪才能出來，所以他倆就只能在門後看妳。」

「看我？他倆為啥要看我？他們又不認識我。」秦小寶奇道。

「因為我跟他們說，我的媳婦可有趣了，所以他們就想看看啊！」裴子安笑著說。

「你、你跟他們說了些什麼啊？我哪裡有趣了？」秦小寶聽裴子安在好友面前說起她，覺得心裡甜滋滋的。男人願意在朋友面前說起自己，說明自己對他很重要，這個常識秦小寶還是懂的。

「說來可巧了，那個是木鴻宇。」裴子安指著稍胖的那位，告訴秦小寶說：「他家是青州城首富，醉香樓也是他家的產業之一。」

「啊？真的啊？」秦小寶嚇一跳，這也太巧了。

「是真的，所以當他聽說稻花魚是妳想辦法養出來的，眼睛都直了，吵著要見妳，想問妳還有沒有養什麼好吃的？」

秦小寶噗哧一笑。這木鴻宇倒是挺愛吃的，只是恐怕要讓他失望了。秦小寶說道：「原來是這樣，既然是你的朋友，我理應去打個招呼，既然他們出不來，那我就到門口去給他們見個禮吧！」

「好，走，我們過去。」裴子安點點頭。

裴子安牽著秦小寶的手，摸到她戴著他送的銀鐲子，心中一陣開心。他倆走到書院大門前，木鴻宇和魏啟才已經爬了起來。

「鴻宇、啟才，這是我媳婦秦小寶。」裴子安介紹道。

木鴻宇、魏啟才和秦小寶互相見禮。

「弟妹，我和啟才早就聽聞妳的大名了，盼了好久，終於見到本人。」木鴻宇性子開朗，所以一見秦小寶，就自然地聊了起來。

秦小寶見木鴻宇叫自己弟妹，便知道他倆應該比裴子安大，她開口說道：「子安在書院，多虧兩位大哥的照顧，小寶在這裡替子安謝謝兩位大哥。」

木鴻宇和魏啟才見秦小寶長得嬌小，穿著打扮也只是一般的農家姑娘，但一開口說話顯得頗識大體，不由得對她刮目相看。

「弟妹哪裡的話，難得我們三人脾性相投，在書院一起讀書，我們是互相照顧，真要說誰照顧誰，恐怕是子安照顧我們多一點。」魏啟才開口說道。

「是啊、是啊！別看我年紀比子安大，其實子安比我成熟多了，好多地方都是他在照應我呢！」木鴻宇也趕忙搭腔。

「好了，你倆別誇我了，我們不能出來太久，你倆還有什麼話要說嗎？沒有的話，我還要跟我媳婦說會兒悄悄話呢！」裴子安忍不住說道。

「對了，弟妹，妳家的稻花魚是怎麼養出來的，怎麼這麼好吃？」木鴻宇見裴子安要趕他們走，便趕緊將一直想問的問題問出來。

「其實也不難，只是今天時間太短了，一時半刻說不清楚，要不等下次有機會再告訴你？或是以後有時間的話，歡迎兩位大哥到我們裴家村來，我可以帶你們去看看。」秦小寶說道。

「對，下次有時間再說這個問題，我們先過去了啊！」裴子安不想浪費跟秦小寶在一起的每一刻，忙拉著秦小寶遠離木鴻宇和魏啟才。

「小寶，家裡情況怎麼樣？娘和弟妹好不好？」裴子安問道。

「他們都很好，家裡的棉田倒是出了點意外，不過沒關係，都解決了。」秦小寶說道。

「什麼意外？」裴子安問道。

「已經沒事了，你別擔心，我能解決的，你還不相信我嗎？」秦小寶不想多說。一是時間來不及，二是事情已經解決了，不想再讓裴子安多擔心。

「我相信妳，妳肯定能處理好的。」裴子安說。

「子安哥，這是我親手為你繡的荷包，裡面裝了些銀兩，你可要收好了啊！」秦小寶拿出前幾天剛剛繡好的荷包，拉起裴子安的手，放到他的手心上，囑咐道。

裴子安看著手中的荷包，開心不已。這可是小寶親手繡的呢！他小心翼翼地把荷包放到自己貼身的口袋裡，說道：「謝謝小寶，妳放心，我一定會好好收著的。」

說完，他輕輕把秦小寶擁入懷裡，秦小寶也抱住裴子安，心中一陣感傷。這才沒見多久，就要分別了。

書院的門房已經在催促，說裴子安出來的時間太久了，沒辦法，兩人只好依依不捨地道別，一個倒著走進書院，一個一步三回頭地離開書院。

「子安，走了，進去了。」在門後等著的木鴻宇和魏啟才見裴子安還不停往外張望，兩人一個左邊、一個右邊架住他，把他帶了進去。

「子安，你媳婦果然不錯，她還邀請我們去你家玩呢！」木鴻宇邊走邊興奮地說道。

「我們家在村裡，就怕你不習慣。」裴子安笑著說道。

「怎麼會不習慣，我還沒去過鄉下玩呢，等有機會我一定要去。」木鴻宇說道。

「好，那我和小寶就在家恭候木公子和魏公子大駕光臨！」裴子安抱拳躬身說道。

三人有說有笑地走進去。飯是吃不成了，下午要月考，不如趁中午還有點時間複習一下。

月考裴子安倒是不擔心，可下月的書院祭祀他就比較重視了。從前在京都書院讀書時，每年他都會被選中參與祭祀的籌備工作，一般來說每個書院的祭祀流程都差不多，但他知道書院祭祀是書院最重要的活動之一，他不想在過程中有任何差錯。

每次祭祀，書院都會抽調各院的學生進行籌備工作，有些由夫子推薦，有些由各院學生推薦，而裴子安就是被常夫子舉薦，才有機會參與這項對於學生來說非常神聖的事情。

張管事起先覺得裴子安功課太過一般，沒有參與祭祀工作的資格，但常夫子卻以裴子安的品性來舉例，成功說服了張管事。

跟裴子安同一個書院的郭建安得知這個消息，氣得直罵常夫子過分偏袒，又罵裴子安獻殷勤終於有效了；至於伍善水自從上次被裴子安救了以後，便站到裴子安這一邊，對他各種維護，又跟郭建安對罵了一通。

裴子安這段日子忙著幫張管事籌備祭祀工作，這事是後來聽旁人說起的，心中倒是對伍善水有了一分好感，看來伍善水是個知恩圖報之人。

張管事沒想到裴子安雖然功課不怎麼樣，但做事情卻是有模有樣、穩重細心，心中暗暗感謝常夫子的推薦，讓他有了這麼個得力助手。

「子安，這幾件物品是秋祭時最重要的，特別是這份祭文，是院長在祭祀典禮上要唸的，你可要收好了。」張管事把幾件重要物品交代給裴子安。

「是，張管事。」裴子安拱手恭敬地答道。

祭文是整個秋祭中最重要的環節，書院早有負責撰寫的人把祭文準備好，經過院長的審核，幾番修改才最後定稿。

張管事走後，裴子安仔細檢查了幾件重要物品，他把祭文打開，仔細讀了一遍，頓時覺得非常振奮。果然一篇好的祭文能產生激勵學生的作用。

終於到了秋祭禮這一天，天還未亮，裴子安就到了舉行秋祭禮的書院祠廟。所有重要物品已在前一天晚上安放到這裡，檢查完畢之後，張管事鎖上祠廟，把鑰匙交給裴子安，要他第二天早些過去開門。

「子安、子安。」裴子安聽到伍善水在門外叫他。

「善水，你怎麼來了？秋祭還早呢！」裴子安走出祠廟，果然是伍善水焦急地等在門外。

書院秋祭禮非常講究，祭祀當日，除了準備人員，其他人必須到主祭人宣布祭祀開始時，才能進入祠廟。

「子安，今早和我同宿舍的陸文波說，昨天晚上他從藏書館回來，看到有人在祠廟附近走動，我覺得還是該跟你說一聲。剛剛去你宿舍，木鴻宇說你已經來這裡了，所以我就趕了過來，你趕緊檢查一下祠廟裡面有沒有問題，如果沒有問題最好，有問題現在還來得及補救。」伍善水一口氣說完。

「好，謝謝你，善水，我這就去看看。」裴子安眉頭皺了起來，說道。

裴子安大步走進祠堂。現在時間還早，還沒有其他人來，趁這個時間趕緊檢查，否則祠廟的鑰匙是他在保管的，出了問題肯定逃不過懲罰。

裴子安平復著心情，口中說著冷靜，手卻不敢停下。還好他熟悉整個流程，知道每個環節需要使用的物品，所以一個一個檢查著，直到打開祭文，發現這份祭文居然是空白的。

裴子安心定了下來。找到問題就好辦，想讓他出醜的人也太狡猾，祭文是捲起來的，不打開不會發現問題，若是等院長宣唸祭文時才發現是空白的，那就來不及了。

裴子安心中暗想，可惜你們不了解我的記憶力，這區區百字的祭文，我早就記了下來。他又暗自慶幸自己之前讀過了一遍祭文。

「子安、子安，怎麼樣？有沒有問題？需不需要我幫忙？」伍善水仍舊在外頭等著，他怕裴子安需要幫忙，所以不敢離開。

「善水，我都檢查過了，我可以解決，你快回去吧！」裴子安不想讓伍善水擔心，反正等他寫完祭文，就沒有問題了。

「沒事就好，那我先回去了。」伍善水說道。

裴子安看看時間還早，足夠他重新寫一份祭文，他找出筆墨，在空白祭文紙上寫了起來。

裴子安很快就寫完了，他把祭文晾著，再仔仔細細地檢查了一遍其他物品，確認沒有任何問題，這才鬆了一口氣。

一切準備妥當，天色也亮了起來。張管事和其他人都來了，到了祭祀的時辰，院長開始主持祭祀儀式。

裴子安仔細地觀察著眾人，果然，在院長打開祭文的時候，他看到郭建安顯露出期待的神色，但當院長很自然地唸起來的時候，他明顯露出失望的表情，而後目光凶狠地看向裴子安。

裴子安不甘示弱地瞪了回去，眼神中帶著警告，郭建安到底是作賊心虛，把頭低了下去。果然是他幹的，看來不給他點顏色瞧瞧，真當自己好欺負。

祭祀一結束，裴子安就要木鴻宇和魏啟才盯著郭建安，暗中跟著他，如果他去拿了什麼東西，就把他攔下抓住。

隨後，裴子安找到張管事，把今天早上的事情一五一十說了出來，只不過說到祭文的時候，只說自己為了謹慎起見，另抄了一份備用，沒想到竟用上了。

正當張管事怒火中燒要徹查此事時，魏啟才跑過來，說抓到郭建安拿東西了。

張管事帶裴子安和魏啟才匆匆趕到書院花園一角，只見木鴻宇正抓著郭建安不放，郭建安見張管事來了，嚇得撲通一聲就跪在地上。

張管事一把搶過郭建安手中的祭文，仔細一看，果真是原先準備的那份，再看了看裴子安手中拿著、院長剛才唸的那份，果然是裴子安的筆跡。

「郭建安，你居然做出這種事情，真的是無可救藥！」張管事怒喝道。

「郭建安，我就猜到你會來取這份真祭文，因為你覺得奇怪，自己明明藏起來，為何院長還能唸出這份祭文！」裴子安鄙視地對郭建安說道。

「為什麼？為什麼會這樣？」郭建安吼道。

「因為我抄了一份祭文備用啊！傻子。」裴子安嗤笑了一聲，輕蔑地說道。看著郭建安像洩了氣的皮球一樣，癱坐在地上。

「郭建安，你意圖破壞書院祭祀禮，先將你關禁閉，等我稟明院長再做處置。」張管事指著郭建安說道。

郭建安被關了禁閉，幾日後，被仁文書院勸退回家。

而裴子安因為祭祀活動的圓滿完成，得到了仁文書院的嘉獎。

第四十章　開展

裴家村收棉花的季節馬上要到了，秦小寶嚴陣以待。在她和蘭秋的精心打理下，這段時間棉田增產不少，由於生長空間大了，所以結出的棉桃比以前多，她們算了算，今年的收成應該只比去年少三分之一，這個結果已經很好。

有了上一季的經驗，這次的採收和翻曬、剝籽很順利，趙氏和邱氏也早早就將織布機搬到作坊，一有棉花彈好，兩人便跟捻線工一起捻起線來，等到有足夠棉線，兩人便開始織棉布。

當秦小寶的作坊開始織布時，裴子安回來了。

「娘、小寶，我回來啦！」裴子安揹著包袱，手上提了大包、小包的東西。

「子安，你可回來了，想死娘了，快讓娘瞧瞧瘦了沒？」文氏剛剛收拾好碗筷，聽到裴子安的聲音，趕緊跑了出來，一起跑出來的還有秦小寶和平安、秀安。

「來，這是我給你們帶的禮物，快拿去。」裴子安見到裴平安，便把手上的東西遞了過去。

「子安哥，你還沒吃飯吧？我去幫你弄。」秦小寶見到裴子安很高興。他們剛剛吃過午飯，子安哥從青州城趕回來，肯定還沒吃飯。

「小寶，隨便給我弄一點就可以了，不要太麻煩。」裴子安被文氏抱著打量，動不了，只能嘴上囑咐。

「好，我馬上就好。」秦小寶的聲音傳出來的時候，人已經進了廚房。

文氏對裴子安有問不完的話，不是問考試情況，就是問生活狀況，而一旁的裴平安和裴秀安拿到了自己的禮物，都開心不已。

不一會兒，秦小寶便端著飯菜走了出來。還好中午的飯菜沒有吃完，熱一下就好。

裴子安端起碗一口氣吃完，心滿意足地說道：「還是家裡的飯菜好吃啊！」

文氏聽了，心疼地說道：「你在外面是不是都沒有好好吃飯？」

裴子安一聽壞了，又要惹娘擔心，趕緊說道：「娘，我在書院一日三餐都吃得很好，您放心。」

「是啊，娘，子安哥的意思是說，想念娘做的飯菜了。」秦小寶也趕忙說道。

「那就好，你現在回來了，我天天做給你吃。」文氏聽了秦小寶的話，不禁開心地說道。

「娘，我去洗碗。」秦小寶見裴子安吃完了，拿起碗筷就要進廚房。

文氏趕緊攔下來，說道：「妳跟子安這麼久沒見，你們說說話，我去洗。」

說罷，搶過碗筷就進了廚房。

裴子安拉著秦小寶的手，從懷中摸出一樣東西，放在秦小寶的手心上。

「哇！好漂亮的簪子，跟我手上的銀鐲好配。」秦小寶看著手心的東西驚呼道。這是一支銀簪子，跟自己手上的銀鐲一樣，都很精巧細緻。

「特地買給妳的，因為覺得跟妳很相配，所以就買來送妳，喜歡嗎？」這支銀簪是裴子安趁著月休，特地去上次買銀鐲子的商家挑的。

「喜歡，謝謝子安哥。」秦小寶開心地說道。

裴子安看到秦小寶喜悅的小臉，心也跟著飛揚起來。果然女孩子都喜歡收到禮物，裴子安從上次送秦小寶手鐲就發現了，如果可以，他願意多送一些禮物給她，看來還得要多掙錢才行。

「對了，子安哥，你考試考得怎麼樣？」秦小寶一直認為裴子安考試不會有問題，所以現在才想到要問一下。

「放心吧！肯定沒問題的，最後幾名中少不了我的。」裴子安給了秦小寶一個放心的眼神。

秦小寶放下心來。下個月就知道結果如何了。

「小寶，作坊那邊怎麼樣了？」裴子安問道。

「籽棉已經採收完，也彈好一部分棉花、捻了一些棉線，開始織棉布了。」秦小寶回答道。

接著她把裴永根毀壞棉田的事情告訴裴子安。

裴子安聽了氣憤不已。居然拿農作物來報復，真是豈有此理！秦小寶安慰道，族長已經將他趕出裴家村，而且還有後續的賠償，也算是處理得當。

「今年少了三分之一的採收量，估計十二月初就能織完所有棉布。」秦小寶說道。

「也好，少一點就少一點，早點結束可以早點將棉布賣了，好好過年。」裴子安點頭說道。

「對了，族長想讓我們帶著大家一起種棉花，我想等你回來，跟你和娘一起商量。」

「好啊！」

「什麼事情要跟我商量啊？」說話間，文氏已經從廚房走了出來。

秦小寶拉著文氏和裴子安坐好，說道：「是這樣的，娘，您也知道族長一直勸說我們帶著全村人種棉花。」

「是，那天族長看到我，又跟我提了一次。」文氏點點頭。看來族長對這件事很是積極。

「那娘是怎麼想的？」秦小寶想先聽聽文氏的想法。

「族長很希望我們帶著大家種棉，如果硬是拒絕，恐怕族長那裡不好看，而且我們住在裴家村，村裡的鄉親總是要見面的，難保不會對我們有意見。」文氏想了想說道。

「是啊！我也是想到這一點，但如果像魚田那樣，我們又要承擔風險、又沒有任何好處，還不如不做，所以我有個想法，不知道是否可行？」秦小寶點頭說道。

「小寶，妳說說看，我們再一起商量。」裴子安說道。

「我的想法是，我們可以教村民種棉，但有個條件，就是村民必須把種出來的棉花賣給我們，我們以一個合理價收購大家的棉花，然後擴大作坊的規模，成立裴家村織布坊，增加織布機、招收織布工，還可以擴建染坊，畢竟染好的布價格更好。」秦小寶把自己的想法說出來。

如果把這件事情當成一個生意，那大家都能得利，互利的事情，才會有人積極去做。既然大家都種了棉花，棉花的產量就會大大增加，不如趁這個機會把作坊做大，有人提供棉花，就不用自己辛辛苦苦種植，只需要管控好每道程序，雇人來做就可以。

「小寶，這個想法不錯啊！這樣一來，我們就可以靠織布坊掙錢了。」裴子安心中讚嘆，小寶真是太有生意頭腦了。

「小寶說的這個法子好。」文氏也點頭贊同道。

秦小寶見裴子安和文氏都支持自己的想法，心中很是開心，她對裴子安說道：「子安哥，明天你就陪我去找族長，把開織布坊的事情講給他聽，畢竟你是當家的，你來說比較好。」

裴子安當即說道：「遵命，媳婦。」

秦小寶聽裴子安這樣叫自己已經習慣，抿嘴一笑，也不去反駁他了。

裴成德家一早就迎來了裴子安和秦小寶，裴成德關心了一下裴子安的秋試，然後問道：「今天你們來是有什麼事情嗎？」

「曾叔公，今天我和小寶過來，主要是為了您之前提議的，帶鄉親們一起種棉花的事情。」裴子安答道。

「哦？你們商量好了？有何結果？」裴成德一見這兩人來找他，就猜想是為了種棉花的事情。

裴子安將昨天跟秦小寶討論的想法說出來。裴成德聽到他們願意教大家種棉花，並且還能買下全部的收成，心中舒了一口氣。裴子安見裴成德連連點頭，便乘機將擴建織布坊的事情提了出來。

果然是互利的事情好商量，裴成德爽快地答應將村北宅子附近的一塊空地免費給他們重建織布坊，並且承諾讓全村人幫著他們一起建造。

「子安哥，族長雖然支持我們的想法，但是建造織布坊還是需要花不少錢。」秦小寶從族長家出來，一邊走一邊在心中盤算著。

「咱們的錢夠嗎？」裴子安問道。

「應該是夠的，地皮不要錢，壯丁不要錢，需要花錢的地方就是買造屋的材料，以及造屋工人的工錢，另外還需要買幾臺織布機。」秦小寶說道。

「沒問題，織布坊可以很快幫我們把這些花出去的錢賺回來的。」裴子安安慰著。他知道秦小寶攢到這些錢不容易，但是他相信以後會越掙越多。

「我也是這麼想的。」秦小寶應道。想要賺更多的錢，光守成不行，天底下沒有白吃的午餐，捨不得投資怎麼掙得到錢？這個道理她還是懂的。

「咱們去作坊吧！正好再去看看那塊地。」裴子安拉起秦小寶的手說道。

「好，咱們走。」秦小寶興致很高昂。畢竟這不是一件小事，織布坊只是第一步，如果經營得好，今後還有很多事情可以做。

作坊裡，大家都在忙碌著，蘭秋一見裴子安和秦小寶，便說道：「你們去族長家談得怎麼樣？」

昨天蘭秋聽說裴子安回來了，和大慶一起過來看他，秦小寶便將開織布坊的想法告訴蘭秋，蘭秋一聽覺得這事可行，催著他們趕緊去跟族長談。

「已經談得差不多，族長已經同意了，還把村裡的空地給我們建造織布坊。」秦小寶笑著對蘭秋說。

「太好了，只是造織布坊得花不少銀子吧？我這裡還有一些銀子，妳先拿去用。」蘭秋想到錢的問題。

「蘭秋姊，妳想不想跟我們一起做？」秦小寶問道。

「一起做？」蘭秋問道。

「對，一起投資織布坊，以後再開染布坊，說不定將來還能開成衣坊，如果做得好，我們就開到青州城去，一起去掙錢。」秦小寶的熱情被蘭秋點燃，她暢想著未來的各種可能性。

蘭秋聽著秦小寶的規劃，不禁神往，她一把抓住秦小寶的手說道：「好，一起做！」

「小寶，妳讓蘭秋姊再考慮一下，回去問問貴叔和大慶哥，聽聽他們的意見。」裴子安考慮周到，畢竟這是件大事，不知道貴叔和大慶的想法如何？

「對對，蘭秋姊，剛才是我太激動了，妳還是回去跟貴叔和大慶哥商量一下，反正時間還早，不急。」秦小寶有些不好意思地道。蘭秋畢竟是人家的媳婦，這種大事不能自個兒做決定。

「好，我今天回去就跟公公和大慶商量，我相信他們一定也願意的。」蘭秋笑著說道。

「嗯，等他們同意了，記得跟我講哦！」

第二天，秦小寶來到作坊，蘭秋已經在那裡撚線了。

「小寶，過來。」蘭秋把秦小寶叫到裡屋。

「蘭秋姊，貴叔和大慶哥怎麼說？」秦小寶知道蘭秋要跟自己講合夥的事情。

「他們都同意了，一聽是妳的提議，便二話不說把家裡這兩年攢的錢都給我，說讓我跟妳一起做。」蘭秋高興地說道。

秦小寶有一種被信任的感動。不管她做什麼，貴叔一家都這麼相信和支持，她一定要好好做，做出成績來！

「太好了，那我們加油！」秦小寶一把抱住蘭秋說道。

蘭秋笑著摸了摸秦小寶的頭，突然感到一陣噁心，忙鬆開手轉過身去嘔吐起來。

秦小寶嚇一跳，忙過去拍著蘭秋的後背問道：「蘭秋姊，妳怎麼了，不舒服嗎？」

蘭秋吐了好一會兒，艱難地站起身子，接過秦小寶遞過來的帕子擦了擦嘴，皺著眉頭說道：「這兩天老是覺得噁心想吐，不知道吃壞了什麼東西？」

秦小寶一開始還在想什麼東西吃了會讓人想吐，突然她腦子裡閃過一種可能，她驚喜地說道：「蘭秋姊，妳不會是有喜了吧？」

蘭秋聽到秦小寶這句話，也呆住了，想了想說道：「我的小日子不準，每次都會延遲，只不過這次好像真的延遲了很久，我都沒在意。」

「那八成就是了，走，我先陪妳回家，再去請大夫來替妳診脈。」秦小寶心中斷定蘭秋就是懷孕了，於是開心地替她做決定。

蘭秋有些臉紅地點點頭。秦小寶小心翼翼地想攙扶蘭秋，卻被蘭秋拒絕。「不用扶，我沒這麼嬌弱。」

「可是，不是頭三個月要很小心嗎？」秦小寶記得以前的同事懷孕後，前三個月都不來上班，說是要在家安胎。

「咱們農家姑娘哪有這麼矜貴，我娘說剛懷我的時候，還下田幹活呢！」蘭秋笑著說道。

「是這樣啊？但妳還是小心一點，重活就不要做了，讓大慶哥去做。」秦小寶順從地點頭，但還是有點擔心。

一路上，秦小寶都在說：「蘭秋姊妳走慢點」、「蘭秋姊妳小心這裡有個坑。」

蘭秋雖然覺得沒必要這麼小心，不過心中還是很感謝秦小寶對自己的關心，也就順著秦小寶的意思，小心地走回家裡。

「咦？蘭秋，妳怎麼回來了？不是去作坊幫忙了嗎？」大慶在加固後院的豬圈，看到蘭秋這個時候回家，奇怪地問道。

「大慶哥，你別忙了，快洗手過來，我跟你說件事。」秦小寶見大慶還在忙，便對他說道。

「什麼事情呀？我聽說妳想跟蘭秋合夥開織布坊，這是件好事呀！我和爹都沒意見，妳們儘管放手去做，我們一定支持。」大慶以為秦小寶要說開織布坊的事情，便憨笑著去洗手。

聽到大慶這番真誠的話，秦小寶和蘭秋早在一旁偷笑。如果他知道蘭秋懷孕，恐怕要樂壞了吧！

第四十一章 有喜

大慶洗好手，坐在蘭秋和秦小寶旁邊問道：「小寶，妳說吧，什麼事啊？」

秦小寶看看大慶，再看看蘭秋。大慶今年十七，蘭秋今年十六，在現代還是讀高中的年齡，在這裡卻是要做爹娘的人了。

「大慶哥，蘭秋姊身體不舒服，你趕緊去請個大夫來吧！」秦小寶打算先不告訴大慶發生什麼事，萬一弄錯，大慶肯定會很失望，還是先把大夫請來看看再說。

「什麼？蘭秋，妳哪裡不舒服，要不要緊？怎麼回事啊？」大慶一聽秦小寶說蘭秋身體不適，立刻緊張起來，趕緊拉起蘭秋的手問道。

蘭秋見大慶這麼擔心自己，心中很是感動，她趕忙安慰大慶。「不要緊，只是這幾天胃不舒服，老是噁心想吐，你別擔心，我沒事的，小寶關心我，所以說讓你去請大夫過來。」

蘭秋明白秦小寶的意思。希望越大，失望就越大，所以她也沒跟大慶多說，只是敘述了一下自己的症狀。

「好，我這就去請大夫，妳在家好好休息。小寶，妳幫我照顧一下蘭秋，我馬上就回來。」大慶聽了蘭秋的話，稍微安心一點，只想著趕緊請大夫來給蘭秋看病。

「放心吧，大慶哥，我在這兒陪著蘭秋姊，你快去快回。」秦小寶說道。

大慶點點頭，像陣風一樣奔出了門。

「大慶，你路上小心，慢點兒不著急。」蘭秋見狀趕緊叮囑。

「知道了，等我。」大慶人已經在門外了，聲音傳了進來。

秦小寶一臉羨慕的表情，說道：「大慶哥真的好疼妳啊！妳看他聽到妳不舒服的時候多緊張。」

蘭秋忍不住笑起來，幸福溢於言表地說：「他對我很好。」

「哎喲！受不了了，居然在我面前秀恩愛！」秦小寶調侃道。

秦小寶時不時會說一些奇特的詞語，「秀恩愛」這個詞蘭秋也已經習慣。

蘭秋接過秦小寶的調侃，語氣曖昧地說：「妳還說我，妳的子安哥對妳才真叫百依百順呢！」

秦小寶笑嘻嘻地說道：「那當然，子安哥跟大慶哥有得拚，都是疼媳婦的人。」

蘭秋聽秦小寶這樣說，不禁噗哧一笑，再也調侃不下去，點著秦小寶的腦袋說道：「妳這個小姑娘，怎麼一點都不害臊。」

秦小寶摸摸腦袋說道：「害臊是什麼東西？我在說一個事實呀！」

「小寶，過完年妳也十三歲，子安十五歲了，快了、快了。」蘭秋掰著手指說道。

「什麼快了、快了？」秦小寶問。

「再過兩年你們就可以圓房了啊！」蘭秋大笑著說道，就不相信小寶聽到這句話還能這麼淡定。

果然，秦小寶的臉紅了起來，她努力控制著別讓自己看起來太過困窘，但是沒用。

秦小寶不是沒想過這個問題，只是她總覺得自己還小、時間還早，但被蘭秋這麼一說，好像真的近在眼前。

蘭秋很滿意自己的傑作，她見秦小寶把臉埋進了手裡，便摸摸秦小寶的頭，溫柔地說道：「小寶，別害臊，這是每個女人都要經歷的過程，別忘了，妳以後還會有自己的孩子。乖，抬起頭來吧！蘭秋姊不說了，等妳長大就會明白的。」

秦小寶抬起了頭，一臉茫然地說道：「蘭秋姊，妳說什麼，我聽不懂。」

「妳這小丫頭，居然跟我裝傻，算了，今天放過妳，不說了。」蘭秋一眼就看穿秦小寶的小伎倆，每次秦小寶想要中止話題就會這樣裝傻。

「哈哈，還是蘭秋姊了解我，來，親一下。」秦小寶見被蘭秋拆穿也不惱，摟著蘭秋就是一頓親，把蘭秋親得不住討饒。

秦小寶怕影響蘭秋肚裡的孩子，便住了手，只要蘭秋不再提圓房這個話題就行。

大約過了一炷香的時間，大慶帶著大夫匆匆忙忙地回來了。

「大夫，麻煩您快點，我媳婦不舒服。」進了門，大慶還在催促著大夫。

「好好，我這就給你媳婦診脈，你別急啊！」大夫也是個好脾氣，估計一路上被大慶催得夠嗆，卻還是安慰著大慶，醫者父母心，這位大夫真是做到了。

大夫拿出脈枕，讓蘭秋伸出手，他閉著眼睛診了一會兒脈搏，然後又換一隻手診斷，接著問了些症狀。

「大慶兄弟，恭喜你，你媳婦這是喜脈，已經有兩個月的身孕了。」大夫笑呵呵地收起脈枕，對大慶說道。

「什麼？喜脈？」大慶不敢相信，又向大夫確認一遍。

「對，喜脈，你快當爹啦！」大夫見多了這種驚喜，笑呵呵地說道。

「蘭秋、蘭秋，我要當爹啦！」大慶這才反應過來，樂得一把抱起蘭秋轉圈。

「大慶哥，你快放蘭秋姊下來，現在剛剛兩個月，不能這樣折騰。」大慶這一下把秦小寶嚇得夠嗆，趕緊上前阻止。

「啊，是我不好、是我不好。」大慶趕緊小心翼翼地把蘭秋放下來。

「大夫，還有什麼要囑咐的嗎？」秦小寶問大夫。

「頭三個月千萬要當心，不要同房，不要做重活。」大夫吩咐道。

「是、是，聽大夫的。」大慶此時已經樂昏了頭，誰說他都不要緊。

難怪大慶這麼開心，蘭秋嫁過來一年多始終沒有身孕，村子裡的長舌婦常常在背後討論蘭秋是不是不能生育？有一次被大慶聽到，他拿著鋤頭指著她們說「誰以後再敢議論這件事情，他就一鋤頭砸上去」，那些三姑六婆才稍稍收斂了些。

大慶從不在蘭秋面前提這些事情，免得她傷心難過，但他也擔心，如果蘭秋一直沒懷孕，村裡的流言難保不會傳到她耳裡，所以現在蘭秋有喜，他開心地簡直要飛起來。

「這是你倆的頭胎，一定要好好養住，以後再有喜就不擔心了。」大夫臨走前又特意囑咐了一句。

秦小寶知道頭胎挺重要的，以前聽說過若是第一胎流產，以後就容易習慣性流產，那可就麻煩了。

「大慶哥，你好好照顧蘭秋姊，別讓她幹活了。」秦小寶對大慶說道。

「小寶，沒事的，我可以幹活。」蘭秋趕忙說道。

「不行，作坊妳也不要去了，這些日子好好在家養著，反正今年的棉花少，過年前肯定做得完。」秦小寶聽蘭秋還要逞強，便假裝凶巴巴地說道。

「是啊，蘭秋，妳就聽小寶的，其他的事先放著，以後再說。」大慶當然站在秦小寶這一邊。

「好吧！只不過我老待在家也是悶死了。」蘭秋噘著嘴說道。

「誰要妳老待在家？等過完頭三個月，妳就可以出來走動，而且還要多走動，不然生的時候不好生。」秦小寶說道。古代女人生孩子真的是過一道鬼門關，這裡不像現代，難產的話還可以剖腹產，若是在古代難產，就是死路一條。

「好，為了孩子，我會好好的。」蘭秋輕輕撫摸著平坦的小腹，溫柔地說道。

有了孩子的女人最是堅強，只要為了孩子，就沒什麼過不去的事。

秦小寶一回到自己家，便大聲叫著文氏，把蘭秋有喜的事告訴她。文氏聽了這消息開心不已，趕緊吩咐秦小寶燉雞湯給蘭秋送過去。

秦小寶內心其實很抗拒殺雞、殺鴨、殺魚，正巧裴子安出來，被秦小寶抓個正著。

裴子安嘴角微微抽搐，心中暗暗後悔自己為什麼要出來？以前的他何曾需要做這種事情，但現在他是裴子安，是裴家的頂梁柱，他又不能說自己不想殺，只好硬著頭皮上了。

後院響起了雞的慘叫聲，秦小寶心中默唸阿彌陀佛。為了蘭秋姊腹中的孩子，你就犧牲一下吧！

到底是自家養的土雞，雞湯出爐的時候，已經無法用言語來形容那種香味。秦小寶把口水嚥了下去，雖然現在家裡狀況比她剛來時好上許多，但肉對他們來說還是奢侈品，最多只能吃個雞蛋解解饞。

秦小寶以最快的速度裝好雞湯，並用布包裹了幾層，便催著裴子安送去蘭秋家。

吃完午飯，秦小寶便鑽進房間裡畫了起來，一邊畫一邊口中還唸唸有詞。

「小寶，妳下午不去作坊嗎？」裴子安跟進來問道。

「不去了，作坊那邊都上了軌道，我去了也幫不上什麼忙，有趙氏和邱氏在，沒問題的。」秦小寶沒有抬頭，依舊在畫著。

裴子安走近一看，紙上畫了兩個沒見過的東西，不過看樣子應該是工具類的。

「小寶，妳在畫什麼？」裴子安好奇地問。

「我在畫可以提高剝棉籽效率的工具，還有捻線的工具。」秦小寶答道。

「這能成嗎？感覺奇奇怪怪的。」裴子安懷疑著。

秦小寶對裴子安解釋了這兩個工具的原理，裴子安聽傻了，半天沒說話，他的大腦飛速地轉著，想像著那工具運作的樣子，問道：「妳怎麼會想到這樣做？」

秦小寶解釋。「這不是我想出來的，而是根據腳踏車的原理來做的，我以前學過這方面的知識，只是按照記憶畫下來而已。」

「腳踏車是什麼東西？」裴子安被新名詞吸引。

「就是一種代步的工具，比走路快多了，而且省力。」秦小寶說道。

「那妳能不能做一個腳踏車出來？」裴子安興奮地問。

秦小寶抱住腦袋。天啊！居然想讓她做腳踏車，不過，也不是沒可能，便說：「這東西比較難做，等以後有閒有錢的時候再考慮做個出來玩玩吧！現在得先把掙錢的東西做出來。」

「嗯，好！」裴子安滿心期待。真是太有趣了。

「好了，終於完工，我們去找榮澤叔，請他幫忙看看能不能按這個圖紙做出來？」秦小寶放下手中的筆，舒了一口氣說道。終於畫完了，就是不知道能不能做出來？

「我陪妳一起去。」

「好，咱們走。」

兩人便往屋外走了出去。

裴榮澤接過秦小寶手中的圖紙，眼睛都發亮了。又有新鮮的東西了，他仔細聽完秦小寶的設計原理，便轉頭做了起來。

秦小寶將手中的圖紙交出去以後，心中一陣輕鬆。織布坊正在一點一點成形，就好像養大一個孩子一樣。

裴子安已經回家一個月了，秦小寶跟裴子安說，稻花魚快收了，去青州城找祥叔時，可以順便打聽一下考試的成績，沒想到還沒出發，就有人為他們帶來了成績的消息。

裴子安和秦小寶收到有人找的傳話，急急忙忙跑到了東村口，遠遠便瞧見木鴻宇和魏啟才各牽了一匹馬，正圍著崗亭轉圈觀察。

一見面，還來不及寒暄，木鴻宇便嚷了起來。「子安，你們村子的規矩倒是很特別啊！居然不讓陌生人自行進出，得有村裡人來接才行。」

「此事說來話長，以前曾有人來村子裡生事，為了以防萬一，我們就設了這個崗亭，不許陌生人隨意進出。」裴子安說著看了秦小寶一眼。

「別告訴我，這個主意也是你媳婦想出來的啊！」木鴻宇順著裴子安的眼神，看到了秦小寶，立刻有這樣的反應。

「還真被你說對了，這是小寶想出來的主意，效果還挺不錯的呢！」裴子安笑了起來。

「果然是特別有趣啊！對了，你還不趕緊讓我們見過弟妹？」木鴻宇和魏啟才驚奇地對望了一眼，然後拍著裴子安說道。

秦小寶在旁邊看見他們三人聊得這麼高興，心中暗暗羨慕。有幾個氣味相投的好友真的是很幸福。

「好，這就讓你們見，這是我媳婦小寶，你們都見過了的。」裴子安拉著秦小寶介紹道。

「見過、見過，這就是那位特別有趣的弟妹，在下有禮了。」木鴻宇和魏啟才抱拳說道。

「很高興再次見到兩位，一路上辛苦了。」秦小寶親切地回禮。

「不辛苦！我們騎馬騎得好過癮，好久沒騎這麼遠的路程了。」木鴻宇興奮地說。

「是啊，騎馬就是快，比坐馬車快了一半時間。」魏啟才也說道。

裴子安是真心高興，做了一個請的動作說道：「歡迎來到裴家村，別站在這兒聊了，咱們回家再聊。」

四個人、兩匹馬在裴家村蹓躂，引來無數鄉親圍觀，竊竊私語議論著哪裡來的兩位貴公子？

「娘，我的朋友來了。」裴子安一進門便大叫道。

文氏聽見門外的響聲和裴子安的聲音，趕緊走了出來。木鴻宇和魏啟才給文氏見禮，又奉上帶來的禮物，文氏一個勁兒地說著下次不許再帶東西來了。

「娘，鴻宇和啟才要在咱家住上幾日，能不能整理個房間出來？」裴子安對文氏說道。

「沒問題，住多久都行，我這就去整理房間，你們聊。」文氏熱情地說道。

「多謝伯母。」木鴻宇和魏啟才趕緊從凳子上站起來，又行了一禮。

「娘，我幫您一起弄。」秦小寶說道。

「也好，妳來幫我吧，讓子安陪鴻宇和啟才說說話。」文氏點頭應道。

由於木鴻宇和魏啟才一大早就出發，還是騎馬過來的，所以到裴家村的時候還早，等文氏和秦小寶把房間準備好，便正好忙起午飯。

第四十二章　造訪

堂屋裡正聊得火熱的三個人，聊到了秋試的結果。

「對了，子安，這次我和鴻宇來，主要是給你帶喜訊來的。你考上秀才了，官榜剛出來，我們便急著來給你報喜，不然等官府通知到你這裡，不知還要多長時間。」魏啟才笑著說道。

「是嗎？太謝謝你們了，我娘和小寶一定會很開心！」裴子安也笑笑說道。

「怪了，你看起來一點也沒上榜的激動之情啊？」木鴻宇摸著腦袋問道。

「我比較穩重嘛！不喜形於色。」裴子安哈哈笑著帶過，然後問他倆。「對了，你們考上沒？」

「我和啟才都考上了，我們這麼聰明的人怎麼會落榜，是不是啊？啟才。」木鴻宇一副很驕傲的樣子。

「那真是太好了，我們三人的努力也算是都有回報，你們倆還要繼續考吧？」裴子安聽到木鴻宇和魏啟才都考上了，比知道自己考上還高興。

「那是當然，我爹可高興了，他就指望我走功名這條路。」木鴻宇說道。

「我也會繼續考，我爹也希望我能考取功名，入朝為官。」魏啟才也說道。

「你們兩個要努力，我相信你們可以的。」裴子安由衷地說道。

「聽這意思，你不想繼續考了？」魏啟才聽出裴子安的弦外之音。

「我們家的狀況你們也看到了，我弟弟很想上學，所以我和小寶打算供他讀書，我只要能考中個秀才就知足，畢竟家中有個秀才，可以免去稅賦。」裴子安說道。

木鴻宇和魏啟才都默不作聲。這意味著明年開學，他倆就不能再跟裴子安做同窗，心中很是失落。

「你們幹麼呢？不要傷感，雖然以後不能同窗，但是我們依舊是好朋友，而且，說不定我和小寶以後會去青州城開店鋪呢！將來我們又可以經常在一起了。」裴子安看出他倆情緒低落，忍不住安慰他們。他現在覺得秦小寶提議去青州城開店鋪這個想法挺好的。

「你說得可是真的？你們打算來青州城開店鋪？」木鴻宇到底個性開朗，聽到這句話，眼睛立刻亮了起來。

裴子安笑著點點頭，說道：「將來的事情都是未知，說不定會有那一天。」

「你們儘管來，我木家在青州城還是有點面子的，有什麼難事儘管來找我；還有，啟才的爹是青州城知府，你們怕什麼？」木鴻宇說道。

「是啊，鴻宇說得沒錯。」魏啟才點頭贊同道。

「謝謝你們，此事得從長計議，你們放心，一旦我們決定去了，肯定會去騷擾你們的。」裴子安對這兩個好友的真誠很是感動。

有了這一番對話，木鴻宇和魏啟才的心情才好起來，感覺有了希望。

「子安，收拾一下桌子，午飯馬上好了。」文氏在廚房裡吩咐道。

「知道啦，娘。」裴子安答道。

飯桌上，木鴻宇把裴子安考上秀才的事情又說了一遍，文氏聽了不禁雙手合十，嘴裡念著先祖保佑，激動得眼淚快掉下來了。秦小寶雖然對於這個結果一點都不意外，不過大事底定還是讓她很開心，大家免不了又是一番敬酒乾杯。

木鴻宇和魏啟才雖然每天都有雞鴨魚肉吃，但是吃到文氏做的菜，覺得又是另外一種美味，讚不絕口，特別是吃到稻花魚，由於更加新鮮，感覺比在醉香樓吃的還要好吃。

「弟妹，這稻花魚是不是該上市了？」木鴻宇一邊吃著稻花魚，一邊問道。

「是呢！你們來的時候，我還跟子安商量該去通知祥叔了。」秦小寶答道。

「那你們不用跑這一趟了，等我回去跟祥叔說一聲就好。」木鴻宇說道。

「好的，多謝木大哥了。」秦小寶謝道。

「這有什麼好謝的，妳記得帶我去看看稻花魚就行啦！」木鴻宇心心念念想看稻花魚是怎麼養出來的？

「那還不簡單，等吃完午飯我就帶你們去。」秦小寶笑著說道。

木鴻宇滿足地點點頭，又大口、大口地吃起來。沒想到這裡的蔬菜也這麼好吃。

吃完午飯，秦小寶讓木鴻宇和魏啟才歇息一會兒，她和秀安幫著文氏收拾碗筷。

裴子安把裴平安叫過來，讓他陪木鴻宇和魏啟才聊天。明年開春就要送他去書院，還要拜託木鴻宇和魏啟才多加照顧。

裴平安的愛好就是讀書，所以跟木鴻宇和魏啟才也是意氣相投，而且他倆到底比裴平安讀的書多，見識也多，所以裴平安從他們身上學到不少，四個人談天說地的倒是不亦樂乎。

等秦小寶忙完，走出來對他們說：「木大哥、魏大哥，咱們現在就去魚田看看？」

「弟妹，妳先休息一會兒，等等我們再去。」木鴻宇對秦小寶說道。

「也行，反正還早。對了，以後你們叫我小寶就好了。」秦小寶聽著弟妹兩個字總覺得好彆扭。

「好，小寶，那妳以後也叫我鴻宇、叫他啟才吧！子安都這麼叫我們的。」木鴻宇朝秦小寶一笑，魏啟才也對著秦小寶友好地點點頭。

秦小寶笑著應下，她也覺得叫名字自然一些。

幾人又坐著聊了一會兒，秦小寶覺得時間差不多，休息夠了，便再次提議道：「我們現在走吧！」

「是啊，再聊下去都要吃晚飯了。」裴子安也起身笑道。

木鴻宇和魏啟才被裴子安這句話給逗笑了，說道：「那走吧！」

一路上，兩人又被鄉親圍觀，有熱情的村民上前打聽，裴子安就回答說他們是自己在青州城讀書時的同窗好友，是來做客的。他不想把木鴻宇和魏啟才的身分說出去，怕生出什麼事端。

木鴻宇和魏啟才倒是很和善地對著村民微笑，一路走走停停地來到魚田。

木鴻宇和魏啟才看到眼前的稻田，跟裴子安當初第一次看到時的感受一模一樣，好歹他們也見過普通農田，但跟眼前看到的真是不太一樣。

「鴻宇、啟才，你們看，這就是養稻花魚的魚田了。」秦小寶指著一塊塊的水稻田，對他倆說道。

「原來稻花魚是這樣養的啊！」木鴻宇和魏啟才大開眼界，驚嘆地說道。

秦小寶將稻花魚飼養的方法和原理一一講解給他們聽，聽得他倆不住地點頭。

魚田看過，木鴻宇便滿足了，隨著秦小寶回家。

吃過晚飯，兩人被邀請進臥房休息，裴子安交代了幾句，便回到自己的房間。

「哇！這個被子好舒服啊！」木鴻宇累了一天，趕緊爬上床，鑽到被窩裡面，他感覺身上的被子鬆軟暖和，忍不住叫了起來。

魏啟才笑著說道：「有什麼不一樣的，不都是被子嗎？」

「你摸摸，真的很不一樣啊！」木鴻宇舉著被子對魏啟才說道。

魏啟才摸了摸，不禁說道：「真的是又鬆又軟，不知裡面裝是什麼東西？」

「我去問問子安。」木鴻宇說著就想跳下床衝出去。

魏啟才一把拉住他，阻止道：「別鬧了，子安八成已經睡了，明天再問吧！」

木鴻宇想了想，說道：「也對，反正明天我們還在呢！今天晚上先睡睡看這被子如何。」

魏啟才點點頭，吹了燈上床。今天騎了這麼久的馬，兩人都累了，加上被子、褥子都十分乾淨舒服，沒多久便呼呼睡去。

兩人一覺睡到天亮，被裴子安叫起來吃早飯。

「昨天晚上你倆睡得好嗎？」裴子安問道。

「可好了，中間都沒醒過。對了，子安，你家這個被子太舒服了，跟我們用的都不一樣，是用什麼做的？」木鴻宇憋了一個晚上，終於可以發問。

「這是棉被，小寶做的。」裴子安笑著解釋道。

「棉被？裡面填充的可是棉花？」魏啟才聽到棉被兩個字，忍不住問道。

「正是，是不是很鬆軟暖和？睡得舒服吧？」裴子安有些驕傲地問道。

「太舒服了！可是，你們怎麼會有棉花？據我所知，只有西域才產這個東西，目前我們那裡也只買得到棉布。」

「我們自己種了棉花，所以才有棉花做棉被。」裴子安說道。

這句話讓木鴻宇和魏啟才大吃一驚，他們沒想到裴子安家裡居然種了西域才有的棉花。

裴子安將種植棉花的經過講了一遍，兩人已經合不攏嘴了。他們生在青州城，知道棉布的稀有，卻沒想到自己的好友居然成功種植出棉花，並且製作出棉布。

「等會兒吃完早飯，我們想要去見識一下棉田和作坊，行不行？」木鴻宇沒想到這次來裴家村，竟有這麼多令人驚奇的事情。

裴子安自然是點頭同意。吃過早飯，裴子安喊上秦小寶，便帶著木鴻宇和魏啟才去了棉田和作坊。

棉田已經收成結束，所以沒什麼好看的，倒是作坊正織著棉布，讓木鴻宇和魏啟才大開眼界。

木鴻宇雖然一門心思都是讀書，不怎麼關心家裡的生意，卻也知道家中有經營布莊，便向裴子安提議將棉布供應給自家的布莊，但裴子安婉拒了。今年只能產出二十多疋棉布，三分之一要給萬隆商號，其餘的去年就已經答應給雲錦布莊，所以沒有多餘的棉布可以供給木鴻宇家的布莊。

木鴻宇聽裴子安這樣說，也不強求。本來他是想讓裴子安多個販售管道的，既然他們的棉布已有了買家，那就沒問題了。

「鴻宇，我們裴家村打算明年家家戶戶都種棉花，我們也計畫把作坊擴建成織布坊，如此一來棉布產量會增加很多，到時候我們去找你收布，你可不能拒絕。」裴子安笑著對木鴻宇說道。

「看你說的，這棉布無論哪家布莊都會搶著要，我怎麼會拒絕這等好事？」木鴻宇哈哈大笑。

「確實如此。子安，如果你們棉布產量很多，有沒有考慮自己開間布莊銷售呢？」魏啟才提議道。

「對，你們把布莊開到青州城吧！除了銷售自產的棉布，我還可以找布莊的掌櫃介紹你們去進其他布疋的貨。」木鴻宇贊同道。

裴子安聽木鴻宇這樣說，心中很是感動。木鴻宇對他真是夠好了，他要是去青州城開布莊，就是木家的競爭同行，木鴻宇居然還這樣幫他。

「不瞞你們說，我和小寶有過這個想法，小寶還想把布莊和成衣鋪結合起來一起開。」裴子安點點頭說道。

「這個想法倒是不錯，只開一個店面，就可以有兩種收入來源。」魏啟才說道。

「好，我這次回去就幫你們找找有沒有適合的店鋪，有就盤一個下來。」木鴻宇恨不得他們明天就把店開到青州城去。

「不急、不急，鴻宇，我們只是有這個想法，但現在布沒有，銀子也不夠，等明年我們把棉花種好，把織布坊做起來，再來考慮這個問題。」裴子安趕緊說道。

「是啊！鴻宇、啟才，我和子安真心感謝你們鼎力相助，現在你們只管好好唸書，我們一定會在青州城相見的。」秦小寶笑著說道。

「走，帶你們去看看我們即將動工的織布坊。」裴子安興奮地說道。

在裴子安的描繪下，兩人的腦中彷彿已經看到織布坊未來的樣子。

快樂的日子總是過得很快，木鴻宇和魏啟才已經待了好幾天，他們這幾天把裴家村轉了個遍，也到了該回家的時候。

木鴻宇走的時候，直嚷著這幾天晚上棉被蓋得太舒服了，裴子安哪會不知道木鴻宇的意思，笑著說沒什麼禮物可以送給他們，便要他們把這幾天蓋的被子一人帶了一床回去。

由於木鴻宇會幫忙通知祥叔稻花魚要上市，所以一送走木鴻宇和魏啟才，裴子安馬上就張羅著鄉親們開始送魚。

在忙碌的收穫季節裡，迎來了裴子安考中秀才的喜報，這是裴家村繼裴衛安之後的第二個秀才，大家都來家中道喜，文氏很高興，便等大夥兒農事都忙完以後，擺了幾桌酒席宴請鄉親，秦小寶這些天就幫著忙活這件事情。

今年收成很好，加上裴子安中秀才的喜事，文氏招待的酒席上，大家都很盡興，裴成德更是在酒席上宣布明年全村要一起種棉花的消息，把鄉親們都高興壞了，圍著裴子安和秦小寶一頓敬酒；裴子安把敬秦小寶的酒都統統接了過來，霸氣地替她喝下，結果酒席還沒結束，他就已經趴下，裴成德見狀趕緊解圍，讓秦小寶扶著裴子安回房休息去。

還好裴子安的酒品不錯，喝醉了倒頭就睡，沒出什麼亂子。秦小寶小心翼翼地幫裴子安蓋好被子，溫柔地盯著他熟睡的臉龐看了半晌，確定他已經睡熟了，這才回到酒席幫文氏繼續張羅。

今年的棉布最後織成二十疋，在十二月初就完工，所以年前裴子安就將棉布送至雲錦布莊以及萬隆商號，並跟他們解釋今年貨少的原因。

萬景龍聽說裴子安需要進更多棉種，爽快地應允下來，這意味著將來會有更多棉布在萬隆商號出售。

裴子安特意囑託萬景龍，最好能在三月時拿到種子，這樣便不會耽擱播種時間。萬景龍告訴裴子安，還是老樣子，基本上開春之後就會有商隊回來，屆時再通知他去取種子。

裴子安在外面轉了一圈回來，正好過年。

第四十三章　生子

想到明年不用交稅賦，秦小寶心裡很開心。這下可以省下不少錢了，這個年一家子過得熱熱鬧鬧的，充滿了對未來的期望。

二月剛過，萬隆商號就來信告知商隊已帶回棉種，這次棉種數量多，裴成德便派了幾個人隨裴子安一起去京都取棉種，各家需要多少棉種各自出錢購買。

秦小寶在村裡領著大家一起整田，如此一來，種子一取回便可以播種。

蘭秋的肚子已經大起來，不過還好她年輕身體又好，所以還能做些力所能及的活兒。

播棉種的時候，裴家村熱鬧得很，由於先前秦小寶請的雇工都很有經驗，便幫著秦小寶一起教大家如何播種，讓秦小寶省了很多力氣。

過完年以後一直都在忙碌，好不容易忙完了種棉和春種，裴平安也順利考進了仁文書院，裴子安和秦小寶計畫著要開始建造織布坊。

裴子安跑了一趟青州城找木鴻宇，木鴻宇讓阿興把裴子安帶到自家鋪子，關照掌櫃以最低價格將建材賣給裴子安，並且幫忙送到裴家村。

準備材料還需要一段時間，這天下午，大慶匆匆忙忙地跑到裴子安家。

「嬸子，蘭秋肚子疼，您能去看看嗎？」大慶焦急地說道。

「什麼！肚子疼？疼多久了？」文氏一聽也急了，趕緊問道。

「吃午飯的時候就開始了，現在還在疼。」大慶回答道。

文氏算了算日子，是該到臨盆的時候，於是定了定神，安慰大慶道：「大慶，別急，估計蘭秋要生了，你去請穩婆，我這就過去看看。」

「好，我這就去，麻煩嬸子了。」大慶轉頭就跑。

大慶一家三個男人，蘭秋又是頭胎，都沒有經驗，文氏心中有數後，帶著秦小寶一起到蘭秋家。

蘭秋正躺在床上呻吟，貴叔和小慶在房外著急地轉圈，一見到文氏和秦小寶，就像見到救星一樣，趕緊把她們帶到房中。

文氏和秦小寶坐到床前，蘭秋還想坐起來，被秦小寶勸住要她好好躺著。

「蘭秋，妳別緊張，妳的產期差不多了，這是將要臨盆的症狀，妳先忍住不要大聲叫喊，要保存體力，生的時候才有力氣。」文氏的話讓蘭秋定心。

「小寶，妳去家裡煮幾個雞蛋過來，蘭秋現在需要補充體力。」文氏吩咐道。

「小慶，你去文家村把蘭秋的母親請來，好有個照應。」文氏繼續對小慶囑咐道。

「文妹子，需要我做點什麼嗎？」貴叔在一旁著急地問，這可是他第一個孫子。

「貴大哥，現在還不用，估計蘭秋要疼上一段時間，等穩婆來了，再聽她的吩咐。」文氏安慰道。

「好、好，我先出去，文妹子妳幫我照顧蘭秋，有事情就叫我。」貴叔說道。

文氏點點頭。一般女人生孩子都不會讓男人待在屋子裡，尤其貴叔是蘭秋的公公，更應該避開。

還好裴家村和文家村離得不遠，過沒多久，蘭秋的母親李氏便匆匆趕了過來，一進門便到床前握住蘭秋的手，急切地問道：「蘭秋，妳怎麼樣了？」

「娘，您來啦，我沒事，紅姑在這裡照顧我呢！」蘭秋忍著疼對李氏笑了笑。

「好了，娘知道了，妳別說話，躺著歇息。」李氏心疼地說道。

「嫂子，大慶去請穩婆了，妳放心，等蘭秋生完就好了。」文氏扶著李氏坐了下來。

「妹子，多虧有妳在這兒安蘭秋的心。」李氏感激地說道。看來當初讓蘭秋嫁到裴家真是做對了，蘭秋有文氏的照顧，離娘家又近，多好。

「嫂子，妳這是哪裡的話，蘭秋就像我自個兒的閨女，當初我答應妳要好好照顧她的。」文氏說道。

當李氏和文氏還在有感而發時，大慶把穩婆請來了。

「大慶，你怎麼去了那麼久？」貴叔著急地問。

「爹，隔壁村子的穩婆正好有事出門，我是趕到鎮上請來崔嬸。蘭秋怎麼樣，沒事吧？」大慶也很著急。今天真是太不湊巧了，附近幾個村子的穩婆都沒請著，他趕緊跑到鎮上請了最好的穩婆崔嬸。

「沒事，你丈母娘也來了，在裡面照料著，你趕緊帶穩婆進去吧！」貴叔說道。

大慶帶穩婆進房，李氏和文氏趕忙把穩婆請到床邊。

穩婆熟練地檢查一下，對她們說道：「沒事，這是產前陣痛，估計晚上才會生。」

「得要辛苦您了。」李氏聽了這才放心。

「不辛苦，我們做這行的，都習慣了。」穩婆對李氏說道。

「李嫂子，蘭秋這會兒應該沒事，這是煮雞蛋，妳先讓蘭秋吃下去，我去準備晚飯，大家一起吃一些。」文氏見蘭秋還沒要生，便說道。

「也好，晚飯就麻煩妳了，隨便弄一點墊墊肚子就成。」李氏想了一下，點頭說道。

文氏打算直接在大慶家的廚房做飯，省得端來跑去，回頭叫子安、小寶和秀安一起過來吃就好。

秦小寶見這裡有穩婆、大慶和蘭秋的娘在，知道自己待在房中也幫不上什麼忙，便對文氏說：「娘，我來幫您做飯。」

「行，妳去家裡菜園子摘些菜，再拿些臘肉、雞蛋；對了，再殺隻雞，我燉雞湯給蘭秋喝，可以補充體力。」文氏邊想邊吩咐秦小寶。

「好的，我這就去。」秦小寶應道。

文氏點點頭，進了廚房。廚房裡井井有條，文氏暗想，果然家裡有了女人操持就是不一樣，以前無論何時過來，大慶家的廚房都是亂七八糟的。

文氏麻利地燒火淘米做飯，一大屋子有十口人等著吃飯呢！在等秦小寶拿菜過來的空檔，文氏把燒水的鍋刷了刷，裝好水，一旦蘭秋要生了，就得用上熱水，再把水盆也刷了刷，毛巾用開水煮過。

等這些事情忙完，秦小寶和裴子安也拿著雞和菜過來了。文氏和秦小寶掌勺，裴子安在旁邊打下手，三人一起準備起晚飯。

到了傍晚時分，飯菜都做好了，大夥兒就在大慶家一起用餐，李氏讓大家先吃，自己端著雞湯餵蘭秋喝完，這才隨便扒了兩口飯。

大慶和小慶搶著洗碗筷，裴子安被文氏打發回去。這種生孩子的場合他在也沒用，只留下秦小寶，一方面可以幫點忙，另一方面讓她見見生孩子的場面，好有些經驗。

穩婆說得果然沒錯，到了亥時，蘭秋的陣痛越發急促，穩婆吩咐李氏等人開始準備。

在穩婆的指揮下，李氏、文氏、秦小寶三個人在房中幫忙，貴叔、大慶和小慶在房外燒水、遞毛巾。

穩婆讓秦小寶剝了兩個雞蛋餵蘭秋吃下去，然後對蘭秋打氣道：「頭胎通常會生得艱難一些，不過沒關係，我會幫妳，我喊用力的時候，妳一定要用力，一切聽我的，肯定沒問題。」

蘭秋此時已是痛苦不已，她臉色蒼白，緊緊抓著秦小寶的手，但看上去仍然很堅強，忍著痛對穩婆點頭。

李氏在一旁見蘭秋痛成這樣，眼眶都紅了。自己生三個孩子都沒覺得怎樣，但看到女兒這樣受罪，心中實在是捨不得。

文氏理解李氏的心情，拍了拍她的肩膀，低聲安慰道：「嫂子，這一關是我們女人都要過的，妳放心，蘭秋從小身子骨兒就好，沒問題的。」

秦小寶從沒這麼近距離見過女人生孩子，她以前只看過產婦生完後躺在床上的模樣，如今見此情景，心中很是難受，只能不住地祈禱蘭秋姊一切順利。

大慶等在屋外，聽著蘭秋痛苦的叫聲，卻什麼也幫不上忙，只能繞著堂屋乾著急。

房內穩婆和李氏的話給了蘭秋信心，雖然她已經精疲力盡，但聽到穩婆一句「看見小孩的頭了」，她拚盡全身最後一分力氣用力擠，終於「哇哇」的嬰兒哭聲響起，蘭秋一口氣鬆了下來，昏了過去。

穩婆俐落地將嬰兒處理好，用被子包裹起來，嘴上也沒閒著，吩咐李氏掐蘭秋的人中。

李氏顧不上嬰兒，流著淚掐著蘭秋的人中，口裡念叨著。「蘭秋，快醒過來。」

文氏幫穩婆包裹嬰兒，秦小寶雖然知道蘭秋已經順利生下孩子，且沒有大出血，只是一時虛脫暈過去，但她還是心中焦急，急著想幫李氏將蘭秋喚醒。

外頭的大慶聽到嬰兒的哭聲，知道孩子已經生出來，趕緊趴在門口問道：「娘，蘭秋怎麼樣了？」

秦小寶在房中聽到大慶這一問，眼淚都快掉下來。她沒想到大慶先問的是蘭秋，大慶能先想到蘭秋，可見蘭秋在他心目中的地位，她見李氏忙著掐蘭秋人中，沒時間搭理大慶，便趕緊走到房門口，對著外面說道：「大慶哥放心，蘭秋姊沒事，恭喜你當爹了，蘭秋姊生了個小子。」

外頭幾人聽見秦小寶的話，都高興到不行，大慶更是想直接衝進房裡，被秦小寶一把攔在門外，說等會兒收拾好了，再讓他們進來。

這個時候，蘭秋悠悠地醒轉過來，眼神一直望向穩婆手中的孩子，伸手虛弱地說道：「給我抱抱孩子。」

「蘭秋，妳現在還虛弱，先不要抱，我把孩子抱過來，妳躺著瞧瞧就行。」李氏趕緊勸道。

蘭秋見李氏把孩子抱過來，眼睛一眨也不眨地盯著剛出生的孩子，紅了眼眶。

「蘭秋姊，妳好好躺著休息，寶寶有我們照看著，沒問題的，等妳恢復了，有得妳抱了。」秦小寶忙上前寬慰道。

蘭秋含淚點點頭，聽話地躺下閉上眼睛。她實在太累了，不一會兒就沈沈睡去。

把房間收拾乾淨後，大慶見到了自己的兒子，激動不已，貴叔和小慶也同樣感動莫名。

「親家，妳今晚就住我家吧！蘭秋早已把隔壁的空房收拾乾淨了，如果這段時間妳方便，看能不能留下來照顧蘭秋，過幾天再回去？」貴叔留李氏住下，兒媳婦生孩子，通常都是由婆婆照顧，但蘭秋沒有婆婆，所以貴叔想請親家母留下幫忙。

「就算你不說，我也是打算住段日子，至少等蘭秋身子恢復了我才能放心回去，好在現在不是農忙季，我們家裡也沒啥大事情，我留段時間沒問題。」李氏忙說道。她跟貴叔想到一塊兒去了，而且都是為了蘭秋著想，李氏心中放鬆不少。

「崔嬸，今天真是太感謝妳了，現在天色晚了，不如去我家歇一晚，明天再回去？」文氏見大慶他們都樂暈了，顧不上穩婆，便塞了出診的銀子給穩婆，然後邀她去家裡住一晚。

「也好，那就麻煩了。」穩婆想了想，現在確實沒辦法回去，便應了下來。

折騰了一晚，除了李氏帶著孩子留在蘭秋房中歇息，其他人都各自回房，大慶想留下來照顧，被李氏好說歹說勸了出去。

秦小寶心中惦記著蘭秋，第二天一早便跟著文氏來到蘭秋家，大慶已把早飯做好，正張羅著大夥兒先用早飯。

文氏和秦小寶跟大慶打了個招呼，便進蘭秋房間。蘭秋正在給孩子餵奶，秦小寶好奇地上前，看見孩子脹紅著小臉，拚命地吸著奶水，心中暗笑「使出吃奶的力氣」這句俗語真是不假。

蘭秋體質好，剛生完孩子就有奶水，她溫柔地看著自己的孩子吃奶，不時地哄兩聲。

字。

「嫂子，孩子的名字取好了嗎？」文氏看見蘭秋恢復不少，便放下心來，問起孩子的名字。

「還沒有呢！等會兒問問大慶和親家公，讓他們取吧！」李氏答道。

大慶正好進來看蘭秋和孩子，聽了這話，便轉頭出去找貴叔商量孩子的名字。

為了名字，大慶和貴叔想了好幾天，秦小寶後來知道蘭秋的孩子取名裴樂祥，小名祥子。

小孩子真的是一瞑大一寸，明明生出來時就那麼一點點，等到辦百日酒的時候，感覺已經長大了好多。

祥子的百日酒是等大家忙完了秋種時辦的，這時秦小寶的織布坊也差不多快完工了。

木鴻宇家提供的材料都很好，工匠做起來順手，按照秦小寶的圖紙蓋，做工並不複雜。

裴榮澤負責製作的軋棉機和紡紗車，在秦小寶幾番修改下，也已經順利完工，就等織布坊蓋好後搬過來啟用。

對於新購的織布機，秦小寶已經交給趙氏和邱氏去買了，她倆是織布好手，這種採買對她倆來說沒有問題。

隨著棉花採收的時間一天天接近，裴家村織布坊也漸漸打造完成，秦小寶看著每天都有新變化的織布坊，心中充滿了期待。

在棉花採收前幾天，裴子安和秦小寶去拜訪裴成德。織布坊現在只是架子，得有工人才算是完備。

裴成德二話不說，第二天就召集各家代表到祠堂，宣布織布坊要收棉花和招工的事情。

第四十四章 初綻

第一次沒什麼人願意來做，因為大家還不了解情況，而且也跟自家沒多大關係，但這次就不同了，裴子安一聲號召，頓時湧上很多報名的人。

不一會兒，報名處便招滿了工人。這次招了十二個彈棉工、十二個軋棉紡紗工、四個織布工，還有兩個是趙氏和邱氏。秦小寶跟他們一一交代了工作內容、工錢和上工日期。身為織布坊的合夥人，第一天收購棉花，大慶和蘭秋早早便來到織布坊幫忙。

第一天開張，裴子安和大慶在門口放了好幾串鞭炮，象徵著生意紅紅火火。

到了下午，一些人家已經陸陸續續來交棉花，由於棉花不是一次採收完成，秦小寶已經跟村民說好，自己沒有那麼多現銀，先交先收，等全部收完以後，織成棉布賣出去再給銀子。

有人來交棉花，軋棉工就可以上工，軋出棉花後，棉籽留著，回頭再按每家需要的量分發，以利第二年播種。

隨著越來越多人家來交籽棉，彈棉工和紡紗工、織布工也都陸續上工。

蘭秋把孩子托給文氏照顧，每天都和秦小寶一起顧著織布坊，只有到了餵奶時間才回去餵孩子。

秦小寶本想讓蘭秋專心在家帶孩子，織布坊有自己、裴子安和大慶就可以了，但是蘭秋不肯，她說織布坊好不容易做起來，現在正是起步階段，多一個人照應就會好一分，等過了這兩個月再回家好好帶孩子，否則就算在家也不會安心。

秦小寶想想有道理，便不再勉強她。

裴子安和大慶主要照看彈棉花的房間，軋棉、紡紗和織布就由秦小寶和蘭秋盯著。

蘭秋看著軋棉機輕鬆地將皮棉和棉籽分開來，心中驚奇不已，想當初她可是一個個用手指剝出來的，現在快了不止一星半點兒。

所以，等到籽棉全數交完，軋棉的工序也完成了；彈棉比較費時，好在彈棉工比較多，來得及供應紡紗。

紡紗車比當初用紡錘捻線快了許多，本來三、四個人捻的線才能供一臺織布機，現在兩個人紡的紗就能供一臺織布機。

如今有六臺織布機，趙氏和邱氏是熟手，自然速度快；另外四個織布工也是針線活的好手，教了織布以後，上手還算快，只是比起趙氏和邱氏的速度還是慢了不少。

秦小寶和蘭秋算著帳，若將利潤兩家平分，一家也有三百多兩呢！

蘭秋開心地對秦小寶笑，秦小寶推了推蘭秋，忍不住笑道：「蘭秋姊，這就樂傻啦？這只是第一步，咱們掙錢的日子還在後頭呢！」

蘭秋依舊樂呵呵地說道：「是啊！沒想到能掙這麼多，跟著小寶有肉吃啊！」

「如果咱們自己開個布莊的話，利潤可以翻倍，只不過前期得投入些成本。」秦小寶說道。

「妳是說在青州城買個鋪子嗎？」蘭秋問道。

「是的，買鋪子需要很大一筆錢，還要雇兩個夥計。」秦小寶算道。雇夥計不用幾個錢，關鍵是買鋪子和進貨的錢。

「我沒問題的，投錢也是為了掙更多的錢。」蘭秋回答道。

「那好，蘭秋姊，等過完年我就去青州城繞繞，收集一下布莊和成衣鋪的消息，如果要開的話，我想布莊和成衣鋪一起開，前期由我來設計樣式，妳來製作，等生意好了，我們再請人一起做。」秦小寶把自己的想法告訴蘭秋。

「好，走，我們再去看看布織得怎麼樣了？」蘭秋笑著點頭說道。

秦小寶看了看織布的進度，畢竟量太大，估計要過完年才能完工。她心中暗想，得去請族長跟鄉親們打聲招呼，收棉花的帳年後才能結算，還好往年旱田收益少，大家也不會等著棉田的收益過年。

雖然年前布沒有織完，但因為大夥兒心裡有數，沒人急著來要帳，但大家還是希望能早點拿到錢，於是正月十五一過，織布坊便又重新運作起來。

這個年一過，秦小寶已經有大姑娘的模樣，而她的第一次癸水就在過完年後，猝不及防地來了。

雖然秦小寶對這個女人特有的生理狀況太熟悉，不過到了這裡，怎麼說也是第一次遇到，她只能假裝驚慌地偷偷告訴文氏，她流血了。

文氏一開始著急地問秦小寶怎麼回事，在聽到她說流血的地方後，整個人鬆了一口氣，隨即又開心起來，這表示小寶是個大姑娘了。

文氏帶秦小寶到臥房，取出女人小日子來時的用品交給秦小寶，順便跟她解釋這是什麼情況。秦小寶認真地聽著並不斷點頭，表示她已經明白了。

裴子安已是十六歲的小夥子，文氏看在眼裡，心想該挑個日子讓他們圓房了，不過這事還是得跟兩人商量才行。

秦小寶聽到文氏提出這個想法時，驚得嘴巴都張大了。她今年才十四歲，雖然癸水已經來了，但在現代國中都還沒畢業呢！這個身體還這麼稚嫩，她怎麼也無法接受這個年紀圓房，萬一懷上孩子，誰都不知道能不能順利生下來？

「娘，能不能等明年我過了十五歲生日再說？我們的織布坊剛剛做起來，我和蘭秋姊還打算明年去青州城開布莊呢！」秦小寶撒著嬌說道，能拖一年是一年。

「妳們開織布坊和布莊，娘不反對，這跟妳與子安早些成親並沒有衝突。」文氏還是打算讓他倆早點定下來，自己心裡也能少件事。

秦小寶見文氏堅持，只好推到裴子安身上。「娘，您再問問子安哥，他的想法可能和我一樣。」

「好，等有機會我問問子安，如果他跟妳一樣的想法，娘也只好依著你們，畢竟日子是你們自己要過的。」文氏點著頭說道。

秦小寶把希望寄託在裴子安身上，看來得在文氏找裴子安前跟裴子安商量這件事情，一定要讓他同意自己的想法才行，否則她心裡真的無法接受。

秦小寶打定主意，便轉身去找裴子安。裴子安正在織布坊忙著，秦小寶見到他便將他拉出來。

兩人來到一處僻靜的地方，秦小寶張望了一下，確定四周沒人，這才對裴子安說道：「子安哥，今天娘跟我說想挑個日子讓我們成親。」

裴子安正奇怪秦小寶今天怎麼一臉慌張，沒想到她一開口就差點嚇著他。

裴子安瞪大眼睛對秦小寶說：「小寶，妳再說一遍。」

「哎呀！我說今天娘說要讓我們成親。」秦小寶急著又說了一遍。

裴子安確認清楚後，他嘴角揚起，摸了摸秦小寶的腦袋說：「小寶，妳這是等不及要早點告訴我這個好消息嗎？」

秦小寶見裴子安會錯意，趕緊打掉他的手，說道：「不是的，我不想這麼早辦。」

「什麼？難道妳不喜歡我？不願意跟我成親嗎？」裴子安聽了這話，一時間愣住，情緒明顯低落下來。

「不是的，我願意跟你成親。」秦小寶來不及思考，一句話已脫口而出，她後知後覺地發現自己表明了心意，頓時臉都紅了。

裴子安聽到這句話，雙手扶住秦小寶的肩膀，驚喜地問道：「小寶，我沒聽錯吧？妳願意跟我成親，對嗎？」

秦小寶羞得想咬掉自己的舌頭，她索性牙一咬，低頭悶聲說道：「是，我願意，可是我不願意十四歲就成親。」

「為什麼？十四歲已經可以成親了呀？」裴子安不解地問道。

「可是，在我們那裡，十四歲還是個孩子，至少到了十六歲，才勉強算是個大人。」秦小寶抬起頭向裴子安解釋道。

「那就是還要等兩年，對嗎？」裴子安問道。

「子安哥，至少等我過了十五歲生日再說，蘭秋姊也是十五歲成親的，能不能再等等小寶？等我們在青州城成功開了布莊再成親，行嗎？」秦小寶期待地說道。

裴子安看著秦小寶的眼睛。她的眼神讓人不忍拒絕，雖然自己很想早點和她在一起，但他願意尊重小寶的意願。十四歲這個年紀確實有點小，小寶的生辰是四月分，明年四月以後辦也好，等忙完春種正好有一大段空閒時間。

思及此，裴子安對秦小寶點點頭，看著她的眼睛認真地說道：「小寶，這輩子我已認定妳，所以不管要等多久，我都願意，只要妳開心就好。」

秦小寶聽到裴子安這番表白，心都要化了，有這樣一個疼愛她又尊重她的男人，她真是太幸福了。

秦小寶伸出手摸了摸裴子安的臉，對他開心地笑著。

裴子安被秦小寶的笑容深深吸引，他看著秦小寶紅潤的唇，腦子一熱，便吻了上去。

在裴子安吻上來的那一刻，秦小寶像是觸電般一片暈眩。天哪！這可是她的初吻，她的腦袋只來得及閃過這一句話，便淪陷在裴子安的溫柔中。

裴子安也是第一次，只覺得自己觸碰到一片柔軟，不由得探索、吮吸起那讓人陶醉的甜蜜。

兩人直到喘不過氣了才分開，裴子安捨不得放開秦小寶，依舊緊緊抱著懷中的軟香。

秦小寶終於能喘氣了，她想到剛才那一幕，臉不由得燒起來。她不敢推開裴子安，怕他看見自己的臉，只能乖乖地任由他抱著。

也不知道抱了多久，裴子安才慢慢放開秦小寶，兩人都不敢抬頭看對方，還是裴子安先開了口。「小寶，妳放心吧，娘那邊我會跟她說的，咱們明年六月再成親可好？。」

「好……謝謝子安哥。」秦小寶的聲音中透露出一絲嬌羞。

「走，我們回織布坊吧！為了我們的未來，一起加油。」裴子安聽出秦小寶的變化，拉起她的手開心地說道。

秦小寶重重點頭，跟著裴子安一路牽著手回到織布坊。

果然，文氏晚上就把裴子安單獨叫到了房間。秦小寶在外面拍了拍胸口，還好跟子安哥講得早，相信由裴子安來拒絕今年成親的事，文氏是不會反對的。

裴子安從文氏房間出來後，朝秦小寶點了點頭，秦小寶這才放下心來。

織布坊的棉布直到二月底才完工，除去供給萬隆商號的一百五十疋，還剩餘三百疋，這麼多棉布，雲錦布莊恐怕一下子接不下來。

雲錦布莊的楊掌櫃見他們送來這麼多棉布，也嚇到，沒想到去年他們只有十幾疋布銷給他，今年增加了這麼多。

楊掌櫃收了一百疋棉布，秦小寶問道：「楊掌櫃，棉布這麼好賣，為何您只收一百疋呢？」

「實不相瞞，我是根據往年我們店鋪的銷售量來估算的，未染色的棉布每年也就差不多銷出一百疋。」楊掌櫃倒是個實誠人，把自家的銷量告訴了秦小寶。

這對秦小寶來說又是一個有用的信息，果然未染色的棉布銷量還是有瓶頸的。

裴子安和秦小寶把一百疋棉布交給楊掌櫃後，便拉著剩下的布疋去找木鴻宇。木鴻宇不能出書院，便讓阿興帶著他倆去木家布莊。

裴子安和秦小寶在門口見了裴平安一面，無非問些過得習不習慣、書讀得怎麼樣的話題，由於見面時間不能太長，裴子安和秦小寶也還有正事要辦，所以沒多久裴平安便回去書院。

木家布莊有好幾間分店，便把剩下的兩百疋棉布都收了下來。

這一趟下來就是九百兩銀子到手，回到村中第一件事就是按照每戶的棉田數量，交付銀子和棉籽給他們。

趁著播種棉籽的前夕，裴子安趕緊把一百五十疋棉布送到京都萬隆商號去。

萬景龍見到這麼多棉布一點也不驚訝，因為他從上次帶回的棉種數量便知他們的棉田肯定不少，所以精明如他早已做好準備，將裴子安帶去的棉布都收了下來。

裴子安沒想到萬景龍能全數收下，心中鬆了一口氣，這下可以節省時間，不用再去找其他布莊。

等裴子安趕回裴家村的時候，秦小寶已經領著村民開整棉田，有了去年的經驗，今年的速度快上許多。

等忙完春種就五月了，秦小寶想趁這個空檔，到青州城勘察幾天。

在去青州城之前，秦小寶把裴子安、大慶和蘭秋都叫了過來，確定了去青州城開鋪子的想法，由裴子安和秦小寶負責買鋪子的事宜。

「小寶，這幾年妳操持家裡的事情，太辛苦了，這次去青州城，我們順便去玩玩，就當放鬆一下吧！」裴子安想著秦小寶喜歡新鮮的事情，不如趁這個機會帶她出去玩。

「好啊，子安哥，也該放鬆一下了。」秦小寶來到這裡已經四年了，一直處於神經緊繃的狀態，如今終於掙了點錢，可以稍微輕鬆一點了。

由於這次只是打算前期勘察，之前建織布坊和賣棉布已經都找木鴻宇幫過忙，因此這次他們打算不打擾木鴻宇，兩個人自己慢慢打探就好。

第四十五章　訪查

青州城跟京都幅員差不多，秦小寶和裴子安在一家客棧落腳，付了房錢後已是中午。

這次來青州城不像以前那麼趕，兩人便向客棧老闆買了份青州城地圖，打算好好逛逛。

在青州城的第一天，就在秦小寶吃吃喝喝中度過，下午逛的集市倒是讓秦小寶蒐集到不少訊息。

回到客棧，他倆同住一間房，還是老樣子，裴子安睡地鋪，秦小寶睡床，睡前兩人討論起白天的見聞。

「今天的集市地理位置太好，想必咱們是買不起，接下來幾天我們去周邊看看。」秦小寶說道。

「行，聽妳的。對了，我明天想帶妳去楊柳湖，那個地方美極了。」裴子安指了指地圖上的位置。

「楊柳湖，光聽名字就很美，好想去看看。」秦小寶嚮往地說。遊山玩水一直是她的夢想。

「不過楊柳湖位置偏僻，沒有吃飯的地方，上次是阿興幫我們送飯菜來，這次可要委屈妳吃咱們自己帶的點心止餓了。」裴子安說道。

「沒關係，你今天買的點心和水果都是我愛吃的呢！」秦小寶一點都不介意中午只能吃點心，她前世外出郊遊時，也是常常吃點心止餓，感覺別有一番滋味。

「那就好，早點睡吧，明天還要早起。」裴子安對秦小寶說道。

「好，你也快點睡，你睡地上會不會太涼？」秦小寶擔心地問。

「一點也不涼，妳向掌櫃多要了兩床被子，睡著可舒服呢！」裴子安笑著。自己的媳婦真會關心人。

秦小寶抿著嘴笑。讓他再要一間房他又不肯，說是不放心她一個人睡，只能委屈他睡地上了。

由於前一晚睡得好，第二天兩人都精神飽滿，出門吃了早飯，晃晃悠悠地租了輛馬車，他們沒有請車伕，裴子安自個兒駕著車就去了城郊的楊柳湖。

五月的天氣是最適宜出遊，一路上往楊柳湖方向去的人不少，秦小寶在車上嗑著瓜子，欣賞著窗外的美景，好不悠哉。

一下馬車，秦小寶便看呆了。楊柳湖真的很美，與杭州的西湖不相上下，甚至更甚西湖。楊柳湖三面環山，部分湖面隱藏在山中，蜿蜒曲折，讓人想前往探尋。

「子安哥，這裡真美！你說這裡會不會有仙人？」秦小寶不禁發出一聲驚嘆，腦中又開始天馬行空起來。

「哈哈，也許有吧！上次我來的時候，就想著一定要帶妳來一次，妳這麼喜歡美景，怎能不探訪此處？」裴子安一邊笑道，一邊把馬車停好。這個小寶腦子裡都在想些什麼呢！

「子安哥，你看，那邊還有遊船，是不是可以划到湖中心去呢？」秦小寶問道。楊柳湖的旅遊還挺發達的，竟然還有遊船。

「是，上次我們來的時候，鴻宇包下一條遊船，阿興幫我們帶來了酒菜，我們就在上面喝酒用餐，很是愜意。小寶，這次我們也去坐遊船。」裴子安答道。

「好啊！」秦小寶很喜歡坐船，也喜歡聽船在水面行走的聲音。

兩人走到遊船碼頭，由於時間還早，船家正在做準備工作。

「船家，我們想坐遊船，什麼時候開呢？」裴子安問道。

船家停下手中的活兒，抬起頭，見是一男一女兩個人，便回答：「這位小哥，真是不好意思，我們今天這艘遊船被人包了，不接散客。」

秦小寶一聽頓時洩了氣。真是不湊巧，究竟是誰跟木鴻宇一樣這麼土豪，居然包了一艘船？

裴子安見秦小寶失望的神情，心中不忍，便又抱拳問道：「船家，請問這楊柳湖還有其他船可以坐嗎？我們從外地好不容易過來一趟，真心希望能坐船到湖心一遊。」

船家聽了裴子安的話，說道：「船是有的，但不是遊船，是自家捕魚用的小船，如果你們真的想坐，我叫我兒載你們一趟。」

秦小寶聽到有船可坐，眼睛都亮了，滿臉期待地看著裴子安。

裴子安自然知道秦小寶的意思，笑著對船家說：「那太感謝您了，費用我們照付，不會讓您白跑的。」

「好，你們跟著我兒去對面吧！小船在那頭。」船家喚出一個年輕的小夥子，遞給他兩張板凳，讓他帶著秦小寶和裴子安去對面。

對面果然停了幾艘小漁船，年輕的小夥子帶著兩人來到小船邊，將板凳放到船上，簡單收拾一下，就把裴子安和秦小寶請上船去。

船體不大，放上兩張板凳正好坐得下他們兩人，雖然小船是捕魚用的，但還挺乾淨，沒有想像中的難聞味道。

微風拂面，小船穩穩地划了出去，而對面的大遊船上，船家迎來了包船的客人。

「郭少爺，您來了，遊船都按照您的吩咐布置好，您請上船。」船家彎著腰對郭家少爺郭建安說道。

包船的客人正是被趕出仁文書院的郭建安，自從他設計陷害裴子安未果，反被書院趕出來後，就沒有書院肯收他，他被他爹痛罵一頓，勒令他在家自學，務必要考中功名。

可功名豈是這麼容易考取的，他的功課本來就不是很好，去年的秋試他名落孫山，被他爹痛罵一頓，還好他是家中的嫡子，他爹不捨得打他，只是對他越發嚴加管教，平時不得隨意出門。

今天可是趁他爹去京都談生意，所以才溜了出來，他帶了兩個倚紅院的姑娘，打算到楊柳湖好好享受一番。

「郭少爺，您看，湖中間有艘小漁船呢！」倚紅院的姑娘眼尖，一眼就瞧見坐著裴子安和秦小寶的小漁船。

「船家，這個時候還有漁船出來打魚？」郭建安轉頭問船家。

「那是我兒子的漁船，那兩位客人本來想坐遊船，但被您包下來了，他倆說是從外地來的，很想坐船遊湖，我看他們也挺不容易，就讓我兒划小漁船載他們一遊。」船家解釋。

「我知道了，不管他們，我們繼續按照路線走。」郭建安聽完話，擺了擺手說道。

「是，小人知道了。」船家趕緊應道。

小漁船停在湖中心，船上的兩人正站著欣賞風景，遊船慢慢地朝湖中心划過去，隨著距離越來越近，郭建安不經意地往小漁船一瞟，這一看，他的眼睛瞬間瞪大起來。

「居然是他！」郭建安再次確認自己沒有看錯人，那小漁船上站的正是裴子安和一個姑娘。

「是他們！」郭建安身邊的一個小廝也脫口而出。

郭建安回頭，看著小廝惡狠狠地盯著船上兩人，不禁奇道：「怎麼，你也認識此人？」

這小廝正是裴永根。自從他被趕出裴家村後，就在外面胡混，經常有一頓、沒一頓的，有一天他去城郊的山上摘野果，碰巧救了去山中遊玩誤踩獵人機關的郭建安，便求郭建安收自己做小廝；因他嘴皮子俐落，百般討好郭建安，所以才成為郭建安的貼身小廝，但是郭建安對他可是有氣就出，從沒因為他是救命恩人而手下留情。

「哼！豈止認識，簡直是有不共戴天之仇，我被趕出村子全拜他們兩人所賜，這仇我一輩子也不會忘記的！」裴永根眼裡透出凶光。

郭建安聽了裴永根的話。心中冷哼一聲。想不到會在這裡遇見裴子安，他害自己顏面盡失，無論如何都要出口惡氣，看來身邊的小廝也是他的死對頭，正好可以借小廝的手一用，萬一失敗還有人做替死鬼。

「你想報仇？」郭建安試探道。

「當然，有仇不報非君子，我要把我受的罪加倍還給他們。」裴永根說道。

「他可是個秀才，頭腦精明，為人又狡猾，你怎麼報這個仇？」郭建安以退為進。

「少爺，您好像認識他？您跟他有過節嗎？」裴永根眼珠子一轉，他剛剛分明聽到郭建安咬牙切齒的口氣。

「我和他以前是同窗，沒什麼來往，也沒什麼過節。」郭建安才不會傻到把自己的底細給揭露。

裴永根心裡不相信，但卻表現出一副知道了的表情。

「你對我也算是有救命之恩，那日若不是你將我救出來，恐怕我不是餓死，就是被野狼吃掉。」郭建安把裴永根的救命之恩抬了出來，要為推他一把找個理由。

「少爺言重了，那日少爺與小廝走散，永根才有機會為少爺效勞，這都是緣分。」裴永根陪著笑臉說道。

「是啊，本少爺就看在你救了我一命的分上，考慮幫你報這個仇。」郭建安說道。如果事情成功，不僅自己出了氣，還能讓這小廝死心塌地地忠心於他。

「多謝少爺相助，小的一切聽從少爺的吩咐。」裴永根趕緊展現忠誠。別說裴子安和秦小寶跟他有仇，就算素不相識，少爺想要對付的人，他也得盡心盡力去辦。

「好，看他們在這遊山玩水的樣子，估計今天還會住在青州城，你的臉他們認識，另外派個人好好盯著他們，看他們到底來這裡做什麼，我們再見機行事。」

「是，少爺，小的這就吩咐下去。」裴永根答道。

「船家、船家！」郭建安叫道。

「郭少爺，有何吩咐？」船家趕緊跑了進來。

「離這艘小漁船遠遠的，不要靠近。」郭建安吩咐道。

雖然遊船四周有窗戶，外面的人要看清裡面不容易，但既然要背後捅刀，就不要把自己

暴露出去。

而在小漁船上欣賞美景的裴子安和秦小寶，絲毫沒有察覺自己已經被人盯上。

他倆在楊柳湖轉了一下午，才依依不捨地離開這個酷似人間仙境的地方。

等他們回到青州城，已是吃晚飯時間，兩人來到醉香樓，一來想跟祥叔打個招呼，二來

也想嚐嚐醉香樓的湖鮮。
醉香樓的美食果然名不虛傳，一頓晚飯吃得兩人非常滿足，抱著圓滾滾的肚皮倚在椅子上，一動也不想動。
反正也想等祥叔有空一點再去看他，兩人便坐著喝茶，等到客人少了一些，才去廚房看望祥叔。
祥叔得知他們想來青州城開鋪子，也是挺高興，他覺得裴子安和秦小寶都是有才之人，又重信守諾，對他們兩人很是看好，如果他們能來青州城發展，肯定會有一番作為。
裴子安和秦小寶辭別了祥叔，慢悠悠地散步回到客棧，洗漱睡覺，一夜好眠。

第二天一早，兩人便根據計畫，往城中心周邊的市集走去。
裴子安和秦小寶跑了一天市集，看樣子明天還得再跑遠些，今天的市集雖然地理位置比城中偏了一些，但依舊十分熱鬧，也沒有布莊要轉讓。
到了晚上，裴子安和秦小寶回到了客棧，雖然這樣打探行情很累，但仍覺得很充實，這大概就是創業者的心境吧！
「子安哥，看樣子明天我們得去城東和城西的市集再看看，如果這兩處還是沒有要轉讓的布莊，我們就退而求其次，看看有沒有別的鋪子轉讓，只是可能得多花點力氣和金錢來改造一下。」秦小寶對裴子安說道。

「我們明天先跑完其餘市集再做決定，反正時間還來得及。」裴子安回答道。

秦小寶到底還小，身子又比較柔弱，才走了兩天，腳已經痠疼到不行，裴子安便向店家要來木桶和熱水，讓秦小寶泡泡腳。

秦小寶的腳一伸進熱水，頓時感覺舒暢，不由得想念起現代的足浴。

「泡腳真是舒服，可惜沒有人開足浴店，否則泡完腳後再按摩一下，就太完美了。」

「什麼是足浴店？」裴子安問道。

「就是專門給客人泡腳的店，泡完了有技師來為客人做腳底按摩。」秦小寶閉著眼睛享受著。

「給客人做腳底按摩？那多癢啊？」裴子安從沒聽說過這種按摩法。

「錯，腳底的穴位是最多的，你沒享受過所以不懂，那感覺真是又痛又癢又爽，按摩完後疲勞就消失了，整個人都相當輕鬆，像飛起來的感覺。」唉……跟古代人說這些好像沒什麼意義啊！

裴子安沒有答腔，起身走開了，秦小寶閉著眼睛舒服得很，就沒有理會他。不知過了多久，秦小寶在迷迷糊糊中感覺水逐漸變涼，自己的雙腳被托出了水面。

秦小寶睜開眼睛，看見裴子安正用布巾幫她擦腳，不禁笑了笑。子安哥還挺心細，知道水涼了。

正當秦小寶想要起身，裴子安按住了她，溫柔地說了聲。「別動。」

秦小寶不知道裴子安要做什麼，便傻傻地停下動作看著他。

裴子安對秦小寶一笑，兩隻手在她的腳上按了起來。

「哎喲！」秦小寶腳上的穴位突然被按到，她不由得叫了一聲。

裴子安嚇得頓時放手，緊張地問道：「小寶，是我按疼妳了嗎？」

秦小寶眼淚汪汪地看著裴子安，裴子安趕忙揉了揉方才下手的地方，不停地說道：「是我不好，我從來沒有按過，把妳按疼了吧？」

「不是的，子安哥，我不是疼，是感動，沒想到你居然願意幫我按腳。」秦小寶拉過裴子安的手地說道。

「妳不是說，腳部泡完熱水再按一按，會疲勞全消嗎？我看妳這兩天走得太累了，想讓妳快點恢復。」裴子安見秦小寶沒事，這才放下心來。

「來，我這次稍微輕一些，再讓我試試。」裴子安扶著秦小寶坐好，坐到她的對面，把秦小寶的腳擱到自己腿上，小心翼翼地按了起來。

秦小寶看著裴子安對自己視若珍寶的樣子，心中感動不已。

「怎麼樣？舒服嗎？」裴子安抬起頭，看著秦小寶的表情，笑著問道。

「嗯，很舒服。」秦小寶點頭。雖然裴子安從來沒有按過，也不知道腳上的穴位在何處，只是力度適中地按著腳的每個部分，但秦小寶卻覺得這比以前她在足浴店按得還要舒服。

眼見裴子安的額頭已有了一層細密的汗，秦小寶趕緊叫他停下來。「子安哥，可以了，我覺得腳一點都不痠了。」

「才這麼點時間，我再幫妳按一會兒。」裴子安不肯停手。既然這樣可以讓小寶舒服一些，那就多按幾下。

「子安哥，過猶不及，再按我的腳就不舒服了。」秦小寶只好搬出這個理由來讓他停下。

裴子安聽秦小寶這樣說這才停手，秦小寶趕緊拿出布巾給他擦汗。

「看這天氣，才五月分，就已經開始熱了。」裴子安一邊讓秦小寶為自己擦汗，一邊說道。

「你本來就怕熱，又幫我按腳，不出汗才怪。」秦小寶笑道。

「我去把水倒了，把木桶還給店家，妳趕緊上床睡覺吧！」裴子安端起木桶對秦小寶說。

「好。」秦小寶聽話地上床，蓋好被子躺下來，但是她還是強撐著眼皮，想等裴子安回房後再睡。

等裴子安回到房中，秦小寶已經睡了過去，裴子安笑著搖了搖頭。看來小寶是真的很累了，他幫她把被子蓋好，躺到地鋪上，沒多久也沈沈睡去。

第四十六章 字據

第二天，秦小寶和裴子安決定先去城西，再去城東的市集。

有了前兩天的經驗，他們對青州城的布料市場已有初步了解。青州城的布莊賣最多的是麻布和絲綢，棉布非常少，位於繁華市集的布莊雖然價格稍微高些，但布疋的品質相對來說也比較好。

「子安哥，等開了布莊以後，我們還是要想辦法將棉布染色再賣，這樣不僅價格高，而且銷量會更好。」秦小寶對裴子安說道。

「對，我看那些大布莊都有自己的招牌特色布疋，我們也可以想想，是不是以棉布作為我們的招牌？」裴子安答道。

「店招牌是一定要的，棉布是稀罕品，但並非我們獨有，所以最好是我們店獨有、別店沒有的布料。」秦小寶想了一下說道。

「我們回頭再跟大慶和蘭秋商量一下，一定會有辦法。」

「子安哥，前面有家錦繡布莊，我們進去看看吧！」秦小寶眼尖，老遠就看見錦繡布莊的招牌，便拉著裴子安走進去。

「小寶，等等，妳看這裡。」裴子安看著門口一張不起眼的告示。

「什麼？」秦小寶疑惑地停下來。

「這裡有張告示，上面寫著店鋪轉讓。」裴子安把告示上的字唸了出來。

「真的嗎？」秦小寶聽到裴子安這麼說，趕緊湊過來。

「確實是，走，我們進去會會這家布莊的掌櫃。」裴子安振奮起來。這兩天都沒見到要轉讓的鋪子，今天是最後一天待在青州城了，本打算明天就回裴家村，過些日子再來看看有沒有適合的，沒想到讓他們碰上一家要轉讓的鋪子，還是他們需要的布莊。

「好，如果適合的話就太好了！」秦小寶也很高興，總算這兩天沒白跑。

門口候著的夥計見兩人要進布莊，趕緊迎上來，殷勤地問道：「兩位裡面請，是想看看什麼布料呢？本店什麼布料都有，還有從西域進來的棉布呢！」

裴子安笑著對夥計說：「這位小哥，你家掌櫃在嗎？我看到門口那張告示，想跟掌櫃聊聊。」

「原來兩位是想談布莊轉讓的事情啊！您稍等，我這就去請掌櫃的。」夥計一聽裴子安的話，越發客氣地說道。

沒過多久，那個夥計便請裴子安和秦小寶到內廳去見掌櫃的。

「兩位，這就是咱們錦繡布莊的顧掌櫃。」夥計介紹道。

「顧掌櫃，在下是裴子安，這是我媳婦小寶，叨擾了。」裴子安行著禮說道。

「裴小哥不必多禮，何來叨擾之有，來，快請這邊坐。」顧掌櫃高高瘦瘦，待人挺客氣，一看就是生意人。

裴子安和秦小寶坐定，顧掌櫃喝了一口茶，說道：「聽說兩位對門口的告示有興趣，怎麼，是想接手本店嗎？」

「不瞞顧掌櫃，我和小寶打算在青州城盤下一個布莊，正巧今天看到您鋪子外頭貼的告示，所以想請教掌櫃的。」裴子安客氣地說道。

「原來是這樣，既然裴小哥開門見山，那我也直說了。本店轉讓是由於老闆唯一的兒子去了京都做官，所以老闆想舉家遷往京都，這是人之常情，若不是這個原因，恐怕出再多錢，我們老闆都不會轉讓，畢竟這個鋪子生意還不錯。」顧掌櫃搖著頭說。

「恕我冒昧問一下，你們老闆打算以多少錢轉讓呢？」裴子安見顧掌櫃這樣說，便問起了價格。

「兩位既想要盤下布莊，想必已從各個地方打聽過，像我們城東市集的鋪子，一般價格都在四百兩銀子左右，本店打算用三百五十兩銀子轉讓，但是有個條件，就是這個鋪子要到年底才能轉讓；我們老闆是個有始有終的人，他在青州城開鋪子這麼多年，累積了很多顧客，我們布莊還兼做成衣生意，也接了不少訂單，他要把這些訂單全部完成，才能放心地把鋪子轉讓出去。」顧掌櫃說道。

「原來是這樣，那我們回去商量一下，明天再來跟您詳談，您看可以嗎？」裴子安見了解得差不多，想著還是跟木鴻宇和魏啟才打聽打聽才行，便客氣地對顧掌櫃說道。

顧掌櫃點點頭，送他倆出來的時候，說這段時間來看鋪子的人很多，要他們盡快做決定，不然這兩天若有適合的買家，他們就會馬上簽了字據。

裴子安向顧掌櫃道謝，說這兩天一定會回覆，還請顧掌櫃幫忙拖些時間。

兩人見天色不早，便決定第二天再去書院。

不料，第二天他們去書院找木鴻宇和魏啟才時，門房告訴他們馬上要月考了，這段時間不允許訪客來訪，把他們打發走了。

裴子安和秦小寶頓時糾結了。沒打探到底細，到底是簽還是不簽呢？如果這兩天不簽，等見到木鴻宇和魏啟才時，這個鋪子八成已被人買走。

「子安哥，如你所說，機會難得，反正要買的話得簽字據，我們仔細確認字據的內容，應該沒問題。」秦小寶終於做了決定。商機稍縱即逝，畢竟是自己要做生意，不能老依靠木鴻宇和魏啟才。

「對，簽字據的時候把該注意的事項都寫上去，要他們承諾如果發生外債或官司，必須由他們承擔責任。」裴子安想得比較仔細。

既然決定了，他倆便往錦繡布莊走去。

顧掌櫃迎了裴子安和秦小寶進去，應秦小寶要求，帶著他倆把整個布莊逛了一遍，詳細介紹各個地方的設置。

秦小寶見這個布莊雖然不是太大，但都很齊全，還有專門做衣服的房間，完全符合自己的需求，心中很是滿意。

轉了一圈，他倆跟著顧掌櫃來到廳堂，秦小寶笑著說：「顧掌櫃，我們很有誠意來跟您談這個事情，如果價格能再降一些，我們立刻就簽字據，您看怎麼樣？」

顧掌櫃聽秦小寶說立刻就簽字據，低頭考慮了半晌說道：「不瞞兩位，看你們是真心要買，而且也答應老闆的條件，我們可以再讓掉一部分銀子，這樣吧，你們就付三百二十兩，怎麼樣？」

秦小寶聽到價格又降三十兩，便毫不猶豫說道：「行，顧掌櫃，咱們今天就把字據立一下吧！」

「可以，但你們得先付一百兩訂金，等年底你們付清剩餘的銀子，這鋪子就是你們的。」顧掌櫃說道。

「什麼？訂金一百兩？」秦小寶驚道。

「是啊，有什麼問題嗎？」顧掌櫃問道。

「我們這次出來沒帶那麼多銀子，頂多只能付五十兩。」秦小寶回道。開玩笑，誰出來打探行情會帶那麼多銀子在身上。

「那不行，訂金必須一百兩。」顧掌櫃很堅持。

「既然這樣，表示我們跟這個鋪子無緣，告辭了。」秦小寶火氣也上來了，哪有收這麼多訂金的？他們打探過，這裡的訂金行情差不多是總價的百分之十到二十，本來給五十兩銀子就差不多，現在他們開口就要一百兩，別說自己沒帶這麼多錢，就算帶了也不會付。

顧掌櫃一看秦小寶和裴子安要走，趕緊挽留道：「哎呀！這位小嫂子，妳怎麼這麼性急，這不是還有的商量嗎？這樣吧，今天正好老闆在，我進去問問看行不行？你們稍等我一下。」

秦小寶見顧掌櫃這樣說，便點了點頭，坐了下來。這還差不多，生意就是談出來的。

過了一盞茶的時間，顧掌櫃出來了，抱拳說道：「我們老闆真是好說話，他同意你們付五十兩訂金，咱們這就簽字據吧！」

秦小寶嘴上說著感謝老闆體諒，心中卻暗自腹誹，不按規矩辦事還說是好說話呢！

裴子安和顧掌櫃談著字據的細節。看過布莊的房契後，把在意的事項全都寫了上去，並且還注明，若是一方反悔，就得補償另一方五十兩銀子。換言之，如果裴子安反悔，那五十兩訂金就不還了；如果布莊不想賣了，就得賠償裴子安五十兩銀子。

仔細檢查一遍雙方簽好名字的字據，秦小寶心中定了定。希望這次的決定沒有錯，出來很多天了，既然大事已定，也是時候回裴家村了。

裴子安和秦小寶一到家，便去找大慶和蘭秋，把青州城的事情跟他們講了一遍。大慶和蘭秋沒想到找鋪子的事這麼快就定下來了，秦小寶把字據拿出來給他們倆看，他們也放下心來。

小慶的親事在八月熱熱鬧鬧地辦完了，小慶媳婦也是貴叔在賣雜貨時相中的，秦小寶知道後心中暗笑，敢情貴叔賣雜貨，最大的目的就是為了相兒媳婦啊！

小慶媳婦是附近宋家村的閨女，名喚小雙，貴叔看中的兒媳婦，性子都差不多，所以蘭秋跟這個弟媳相處得挺好，而且在這個家裡，蘭秋多了個幫手，可以幫忙處理家事，她便能多花些時間在布莊上。

秦小寶跟蘭秋商量過，等過完年，就讓她和大慶一起去青州城。蘭秋擔心村裡織布坊，秦小寶說三月分織布坊也該停工，且經過幾年的運作，趙氏和邱氏已經完全可以擔負起管理織布坊的重任。

蘭秋向秦小寶推薦小雙，覺得可以帶她參與織布坊的工作，畢竟自己人會更盡心。

秦小寶這段時間也暗暗觀察著小雙，見她雖然長得嬌小，但脾氣、性格卻跟蘭秋差不多，怪不得蘭秋跟她相處得很好。

秦小寶也答應到時帶著小雙一起工作，看看她是不是有能力管理織布坊？如果她能力夠，倒是可以考慮將織布坊交予她，畢竟自己和蘭秋要去青州城經營布莊，但織布坊是布莊的源頭，若照看不好，棉布供應不足，布莊的營運就會出問題。

到了採棉織布的日子，秦小寶和蘭秋帶著小雙每個步驟都做了一遍，小雙是個機靈人，經過手把手地教授，織布坊的事情她大致都了解清楚。秦小寶心想，織布坊交給小雙應該是沒有問題。

約定交錦繡布莊的日子快到了，裴子安和秦小寶提前進城，因為書院放假了，所以他倆想先去探望木鴻宇和魏啟才。

他倆先去了木鴻宇家，不巧的是，木鴻宇外出，所以他們留下口信給木鴻宇，請他有空來客棧會面。他們沒去魏啟才家，魏家到底是官府，不太方便。

誰知，晚上木鴻宇便衝到客棧找他們。

「子安、小寶，真的是你們啊？終於記得來看我啦！」木鴻宇一進門，便扯開大嗓門叫了起來。

「我們五月分到書院找過你，可惜那時門房說你們要考試，不允許訪客來訪，我們就走了。」裴子安笑著解釋。

「什麼？有這事？我怎麼不知道？」木鴻宇摸了摸腦袋，莫名地說道。

裴子安和秦小寶面面相覷。難道書院沒有這個規定？那為何門房不讓他們見木鴻宇和魏啟才呢？

「所以書院並沒有規定考前不能會客？」裴子安問道。

「沒有啊。你也知道，咱們書院什麼時候不讓人來訪啦？不能出去太久還差不多，見還是可以見的。」木鴻宇確定地說道。

裴子安想了想，確實他在書院時並沒有這個規矩，只是那時以為這是書院新定下的規矩，所以沒有多想。

秦小寶見木鴻宇這麼篤定，心中一緊，裴子安也想到了什麼，趕緊拿出字據遞給木鴻宇。「鴻宇，你幫我們看看這字據有沒有什麼問題？」

木鴻宇疑惑地接過字據，看了一眼便叫道：「你們居然已經買好鋪子了！不是說我幫你們找嗎，為什麼不來找我？」

「我們五月分那次就是來找你幫忙，可惜被門房趕了回去。我們那時想請你幫忙打探一下這家布莊的底細，可是沒見到你，這個布莊又非常難得地符合我們的要求，價格也便宜，所以我們就跟他們簽了字據。」裴子安急道。

「別急、別急，或許是門房嫌麻煩才打發你們走，而且我看這裡頭寫的沒什麼問題啊。」木鴻宇趕緊安慰兩人。

「鴻宇，還是要麻煩你明天幫忙打探一下，這家布莊的老闆說是要跟唯一的兒子遷居京都所以才轉讓的，你能不能打聽看看是不是這回事？」秦小寶已經起了疑心，她也覺得這件事情太順利，簡直就像為了他們量身訂做的一樣。

「行，交給我，明天我盡快給你們消息。」木鴻宇一口答應下來。

「好，明天我們不出門了，就在這裡等你。」秦小寶擔心地說道。

「小寶，別擔心了，至少到目前為止還沒出問題，我們就靜觀其變。」裴子安拍了拍秦小寶安撫著。

木鴻宇得到任務，一陣風似地跑了。

第四十七章 圈套

好不容易熬到天亮，秦小寶幾乎一夜無眠，起來後兩個黑眼圈頂在眼眶，讓裴子安看著很是心疼。

「小寶，妳別擔心了，會有辦法解決的，如果這家布莊沒問題，我們就可以順利買下鋪子；如果有問題，字據都簽得清清楚楚，他們也不能耍花樣。」裴子安說道。

「對，字據。子安哥，字據你放哪裡了？」秦小寶想來想去，字據是個關鍵，這是五十兩訂金和購買鋪子的憑證，只要有這張字據在手，就不怕布莊搞鬼。

「放心，我收得好好的呢！」裴子安從懷中掏出秦小寶送給他的荷包，字據就放在裡面。

就在裴子安和秦小寶互相安慰時，木鴻宇匆匆趕來了。

「子安、小寶，我讓人打探過了，這家布莊的老闆是個女人，好像是陪嫁的鋪子；另外，這老闆家中最近並無人出仕。」木鴻宇還來不及坐下，便急急說著，看樣子這布莊似乎有問題。

「什麼？」裴子安和秦小寶傻眼了。

「既然轉讓鋪子的理由是編的，其中肯定有鬼。」木鴻宇提醒道。

「那該如何是好？」秦小寶相當著急。都怪自己當時太衝動，如果再謹慎一點就好了，到底她以前只是個上班族，沒有在生意場上打滾過。

「我家布莊生意太少，在這行並沒有太多人脈，所以只能打探到這裡，但你們別著急，我已經托啟才去打探，他爹是知府，所有商家在官府都有備案，只要查出布莊老闆的身分，也許就可以知曉其中一二。」木鴻宇道。

「對，鴻宇說得沒錯，找到根源就知道該怎麼解決了。」裴子安覺得木鴻宇說得很有道理。

也只能這樣了。三人在客棧中等著魏啟才的消息。

直到快吃晚飯，魏啟才才來到客棧。

秦小寶一看到魏啟才的臉色便暗叫不好。果然，魏啟才見到他們三人，猶豫了一會兒才開口。「此事恐怕是個圈套，我打聽到這個布莊的老闆姓韋，女兒出嫁的時候，將布莊當作陪嫁給了女兒。」

「這家布莊要轉讓的理由是假的，到底是什麼原因呢？」木鴻宇不解地問。

「韋家的女兒嫁給了姓郭的大戶人家。」魏啟才沒有回答木鴻宇的問題，而是說了這句話。

「什麼？難道是……」木鴻宇大吃一驚，又道：「韋姓在青州城本就很少，又嫁給了姓郭的大戶人家……我記得郭建安的母親就姓韋。」

木鴻宇和郭建安家同是青州城富戶，平時多少有些來往，對於兩家狀況還是有幾分了解。

「沒錯，所以這次應該是郭建安在搗鬼。」魏啟才接著木鴻宇的話說。

「郭建安是誰？他為什麼要害我們？」秦小寶並不知道裴子安在仁文書院的恩怨，不解地問著。

「唉……這都怪我，是我惹下的是非。」裴子安聽及此，長嘆一口氣。

「子安，你不能這麼說，這事怎能怪你，是郭建安設計陷害你，你這是維護正義。」木鴻宇說道。

「你們不要繞圈子了，快告訴我到底怎麼回事？」秦小寶急道。

魏啟才把在仁文書院時，郭建安換走裴子安保管的祭文，想要陷害裴子安，卻被裴子安反將一軍的經過告訴秦小寶。

「子安哥，你做得對，這種人就該好好整治，買鋪子這件事情，還好鴻宇和啟才幫我們打探到事情真相，我們一起想辦法解決就好，這不是問題。」秦小寶說道。

「小寶說得對，既然我們知道是郭建安在搞鬼，就說明這字據肯定是個陷阱，但我們已經確認過字據本身並沒有問題，就要想想他們的詭計到底會是什麼？」魏啟才說道。

裴子安沈吟了一會兒。「早上小寶提醒我字據要收好，他們會不會是想從字據下手？若我們拿不出字據，就沒有證據去交易鋪子，也沒有憑證要回五十兩訂金。」

「沒錯，我也是這樣想，所以我們要保管好字據，不能被他們偷了或搶了。」秦小寶贊同地說。

「我有個辦法。子安，你模仿字據的字跡重新寫一張放在身上，而真正的字據交給我或鴻宇，如果他們要偷或搶這字據，肯定只會從你們身上下手，屆時我們再殺他個措手不及。」魏啟才提議。

「這個辦法好，明天下午你們正常出門，直接去錦繡布莊，我和啟才會在錦繡布莊附近等你們。」木鴻宇說道。

裴子安和秦小寶互相看了一眼，同時點頭。這個主意確實不錯，現下他們能使出的詭計和解決的辦法，也只有這一個了。

「鴻宇，要再麻煩你一件事情，看來這個鋪子是買不成了，還得請你盡快幫我們找個鋪子，我們原本打算過完年、棉布織好後就開張的。」裴子安對著木鴻宇拱了拱手說道。

「沒問題，這事交給我，保證你們年後開張。」木鴻宇拍著胸脯保證。

第二天下午，裴子安和秦小寶收拾好行李便出了客棧。假字據放在裴子安懷中的荷包裡，兩人一路神色自若地走著，直到到了錦繡布莊門口，他倆都沒發現什麼異狀。

裴子安摸了摸懷裡的荷包，這才發現荷包早已不翼而飛。秦小寶看見裴子安的神情便知道東西沒了，心中很是後怕。一路上自己已經小心觀察，除了在鬧區時人多擁擠，其他時候並沒有什麼異常，難道就是在那時被摸走的？這賊的手段也太高明了。

按照計畫，裴子安和秦小寶先進鋪子，最好能逼郭建安現形，然後再由木鴻宇和魏啟才出馬，討回公道。

由於是事先約好，顧掌櫃早已等在鋪子，他熱情地迎了裴子安和秦小寶進來，客套了幾句便進入正題。

「裴兄弟真是守信，看來是誠心想買這個鋪子，既然如此，請把字據和銀子拿出來，咱們當面交易吧！」顧掌櫃笑咪咪地說道。剛才少爺已把偷來的字據給他看過，他現在只要按計畫把這兩人趕走，少爺就會把那五十兩訂金賞給自己。

「顧掌櫃，不好意思，我的字據在我兄弟手上保管，等會兒他就過來了。」裴子安忍住想要上前揍這笑面虎一拳的衝動。

「裴兄弟，你別開玩笑了，這麼重要的東西你不親自帶過來，是不是要反悔呢？」顧掌櫃臉上顯現出不耐煩。

「不是的，顧掌櫃，我怎麼可能反悔，只是字據不在身上，要稍等片刻而已。」裴子安說道。

顧掌櫃早已斷定裴子安的字據在郭建安手上，便哼了一聲。「我可是很忙的，如果你拿不出字據，那請便吧，我可沒有閒工夫在這兒陪你瞎扯。」

裴子安見顧掌櫃甩手要走，便一把拉住他。「顧掌櫃你可不能走，我的訂金還在你那裡呢，如果不想賣這個鋪子，你得把訂金退還給我。」

裴子安這樣一說，顧掌櫃越發有恃無恐，說道：「你字據拿出來我就退你訂金，不但退你訂金，我再賠你五十兩銀子，這鋪子我不賣了。」

「你居然想反悔，世上哪有這樣的道理，簽好字據卻要反悔，你們這樣做生意，不怕喪失信譽嗎？」秦小寶在一旁叫道。

「妳哪隻眼睛看見我們要反悔了，只要你們字據拿出來，我馬上給你們鋪子。」顧掌櫃沒了一開始的笑臉，眼睛一瞪喝道。

「你們欺人太甚，這一定是你們的圈套！」秦小寶說道。

「哈哈哈，你們真聰明，但是為時已晚了。」內屋傳來一陣放肆的大笑。

裴子安定睛一看，果然是郭建安走了出來。

「郭建安，是你！你怎麼在這裡？」裴子安咬牙說道。果然是郭建安設的套。

「裴永根？你居然也在這兒！」秦小寶看到站在郭建安身後的裴永根，大吃一驚，這是他們沒想到的。裴永根居然跟在郭建安身邊助紂為虐。

「對，是我，我是這家布莊的老闆，怎麼樣，沒想到吧？你們拿不出字據就乖乖滾出去！」郭建安鼻孔朝天地說道。

「嘿嘿，裴子安、秦小寶，你們居然也有今天。」裴永根跟在郭建安身邊冷笑。

「你們太卑鄙了，我懷裡的字據就是被你們偷的！」裴子安氣憤道。

「飯可以亂吃，話可不能亂說，你們有證據嗎？」裴永根惡狠狠地回道。

「來人，還不把這兩個騙子給我拖出去！」郭建安吩咐道。

一旁的小廝正想拖人，卻被一聲高喝給鎮住。

「誰敢亂動！你們要的字據在這裡。」木鴻宇和魏啟才及時出現，把郭建安驚得目瞪口呆。

「你胡說，字據明明被我們……」裴永根話還沒說完，就被郭建安一巴掌搧到了旁邊。

「被你們怎麼樣？」魏啟才步步緊逼，對著裴永根喝道。

裴永根被郭建安打醒，心知不能說出偷了字據的事情，於是牙關緊咬，不吭氣了。

「別廢話，把字據拿出來再說。」郭建安眼睛一瞪說道。

木鴻宇從懷裡掏出字據，在郭建安面前晃了晃，說道：「字據在此，你睜大眼睛好好看看。」

郭建安半信半疑地想伸手拿字據，木鴻宇卻突然縮手。「我拿著你看，別想乘機將字據毀掉。」

木鴻宇兩隻手將字據展開，郭建安湊近仔細一看，居然跟剛剛自己拿到手的差不多，頓時有些暈了。

裴永根也湊了上來，大聲叫道：「不可能，這是你們偽造的！」

「你就別在這裡瞎嚷嚷了，要不要去衙門讓官老爺判定一下？」木鴻宇鄙視地說道。

郭建安不吭聲了。他不想鬧大這件事情，況且鬧到衙門對自己一點好處都沒有，魏啟才的爹可是知府老爺。

「顧掌櫃，你過來，看看這字據是不是你親手簽下的？」裴子安對著顧掌櫃說道。

顧掌櫃一看他們又拿出一張字據，頓時緊張起來。先前少爺給他看那張偷來的字據時，他並沒有仔細察看，現在想想搞不好真是偽造的。

顧掌櫃不看不要緊，一看腿都哆嗦起來，他結結巴巴地對郭建安說道：「少爺，這確實是我親手簽的那張字據。」

「什麼？」郭建安一聽大急，也顧不得其他，大聲罵道：「廢物！我剛剛給你看的，你怎麼沒發現是假的？」

「少爺，剛剛你只給我看了一眼就拿走，我哪來得及細瞧啊？」顧掌櫃喊冤。

「哼！我也不跟你們繞圈子了，你們偷走的是假的，這才是真的字據。」裴子安懶得跟他們囉嗦，只想盡快解決這件事情。

「根據字據上的約定，我們只要付清剩餘的銀子，你們就要把鋪子的房契給我們。」秦小寶說道

「這個鋪子不賣，你們想得美，想這麼便宜就買走我的鋪子，作夢！」郭建安一口拒絕。

「既然你不肯賣，那就是反悔了，按照契約，得把五十兩訂金退還給我們，還得另外賠

償五十兩銀子。」裴子安當然知道他們是不肯賣鋪子的，便指著字據一字一句說道。

郭建安一聽還得賠五十兩銀子，頓時蔫了，想要開溜，卻被裴子安幾人堵得死死的，嚷著不賠銀子便要拉他去衙門。

顧掌櫃一看事情要鬧大，趕緊拉過郭建安悄聲說道：「少爺，我看就賠給他們五十兩銀子吧，這件事情千萬別讓夫人知道啊！」

郭建安也知道這個鋪子肯定是不能賣的，本想陰他們一把，沒想到把自己給陰了。他咬著牙揮了揮手道：「顧掌櫃，這事你解決吧！銀子從帳房出，回頭你想辦法把帳抹平了，如果讓我娘知道這件事情，你就給我滾蛋。」

顧掌櫃一聽臉都綠了。五十兩銀子沒賺到，反而要賠出五十兩，還要做假帳抹平，實在是偷雞不著蝕把米，但他沒有別的辦法，只能應了下來。這事如果被捅出去，少爺頂多被罵一頓，自己的飯碗可是會不保。

「各位、各位，有話好好說，我這就叫帳房取銀子賠償，實在對不住。」顧掌櫃沒了剛剛的囂張，彎著腰對他們拱手告饒。

最後，顧掌櫃好說歹說才把裴子安幾人勸住，退還了五十兩訂金，又賠償了五十兩違約金。裴子安幾人又把郭建安罵了一頓，這才大搖大擺地走出錦繡布莊。

郭建安被顧掌櫃死死拉著，才沒再跟裴子安他們起衝突，只是等他們走了以後，讓人將裴永根捆起來打了二十大板，這才消了些恨意。

第四十八章 籌備

雖然訂金拿了回來，還多得了五十兩賠償金，但鋪子沒了。木鴻宇一直安慰裴子安和秦小寶，說買鋪子的事情交給他肯定沒問題，他倆這才稍微安心。

雖然青州城好鋪子難找，但木家畢竟是青州城首富，要找出一、兩間還是沒問題的。

木家布料生意不大，布莊沒幾個，但其他鋪子倒是不少。木鴻宇找了他爹木德天，好說歹說想要磨出一間鋪子。木鴻宇因為考上秀才，所以木德天對他更是寵愛，他還把魏啟才也拉進來，說裴子安是兩人在書院的共同好友，好友有難怎能不幫？

木德天做生意起家，對於江湖義氣非常看重，雖然商人注重利益，但他明白從商若不講道義，只能掙些蠅頭小利，做不了大事，所以木德天在青州城形象非常好，對於需要幫助的人，能幫則幫，就算幫不了，也絕不會落井下石。

木鴻宇還說裴子安家自己種棉田、織棉布，上回帶回來的那床棉被就是他們做的，對此木德天感到非常驚訝，對木鴻宇這個朋友也多了一分好奇。木鴻宇從裴家村帶回來的棉被人人稱羨，但木鴻宇當作寶貝，碰都不讓別人碰一下，大家只能過過眼癮。

最後，木德天不僅答應轉讓一間鋪子給裴子安，還要木鴻宇有機會帶他來家中做客。

木鴻宇得到木德天的首肯，趕緊到客棧報告這個好消息，他把木家幾個租約到期、可以轉讓的鋪子整理成一份清單，拿給裴子安和秦小寶選。

裴子安和秦小寶仔細比較後，選中了城中心周邊青城市集的一間鋪子，這間鋪子的地段雖沒有城中心那麼好，但比城東和城西好上不少，而且價格合理、面積又大，看起來還能在裡面闢出一塊地方染布和做成衣，只是得花精力改造一番，不過打掉重練也有好處，可以把所有需要的設置都規劃進去，省得日後再加。

木鴻宇看裴子安和秦小寶選好了，便說：「明天我們一起到這鋪子看一下吧！確定後我再去跟我爹談價格，看能不能再便宜一些？」

「鴻宇，這次多虧有你幫忙，價格方面合理就行了，別壓得太低，我們心裡過意不去。」秦小寶說道。

秦小寶不希望讓木鴻宇在他爹面前難做人。能找到適合的鋪子已經幫他們解決大問題，而且這個鋪子開價四百五十兩銀子，在這個地段已經是很便宜的價格。

「你們別跟我客氣，我會盡我所能，但也不一定能談成，你們就別放在心上。」木鴻宇試著別讓他們太有壓力。

第二天，魏啟才也來了，他們四人一起去看青城市集的那間鋪子，看完後大家都覺得挺不錯的，鋪子後面還有個小院子，雖然不大，但有幾間屋子可以住人，還有廚房，這就把住的問題解決了，秦小寶覺得非常滿意。

裴子安和秦小寶當即決定要了這間鋪子。接下來事情還很多，馬上要過年了，已經沒有多少時間準備。

木鴻宇帶來的消息是最終以四百兩銀子成交，裴子安和秦小寶知道後感覺非常過意不去，這個價格只能買城東或城西的鋪子，木家這是一分錢都沒賺的。

「你們別過意不去了，我爹對你們的棉被非常感興趣，回頭你們給他老人家做些棉被、棉衣就可以了。」木鴻宇說道。

「那沒問題，但那些不值錢，只是舉手之勞而已，不值這麼多銀子的。」裴子安為難道。

「不值錢？你看看青州城除了我和啟才有棉被蓋，還有誰能有這等福氣？這些是不能用錢來衡量的。你們就聽我的，我爹隨便一門生意就是大把銀子進帳，這些小錢對他來說不算什麼，倒是棉被、棉衣是他沒有的東西，你們若送他，他肯定會很高興。」木鴻宇勸道。

秦小寶想想也有道理。對有錢人來說，外面買不到的東西才最珍貴，便對木鴻宇說道：「鴻宇，你這麼真心對我們，如果我們再推辭，就是矯情了，你放心，伯父、伯母的棉衣、棉被過年前一定送到。」

「行，這段時間你們先忙鋪子改造的事情，過年前我等你們來。」木鴻宇豪爽地應道。

接下來，裴子安和秦小寶把鋪子盤了下來，在木鴻宇的幫助下採購材料，請工人開始改造工程。木鴻宇和魏啟才要裴子安和秦小寶趕緊回家報個平安，鋪子的改造工程他們會幫忙盯著，兩人這才回去裴家村。

此時距他們離開裴家村已經十來天了，文氏每天都焦急地盼著他們回來，倒是裴平安知道青州城有木鴻宇和魏啟才兩人在，肯定會多方幫忙，所以一直安慰文氏不會有事情。

裴子安和秦小寶一回到家中，文氏那顆懸著的心總算放了下來。

「子安、小寶，你們怎麼去了這麼多天？真是急死娘了。」文氏心有餘悸地說道。

「娘，我和小寶沒事，只是鋪子的事情出了點問題，所以花了些時間處理。」裴子安見文氏這麼關心自己和秦小寶，心中很是感動。

「什麼？出了什麼問題？唉，鋪子出問題不打緊，只要你們兩人沒事就行。」文氏緊張地問道。

秦小寶將事情經過告訴文氏，她怕文氏擔心，只說對方反悔不想賣了，並沒有說出被陷害的事情，接著強調木鴻宇家轉讓的鋪子十分符合需求，價格又合理。

文氏聽了這才放下心來，要他倆好好休息，便去做飯。

裴子安和秦小寶商量了一下，決定還是先去蘭秋和大慶家，把事情同他倆說，他們這麼多天沒回來，蘭秋和大慶想必也很擔心。

果然，蘭秋一見到秦小寶，趕緊拉著她，全身上下看了又看，關心地問道：「你們怎麼去這麼久？擔心死我們了，你們如果再不回來，我就讓大慶去找你們了。」

秦小寶感動地一把抱住蘭秋，安慰幾句，然後把事情經過一五一十地告訴他倆。

蘭秋和大慶氣得直說，下次若在青州城看見裴永根，一定要再好好教訓他一頓！

裴子安趕緊攔住他們。「青州城可不比裴家村，千萬不要衝動。」

蘭秋和大慶點點頭。他們也是知輕重的，只是忍不住要在嘴上出出氣。

「蘭秋姊，這次多虧鴻宇和啟才的幫忙，咱們選一些上等的棉花給鴻宇和啟才爹娘做些棉被和棉衣吧！過年前我和子安哥還要去謝謝他們。」秦小寶說道。

「沒問題，這些對我們來說都是小事情，我一定做得好好的。現在已經陸續有棉花交過來，明天我就去挑些上好的棉花，開始動工。」蘭秋一口答應下來。

秦小寶放下心來。蘭秋姊的手工可比外頭成衣鋪好上許多。

轉眼到了十二月，寒風瑟瑟、萬物枯萎，原本的綠意也失去了顏色，此時蘭秋做的棉衣和棉被越發顯得珍貴。

帶著打包好的棉衣、棉被，裴子安和秦小寶進了青州城。他們一進城就去鋪子，正好碰上監工的木鴻宇和魏啟才。鋪子已經差不多完工，秦小寶拿出棉衣、棉被讓木鴻宇和魏啟才帶回去。

眼看鋪子過幾天就可以驗收，裴子安和秦小寶索性等鋪子交了再回家，這幾天正好在青州城買些年貨回去。

看著煥然一新的鋪子，秦小寶內心一陣激動。這可是她第一次開鋪子，也要嘗試做老闆娘的滋味了。

由於鋪子今後會做染布和成衣生意，叫做布莊不太適合，秦小寶和裴子安想了很久，決定將鋪子命名為「寶綾閣」，寶字代表裡頭都是寶貝，綾字表示跟布料有關係。

一切安排就緒，裴子安和秦小寶鎖上寶綾閣，帶著一車年貨回裴家村。

過完年，四月分秦小寶就滿十五歲，去年答應文氏今年六月要辦成親酒，文氏果然沒有忘記，過年這幾天又提起這個話題。

秦小寶感覺這一年身體長大不少，感覺是時候了，便低頭羞紅著臉說：「這件事情請娘做主就行。」

文氏聽到這個回答，開心得合不攏嘴，裴子安也是高興地舉起秦小寶轉了幾圈，嚇得秦小寶趕緊喊放她下來。

文氏有了新的目標，整個人都不一樣起來，早早地開始計畫，這個年過得開開心心。

織布坊的事情小雙已經可以負起全責，蘭秋只須在旁邊稍稍指點一下。今年的棉布產量比去年增加了一些，算了算，大約織出四百八十疋。

過完年，裴子安先把一百六十疋棉布送去萬隆商號。這批貨要用來支付成本，所以耽擱不得，還好事情辦得很順利，不到三月就都處理好了。

裴子安和大慶挑了個良辰吉日，四個人準備好行囊，往青州城出發。由於之前裴子安和大慶已將很多物品搬進寶綾閣，所以出發這天帶的東西不多，四個人輕輕鬆鬆地上路。

出發前，文氏千叮嚀、萬囑咐，要他們注意安全、別擔心家裡的事情，六月分的成親酒提前幾天回來就行，她會安排好的；另外還囑咐秦小寶，要在青州城把自己的嫁衣準備好。

秦小寶一一點頭答應。反正蘭秋姊在，做嫁衣不成問題。

秦小寶和裴子安一走，最擔心的就是田裡的活兒。他們走之前跟以前的雇工說好，到了時節就去田裡幹活，工錢文氏會給。

走的時候，秦小寶留了銀子給文氏，並跟她說田裡的活兒讓雇工來做就可以，千萬不要自己動手，要是累壞了身體，不值得。

到了寶綾閣，木鴻宇和魏啟才早就在那兒等著，一見到他們便噼哩啪啦地放起鞭炮，寶綾閣的牌匾也掛了上去，紮了朵大紅花顯得喜氣洋洋。

自己開鋪子才知道，原來開店不是那麼容易的事情，所有的事情都要考慮周到、仔細打點，蘭秋和秦小寶負責鋪子的布置和貨物上架，裴子安和大慶忙著出去進貨，幾人分工合作，倒也顯得不忙不亂。

木鴻宇帶著裴子安和大慶到了自家布莊，請布莊掌櫃帶他倆去平常往來的織布坊進貨。

布莊掌櫃自是盡心辦這事，但沒想到，一連找了好幾家織布坊，只要聽到是寶綾閣要進貨，便一口拒絕。

裴子安心中已經猜測到原因，便客氣地謝過掌櫃，與大慶回到寶綾閣。

木鴻宇在寶綾閣幫忙，見裴子安回來，便問道：「怎麼樣？今天談好了嗎？什麼時候送貨？」

「沒，好幾家織布坊都不肯供貨給我們。」裴子安嘆了口氣。

「為什麼？是不是我家掌櫃沒辦好這事？」木鴻宇一聽急道。

「不是掌櫃的問題，他已經盡力了，只是織布坊一聽是寶綾閣要進貨，就都不肯供貨。」裴子安趕緊解釋。掌櫃辛苦帶著他們跑，木鴻宇可千萬別冤枉了他。

「奇怪了，這些織布坊跟我們都是老關係，怎麼會這樣？」木鴻宇不解地問。

「我猜想是郭建安在搗鬼，你不是說他家布料生意做得最大嗎？看來這些織布坊不是他家的，就是被他家控制。」裴子安分析道。

「肯定是，現在怎麼辦？就是官府也管不了人家供貨的自由啊！你們只有三百疋沒染過的棉布，其他什麼都沒有，怎麼開張？」木鴻宇替兩人著急。

「我們再想想辦法吧，這事著急也沒用。」裴子安反過來安慰木鴻宇，實在不行就去遠點的地方問問。

「你們等等我，我問問我家布莊有沒有多進的布料，或是讓我家布莊出面進布料，再轉給你們。」木鴻宇一想到這個辦法，立刻告辭匆匆走了。

經過這樣一鬧，四個人都情緒低落，默默在鋪子幹起活來，誰也不想開口說話。

而郭建安在家中，正得意洋洋地聽著小廝打探來的消息。

「少爺，您真厲害，居然說動了老爺，要織布坊不許供貨給寶綾閣。」裴永根被打了二十大板，腿還有點瘸，但他依舊拍著郭建安的馬屁，只怕大腿抱不好，又要挨餓受凍。

「那有什麼，我只要說我不能再去書院上學都是被裴子安陷害的，而且他們開的也是布莊，就是跟我家搶生意，怎麼能這麼便宜他們？」郭建安對自己這一招很是得意。

郭建安的爹聽說兒子是因為裴子安上不了學，氣得吹鬍子瞪眼，立刻吩咐下去，要所有織布坊都不許供貨給寶綾閣。

另一頭，木鴻宇以為自己想到了一個好辦法，卻沒想到織布坊只肯按照往年的數量供貨給他家的布莊，多一疋都不行，只推說今年布料短缺，拿不出那麼多。

到最後，木鴻宇只帶來幾十疋麻布和幾十疋絲綢，還是從前剩下的陳年布料，如果擺在貨架上，料想也是沒人會買的，只能放在底下充充數，否則布料太少了。

木鴻宇一臉失落，秦小寶趕緊安慰道：「有這些已經很好了，至少不會顯得那麼空盪盪。」

裴子安和大慶商量了一下，決定去離青州城最近的梅州城進貨。可貨是進到了，但梅州城的織布坊見他們是外地來的，便將進貨價格抬高不少，加上運送成本，一疋布掙不了多少錢。

裴子安牙一咬，決定先把鋪子開張了再說，賺得少總比沒賺好，還好自家還有三百疋棉布打底。

第四十九章　混紡

三月初八，寶綾閣正式開張，木鴻宇和魏啟才請來了舞獅和鑼鼓隊，場面非常熱鬧，客人也絡繹不絕，總算是個好的開頭。

本來要請兩個夥計，但為了節省成本，而且目前四個人還忙得過來，所以大家一致決定先不請人。

秦小寶要大家再想想關於進貨的問題，不然今年勉強熬過去，明年可不行，若一直無法解決這問題，還不如不開鋪子，賺得還沒以前只開織布坊多。

蘭秋提出染布坊可以開始運作了，染好的棉布能賣五兩銀子，比沒染的多賣一兩，只是需要有染布經驗的夥計及要採購染料。

秦小寶點點頭。這個計畫本來就有，只不過目前得先解決布料問題才能再進行其他事情。

「小寶，妳和子安馬上要成親了，我看現在鋪子的生意還算可以，等你們忙完終身大事，我們再好好商議吧！」蘭秋見大家整天為這事煩惱覺得不是辦法，而且沒剩多少時間了，小寶的嫁衣、新被、新枕都還沒開始準備呢！

「是啊，小寶，咱們先準備成親的事情吧！」裴子安也笑著附和。

秦小寶的臉有些紅了。她不想因為店鋪的事情影響到大家的心情，便點頭應道：「好，馬上就是我和子安哥的大喜日子，大家開心點，不想這些煩心事了，船到橋頭自然直。」

「小寶，來，我們去討論一下妳的嫁衣。」蘭秋拉著秦小寶進成衣間，裡頭工具齊全，很是方便。

「蘭秋姊，我已有想法，等我畫下來，妳幫我看看好不好？」秦小寶腦中早有嫁衣的樣子，雖然她只是個童養媳，但婚禮是每個女孩子所期待的，她在現代沒能穿上嫁衣，在這裡一定要完成夢想。

「好啊！妳有想法最好，可以按照自己喜歡的樣子去做。」蘭秋贊同地說道。

「蘭秋姊，我對女工不太擅長，妳能幫我嗎？」秦小寶擔心自己手不夠巧，而且還有新被、新枕要做。

「當然沒問題，包在我身上。」蘭秋點頭應道。

秦小寶當晚就在房中仔細畫起圖樣，她感覺像是回到現代做設計師的時候，頓時滿腔熱情，熬到半夜，終於完成了初稿。

裴子安和秦小寶還沒成親，所以還是分房睡覺，裴子安不知道來催了幾次，要她趕緊休息，都被她擋在房門外，說到時候要給他驚喜。直到秦小寶熄了油燈，裴子安才放心睡去。

秦小寶照著初稿，又熬了兩個晚上，終於設計出滿意的嫁衣。當蘭秋拿到設計圖紙的時，頓時驚豔了。一般的嫁衣都是寬鬆的，這張圖紙上的嫁衣卻設計得很修身，領口改成蝴蝶小立領，袖子換成上窄下寬的水袖，完全顛覆了蘭秋對傳統嫁衣的印象，但看著圖紙上的小人兒穿著改造過的嫁衣，蘭秋只覺得美麗無比，這樣的修改確實能把女人的優點都顯露出來。

「小寶，妳是怎麼想出來的，這嫁衣真美。」蘭秋羨慕地說道。如果自己還沒成親，肯定也想穿這樣的嫁衣。

「漂亮吧！我可是熬了兩個晚上才畫出來的。」秦小寶聽到蘭秋的誇獎，很是高興。嫁衣既不能像現代婚紗那樣性感，她也不想像傳統嫁衣那麼寬鬆，所以她便結合了兩者的特點進行改造。

「漂亮，真想再穿一次。」蘭秋看著圖紙脫口而出。

「哈哈，蘭秋姊，妳沒機會了哦！不過等做好了妳可以試穿一下。」秦小寶笑道。

「那怎麼可以，這件嫁衣是妳的，別人不能穿，我只是說說而已。」蘭秋趕緊推辭。嫁衣是不可以讓別人穿的。

秦小寶倒沒有太介意，畢竟現代大部分婚紗都是用租的，一件婚紗有好多人穿過，不過既然來到這裡，還是遵守規矩吧！

秦小寶點點頭。「聽妳的。對了，蘭秋姊，這件嫁衣不能讓子安哥看到哦，我想在成親那天讓他的眼珠子掉出來。」

「什麼？眼珠子掉出來？」蘭秋驚道。

「意思就是想給他個驚喜，讓他看呆了。」秦小寶笑呵呵地解釋。

「妳這小寶，老說些奇奇怪怪的話，不知道妳這個腦袋裡面到底裝的是什麼？」蘭秋點了點秦小寶的腦袋笑罵道。

「蘭秋姊，其實妳也很有想法呀，不然怎麼會跟我一起折騰？本來在裴家村，有貴叔、小慶和小雙一起互相照顧，還可以幫妳帶祥子，現在妳一個人要忙鋪子的事情，又要帶孩子，真是辛苦妳了。」秦小寶感慨地說。

大慶和蘭秋進青州城的時候，把祥子也帶了過來。秦小寶是非常贊成將孩子帶在身邊的，她不希望為了掙錢，讓大慶和蘭秋變成候鳥父母。

「這有什麼辛苦，比起吃不飽、穿不暖好太多了，而且祥子也兩歲了，比以前好帶許多，再說，妳、子安和大慶都在幫著帶呢！那麼多隻眼睛，看個孩子沒問題的。」蘭秋真心地答道。

「再堅持一下，等辦完喜事，我們再好好想想怎麼解決進貨問題，到時可以雇兩個夥計，我們也能輕鬆一些。」秦小寶說道。

「放心吧！困難總會解決的，妳現在倒是要好好把精神放在成親的事上，畢竟這對我們女人來說是件大事。」蘭秋親暱地揉了揉秦小寶的頭髮。

秦小寶低下頭抿著嘴笑。雖然她是穿越過來的，思想比古代人開放很多，但是一想到自己要成親了，還是有些害羞。

蘭秋理解秦小寶的心情，便打住了話題，和秦小寶討論起如何把圖紙上的嫁衣做出來。

成親的日子是六月分，秦小寶糾結著嫁衣要用什麼布料製作？麻布很硬又熱，做不出想要的效果，但是絲綢和棉布太貴了，秦小寶有些捨不得。

裴子安看著秦小寶認真地說：「別幫我省錢，我想給妳最好的。」這句話讓秦小寶偷偷開心了好幾天。

衡量了許久，由於棉布做不出絲質的感覺，所以秦小寶決定還是用絲綢來做嫁衣。

正當秦小寶惋惜棉布太過柔軟撐不起衣裳的形狀時，突然一個想法跳入她的腦海。為什麼不試試用兩種不同絲線混合在一起織布呢？她記得前世的棉麻布料就比棉布挺，絲棉布料穿起來也非常舒服。

這個念頭一出現，秦小寶欣喜若狂。這樣的話進貨問題就可以解決了，她急忙拉著蘭秋商量。

「小寶，妳這個想法實在太新奇了，到底是怎麼想出來的啊？把棉線和麻線混合織布，這樣真的可以嗎？」蘭秋抱著秦小寶的腦袋左看看、右看看，怎麼看都是一個很正常的女孩子啊！

秦小寶掙脫蘭秋的雙手，認真地說：「可以的，我們將麻線和棉線混合織布，就能織出棉麻布料，將絲線和棉線混合，就能織出絲棉布料，這兩種布料各有各的優點，而且我們這裡從沒有這種布料，物以稀為貴，我相信一旦做出來，應該會很暢銷。」

「如果是這樣，我們鋪子的布料就可以自給自足了。種棉的農民不多，但是種亞麻的可是多得很，我們到周邊村子去收，肯定會有人賣給我們。」蘭秋也收起了嘻笑的態度，點著頭說道。

「我們織布坊本來只有年底和年初這段時間開工，以後收了亞麻，就可以不間斷地運作，而且還能根據寶綾閣的銷量來訂製布料，這樣就不會有庫存，可以將利益最大化。」秦小寶繼續說道。

蘭秋聽了拍手樂道：「這樣不就解決了咱們布料進貨的問題？」

秦小寶也呵呵笑道：「是啊！真是踏破鐵鞋無覓處，得來全不費工夫。」

「早知道我們就早點做嫁衣，也不用煩惱這麼久了。」蘭秋說道。

最大的問題有了解決辦法，秦小寶幾人都鬆了口氣，現在就等辦完成親酒以後，開始執行了。

有了蘭秋的巧手，嫁衣和新被、新枕很快就做好。秦小寶摸著絲質的嫁衣，簡直像作夢一樣。這就要成親了嗎？想著想著嘴角就忍不住往上揚。

離成親的日子還有半個月，蘭秋和大慶催著裴子安和秦小寶趕緊回家做準備，秦小寶擔心鋪子裡的事情，硬是拖了好幾天才跟裴子安回裴家村。

當裴子安和秦小寶帶著嫁衣和新被、新枕回到裴家村的時候，文氏已將成親酒的事情布置、準備得差不多了。

秦小寶站在大門口，簡直認不出這是自己住了十幾年的房子。文氏把房子翻修了一遍，整個屋子顯得明亮乾淨許多。

文氏見他們呆站在門口，便拉著他們到新房。當秦小寶看到自己和裴子安的新房時，心中頓時感動不已。她以前隨口跟文氏說過，以後有機會想把房子重新整修，窗戶一定要做大一些，那樣顯得房間明亮，沒想到文氏記住了她的話，他倆新房的窗子改大許多，整個房間的感覺都不一樣了。

整間新房布滿紅綢，能貼的地方都貼上大紅喜字，裡面的家具都是文氏特意請人新做的，秦小寶將大紅新被和新枕鋪到新床上，更是增添了幾分喜氣。

看過了新房，文氏把秦小寶叫到自己房中，從箱子裡取出一個錦盒交給她。秦小寶打開一看，是下聘會用到的金銀首飾，按規矩一件都不少。

「小寶，娘不知道妳的身世和娘家在哪裡，否則娘一定把妳先送回娘家，再風風光光地下聘禮迎娶妳回來，現在這些首飾只能交給妳了，妳成親的時候記得戴起來。」文氏動容地說道。

「娘，謝謝您。」秦小寶抱著文氏，她覺得任何言語都不足以表達她的感激之情。

「說什麼謝，娘是真的把妳當成自己女兒一樣地疼著。」文氏摸著秦小寶的腦袋說道。

一般來說，童養媳成年後，只須簡單辦幾桌酒席就可以圓房了，但文氏對裴子安和秦小寶的成親酒卻是非常重視，除了沒有說媒、下聘這些環節，其他都是依正式娶媳婦來準備，包括當天的拜堂儀式、酒席和新房的改造，都是文氏這幾個月的心血。

秦小寶把頭埋在文氏的肩膀說道：「在小寶心裡，您一直就是小寶的娘。」秦小寶一出生親娘便去世了，她是喝文氏的奶水長大的，與婆婆的感情自然不同於一般童養媳。

「乖孩子，我只希望妳跟子安成親後能相親相愛、開開心心的。」文氏慈愛地說道。終於孩子都長大了，子安是長子，小寶是長媳，他們兩人那麼能幹，家中以後就全靠他們了。

「放心吧！娘，等我們在青州城的鋪子做起來，我們就把您和秀安一起接過去住。」秦小寶說道。現在還在創業階段，等生意穩定、賺錢了，一家人就搬去青州城住，村裡的農田可以請人打理，讓文氏能好好安享晚年。

另外，秦小寶跟裴子安也商量過，裴平安和裴秀安慢慢長大了，如果鋪子在青州城經營得穩定，他倆的親事也可以在青州城說了。

裴平安愛讀書，想走仕途，少不了銀子的支撐；如果家底厚些，裴秀安也能說個好點的人家，她和裴子安那麼拚，總歸是希望一家幸福。

「好，娘等著過好日子，不過你們也不要太辛苦，實在不行就回來，至少家裡有地，還有我們在，咱們一家人在裴家村過平常日子也很好。」文氏笑著說道。她還是擔心秦小寶和裴子安在外面吃苦，儘量不給他們壓力。

秦小寶何嘗不知道文氏的用意，她不想讓文氏擔心，況且這些事情也急不得，得慢慢來，她便笑著應下。

「小寶，還有一件事情要跟妳說，六月初八那天，妳會從族長家中出嫁，這樣一來，除了沒有說媒和下聘，其他都跟別人家辦喜事一樣。」文氏關照著秦小寶。

六月初八是個好日子，文氏幾乎請了全村人來喝喜酒，一方面文氏想辦得熱熱鬧鬧，另一方面鄉親們這幾年都受了秦小寶和裴子安的恩惠，一聽他們要成親，都跟文氏說要來喝喜酒。

裴成德更是將文氏叫到家裡，仔細詢問文氏想怎麼辦這成親酒，還提出願意作為秦小寶的臨時娘家，讓秦小寶在成親當天從自己家中出嫁，以全了迎娶之禮。

秦小寶為裴成德帶來的威望，使裴成德穩坐裴家村族長這個位置，村民對他非常信服，所以裴成德願意在此時幫秦小寶一把，如此也能拉近和秦小寶的關係。

文氏聽了自然是喜不自禁，趕緊點頭答應。這個辦法非常好，對小寶來說，可以免除一大憾事，把成親的禮做全了。

「什麼？」秦小寶還沒反應過來。她一直以為她和裴子安的成親酒只是在自己家中拜個堂、辦幾桌酒席而已，怎麼還會有迎娶的儀式？

「這是族長親自提出來的，讓妳有個娘家出嫁。」文氏解釋道。

秦小寶這才明白，他們這是為了給自己一個圓滿的成親禮，頓時她紅了眼眶。童養媳能做到這分上，也真是挺幸福的。

「娘，這樣對族長和您沒有什麼影響吧？」秦小寶謹慎小心地問道。她不懂這裡的規矩，不知道這樣辦童養媳的成親禮會不會有什麼問題，她不想因為自己影響到任何人。

「傻孩子，沒有影響，咱們裴家村的鄉親對妳可是很信服的，大家都希望看到妳圓滿、開心。」文氏笑著安慰她。

「那就好，真是太謝謝族長了，明天我就去給他磕頭。」秦小寶放下心來，對著文氏說道。

「應該的、應該的，我陪妳過去。」文氏忙應道。

第五十章　成親

第二天，文氏陪秦小寶去裴成德家中。秦小寶向裴成德磕頭、敬茶，算是認了臨時的娘家。成禮之後，裴成德讓劉氏取出一對金鐲子作為成親的賀禮，送給秦小寶。

秦小寶恭恭敬敬地收下賀禮，謝了又謝，裴成德擺著手讓她不要客氣，對於有恩於裴家村的人，值得這樣做。

秦小寶嘴裡說著客氣話，裴成德聽著也非常舒服，他對秦小寶這種不居功的態度很滿意，當著文氏和秦小寶的面向劉氏交代一番，要她做好成親那天的準備。

裴成德早就跟劉氏說過這事，劉氏聞言自然滿口應承下來，當場跟文氏討論起如何布置、需要幾個送親的小夥子等事宜。

文氏一聊起這些事情便精神飽滿，想得仔細又周到，沒多久便將細節都定了下來。劉氏笑著直誇文氏能幹，送她們離開時還一直站在門口，直到看不見她倆的背影才關門。

六月初八，果然是個好日子，前一天還風雨交加，天亮時天氣已轉好，太陽也出來了。由於前一天下雨，所以氣候變得涼爽許多，一點都沒有夏天炎熱的感覺。

秦小寶在前一天已經住到裴成德家中，劉氏為她特別整理了一個房間出來，布置得喜慶熱鬧。換了環境加上心情興奮，秦小寶一個晚上都沒睡好，天剛亮就爬了起來。

本來裴成德想去鎮上請喜娘，但秦小寶不希望太麻煩，便勸裴成德安排大孫媳趙氏作為喜娘便可，所以趙氏也是天剛亮就起來準備幫秦小寶梳妝打扮。

趙氏端著洗臉水走進秦小寶房間，見秦小寶已把小衣穿得整整齊齊，而且神志清明，便知她早就醒了，她笑著說道：「小寶，今天是妳大喜日子，恭喜、恭喜啦！來，咱們先洗漱吧！」

由於織布坊的原因，趙氏和秦小寶關係極好，雖然趙氏輩分大，但年紀卻與秦小寶差不多，而且趙氏是個好脾氣的人，所以人緣還不錯。

「謝謝嬸子，今天可要麻煩妳了。」秦小寶一邊洗漱，一邊客氣地說道。

「麻煩什麼，今天是喜事，我還想多沾沾這種喜氣呢！洗漱好了我幫妳穿衣梳妝，妳的嫁衣和首飾呢？我們先穿衣、再梳妝。」趙氏爽朗地說道。

秦小寶點點頭，指了指桌上的新嫁衣和首飾，趙氏走過來，摸了摸桌上的新嫁衣，不禁說道：「哎呀！這絲質的衣裳摸著真是舒服。」

「是呀，本來想用麻布的，但是天氣太熱穿著不舒服，所以選了絲綢材質。」秦小寶應道。

趙氏把嫁衣小心地拿起、展開，這一看不打緊，一看就把她給看呆了，她從沒見過這麼漂亮的嫁衣。

「小寶，這件嫁衣是妳自己做的？」趙氏驚奇地問道。

「是啊，我設計改良的，不過做的時候蘭秋姊有幫我一起做。」秦小寶實話實說道。

「真是太美了。」趙氏讚不絕口。

「嘻嘻，謝謝嬸子誇獎。」秦小寶被誇得有些不好意思。

「小寶，妳這身嫁衣要讓所有人驚豔了。」趙氏幫秦小寶仔細地穿好嫁衣，看著眼前的新娘子驚嘆不已。

秦小寶望著銅鏡裡的自己。這身嫁衣確實圓了她的夢想，由於是量身訂做，胸口、腰身和袖口都收得恰到好處，很能展現身材。

接下來就是梳妝打扮了。新嫁娘的頭髮在這一天要綰成髮髻，以顯示與未成婚少女的區別。秦小寶髮髻上插著文氏準備的金釵和珠花，臉上搽著從青州城精挑細選的胭脂水粉。

一切準備完畢，銅鏡裡的秦小寶面如桃花、眉目含情，加上一身新嫁衣，一個嬌俏的新嫁娘便水靈靈地站在趙氏面前。

裴子安一大早就起來了，雖然文氏已將一切都安排好，但他還是很緊張，生怕有一絲不妥善的地方。今天是他和秦小寶最重要的日子，一定要給小寶一個難忘的回憶。

由於新娘子的娘家就在裴家村，路程很近，所以上午還有好長時間可做最後準備，新郎騎的高頭大馬、新娘坐的大紅喜轎和村中的小樂班，一早就到了大門口。

來幫忙迎親的小夥子也都準時到了裴子安家中，看見裴子安穿著大紅喜服，紛紛向他賀喜，裴子安一一回禮，臉上掩飾不住喜悅的神色。

吉時到了，昨天剛回來的大慶和小慶放著鞭炮，裴子安騎上高頭大馬，迎親隊伍浩浩蕩蕩地向裴成德家中走去，主動來幫忙的裴家村小夥子太多了，導致迎親隊伍比一般的長了許多。

一路上每經過一戶人家，就有鄉親主動出來放鞭炮，因此沿路鞭炮聲沒斷過，這是村裡絕無僅有的事情。

迎親隊伍熱熱鬧鬧地來到裴成德家門口，裴成德家中的年輕小夥子象徵性地攔門，裴子安給了紅包之後，一行人很順利地進去了。

大紅喜轎停在院子中間，趙氏扶著秦小寶出來，按照規矩拜別了裴成德和劉氏。趙氏為秦小寶換上新鞋子，隨後攙扶著她上大紅喜轎。

自從秦小寶出來後，裴子安的眼睛就沒離開過她，一襲別致的新嫁衣讓眾人驚豔不已，當然也包括他，怪不得小寶死活不讓他看到新嫁衣，原來是要給自己驚喜，裴子安的嘴角揚了起來。他好想快些看到紅蓋頭下的小寶，不知今天的她是怎樣動人呢！

由於裴成德家並不是秦小寶真正的娘家，所以此時一點都沒有悲傷的氛圍，反而大家都樂呵呵地說著祝福的話，秦小寶心中也只有激動和興奮，倒是省了離別之苦。

新娘子一上花轎，裴子安早就打點好轎伕，叮嚀他千萬不能顛著新娘子。轎子穩穩地抬了起來，在震天的鞭炮聲中，迎親隊伍開始往回走，此時又增加不少送親的人，隊伍更長了。

回程和去程一樣，每路過一家便有一家放鞭炮，文氏在家中聽到鞭炮聲絡繹不絕，便知道迎親隊伍回來了，趕緊準備起拜堂的事情。她身為家長，要接受新人的叩拜，所以由蘭秋將需要的東西再檢查一遍。

蘭秋是昨天跟著大慶一起趕回來的，一回來便到文氏這兒報到，跟著文氏忙上忙下、不亦樂乎，小寶終於成親了，她心中也高興。

隨著嗩吶、鑼鼓聲音越來越近，大慶和小慶也在大門口準備好鞭炮迎接。

不一會兒，鞭炮聲、鑼聲、鼓聲震耳欲聾，裴子安的迎親隊伍在眾人簇擁下進了門。

花轎停在院子裡，秦小寶拿著趙氏遞給她的喜綢，慢慢地走出花轎。她頭上蓋著紅蓋頭，只能看到腳下鋪著的紅布，等她站穩後，便感到有一股力量牽引著她往前走，她定了定心，跟著緩步前行。秦小寶聽到一旁鄉親們的笑聲和祝福聲，心中感到暖暖的，要不是紅蓋頭遮住了視線，她真想向這些可愛的村民說聲謝謝。

秦小寶被引導至堂屋，拜堂儀式在這兒進行，由文氏請的長輩主持，讓新人拜過天地、拜過文氏再夫妻對拜，向婆婆敬了茶之後，就要將新娘子送入洞房了。

順順利利進了洞房，趙氏和蘭秋陪著秦小寶，裴子安則被大夥兒拉出去敬酒，大慶和小慶理所當然地在裴子安身旁擋酒。

今天可說是整個裴家村最熱鬧的日子，大夥兒這幾年收入增加不少，手裡都有了點錢，鄉親們心中自是記著他倆的好，平時找不到機會表達，便在今天表現，大夥兒爭著向裴子安敬酒，以表感謝之意。

裴子安本身酒量不差，但今天他不想喝醉，因為秦小寶在等著他，所以便讓大慶和小慶替他擋酒，而鄉親們只是圖個熱鬧，便睜一隻眼、閉一隻眼，不追究替喝這件事。

外頭熱鬧得很，新房中的秦小寶和蘭秋卻跟趙氏提出混合織布的想法，趙氏是織布高手，如果她覺得沒問題，這事便更可行了。

趙氏聽了她倆的想法非常驚訝，她沒料到有人可以想出這種方法來增加產量，她認真地思索後，說道：「小寶、蘭秋，妳們說得其實不難實現。」

「真的嗎？」秦小寶一激動，把紅蓋頭掀了起來。

「哎呀！小寶，蓋頭不能掀起來，要等子安來揭蓋頭。」趙氏一驚，趕緊道。

蘭秋卻笑盈盈地說道：「趙氏，妳讓她去，等子安回來時再蓋上就好了，她隔著蓋頭跟我們說話也不方便。」

秦小寶笑嘻嘻地點頭。趙氏看了看蘭秋，再看了看秦小寶，不禁噗哧笑出來。「好，既然妳們不介意，我也沒有意見。」

秦小寶對著趙氏豎起拇指說：「夠義氣！」

三人一陣大笑。這只有脾性相投的姊妹才能如此互相理解。

「嬸子，我們說正事，剛剛妳說混合織布不是問題，那應該怎麼織呢？妳有辦法嗎？」秦小寶問道。按理來說，混合織布是可行的，就是不知道這個時代的織布技術到什麼程度？

「其實很簡單，我們平時織的布分為經線和緯線，以前都是全用麻線或全用棉線，現在把棉線作為經線、麻線作為緯線，便可織出棉麻布。」趙氏答道。

「原來這麼簡單，太好了！」秦小寶一聽，還真是不難，頓時高興不已。

「但說起來簡單，還是得試織看看才知能不能行。」趙氏謹慎地說道。

「沒關係，只要有這個可能，我們就要盡力嘗試。」蘭秋說道。

三人一起點頭。這事還須從長計議。

外頭傳來笑鬧聲，秦小寶趕緊把蓋頭往頭上一蓋，端坐在新床上。蘭秋和趙氏把房門打開，迎了裴子安和鬧洞房的鄉親進來。

雖然大夥兒都見過秦小寶，但還是鬧著要裴子安趕緊揭紅蓋頭。裴子安大大方方地拿著喜桿輕輕將秦小寶的紅蓋頭挑了起來。

「哇！小寶，妳今天好美啊！」眾人頓時驚嘆起來。

秦小寶笑盈盈地望著大家。這些帶著善意的熟悉面孔，讓她感覺安心，再一抬眼看到裴子安驚為天人的表情，不禁莞爾一笑。

這一笑更是讓裴子安看呆了。平時被她的可愛和有趣吸引，沒想到盛裝打扮的她更是美得驚人。

鄉親們不管裴子安尚未回神，催著要鬧洞房，裴子安和秦小寶也就配合大夥兒鬧，今天的洞房鬧得規矩又不失熱鬧。天色慢慢暗了，在一片祝福聲中，趙氏和蘭秋將鬧洞房的鄉親們帶了出去。

裴子安看著秦小寶，溫柔地問道：「小寶，妳餓嗎？我幫妳拿些點心吃。」

秦小寶搖搖頭說：「剛才趙氏和蘭秋姊給我吃過東西了。」

裴子安聽秦小寶這樣說，便坐到秦小寶身邊，含情脈脈地看著她。他盼著這一天好久了，簡直跟作夢一樣。

秦小寶見裴子安坐到自己身邊，緊張得手心全是汗。雖然她不是少不更事，但畢竟是第一次。

裴子安深情的注視成功地讓秦小寶低下了頭，他輕輕抱住眼前朝思暮想的人兒，嘴中喃喃說著。「小寶，我不是在作夢吧？」

「這不是夢，我們終於可以在一起了。」秦小寶聽著裴子安輕吐出的字句，心中一軟，環抱著面前健碩的身軀，輕聲說道。

秦小寶溫柔的話語讓裴子安身子一震，真實感撲面而來，他喃喃地喚了一聲「小寶」，便低頭找到懷中人柔嫩的雙唇，重重地吻了下去。

「唔……」秦小寶絲毫沒有防備地承受了這一吻。跟初吻不一樣，裴子安已經摸著一些門道，重重吻上後又輕柔地吮吸起來，用舌尖品嚐著對方的甜蜜。

秦小寶腦子「轟」地一聲，火熱的唇點燃了她的身體，裴子安的輾轉索取讓她不得不微張小嘴，任憑他肆意縱橫。

秦小寶感覺到裴子安的身體越來越熱，他的雙手撫摸著她的身體，讓她感覺到陣陣戰慄和緊綳，裴子安顯然已經控制不了自己，開始解她的衣服，由於緊張，新嫁衣又不似其他衣服那樣寬鬆，解了半天都沒成功。

其實秦小寶也緊張，她從沒有被異性觸摸過身體，只是眼前的人是她的摯愛，今晚又是洞房花燭夜，她已經做好充足的準備，從女孩變成女人的準備。

秦小寶儘量讓自己不要那麼僵硬，裴子安感受到她的配合，心中大定，他離開那讓他沈醉的唇，輕輕地嘆了一口氣，將額頭抵著秦小寶的額頭，閉著眼睛動情地說道：「小寶，妳是我的寶，值得我用一輩子去呵護的珍寶。」

秦小寶抬起頭，用手撫了撫他的眉眼，說道：「子安哥，這輩子我跟定你了。」

裴子安聞言睜開眼睛，秦小寶好看地笑著。她還是那個天天在身邊轉來轉去的女孩，裴子安不禁滿足地笑說：「有妳真好。」

也許是秦小寶的配合和表白讓裴子安放鬆下來，裴子安的雙手變得輕巧，新嫁衣順利地脫落，散開在地上猶如一朵盛開的牡丹，而床上的兩人也在生澀和互相探索中，體會到精神和身體結合的快樂。

第五十一章 新婚

折騰了一晚，秦小寶只感覺疲累異常，一開始兩人都沒有經驗，費了不少時間摸索，等裴子安嚐到甜頭便一發不可收拾，要不是看秦小寶禁受不住了，他還想繼續。

好不容易求裴子安停下，秦小寶筋疲力盡地躺在床上。她雖聽說過第一次的疼痛，但真正到自己身上，簡直覺得不能忍受，還好裴子安顧及她的感受，儘量放輕動作，才讓她慢慢能夠接受。

秦小寶一邊躺著，一邊嘟囔著精神怎麼這麼好，裴子安一聽又興奮了，嚇得秦小寶趕緊轉過身去假裝睡著，裴子安只好從背後抱著她，一整天的折騰確實夠累得，不一會兒兩人便沈沈睡去。

第二天，兩人都睡到很晚，秦小寶醒來時，裴子安還緊緊抱著她熟睡。她看看天色，知道已經不早，趕緊大叫。「子安哥，快醒醒，太陽曬屁股了。」

裴子安被秦小寶的叫聲驚醒，揉了揉眼睛，見秦小寶的臉就在面前，頓時開心地啄了上去，秦小寶趕緊用手擋住他的臉。要是這時候他又興奮起來，就不用出去敬茶了。

新媳婦第一天早上要給婆婆敬茶，代表正式成為這個家的一份子，雖然文氏跟秦小寶情同母女，但規矩還是要有的，所以秦小寶才著急。

裴子安也知道輕重，見秦小寶阻止自己，便乖乖爬起來，但到底還是忍不住，趁秦小寶不備，偷親了她的唇，得手後趕緊跑得遠遠地嘿嘿笑，生怕被秦小寶揍。

秦小寶哭笑不得。成親前沒見他這麼孩子氣啊，真是越活越回去了。

不過秦小寶沒時間跟他置氣，顧不了身子像散了架一般，雙腿直打顫，她趕緊穿好新媳婦第一天要穿的新衣服，然後催著裴子安也穿好衣服，匆匆忙忙地洗漱、梳妝，拉著裴子安到堂屋。

文氏聽見新房有聲響，知道他倆起來了，便早早在堂屋等著。

「娘，對不起，我們起晚了。」秦小寶和裴子安見文氏已經坐在堂屋，不好意思地說道。

「沒事、沒事，起來就好，小寶，趕緊敬完茶回房休息吧！」文氏笑咪咪地說道。她是過來人，豈會不知洞房花燭夜的樂趣，她看秦小寶的樣子便知他們折騰大了。

秦小寶臉一紅，低下了頭，心想有這麼明顯嗎？居然要我趕緊去休息，不過還真得好好休息才行。

裴子安趕緊遞了一杯茶給秦小寶，跪下來，雙手端著茶杯向文氏敬道：「娘，請喝茶，兒子長大了，今後您可以享福了。」

秦小寶也學裴子安的樣子敬茶，文氏開心地接過兩人敬的茶，各喝一口，說道：「好、好，娘等著抱孫子呢，你們可要加油！」
「是，娘。」裴子安答得倒是爽快，秦小寶卻再一次羞紅了臉。她也不想這樣，可一想到昨晚裴子安投入的樣子，臉不紅都不行。
兩人行完禮，文氏便要秦小寶回房休息。秦小寶也不逞強，聽話地回房。她確實需要休息，還好她不是新媳婦，若真是第一天來到這個家，她怎樣都不敢就這樣回房休息。
裴子安想陪秦小寶回房，卻被文氏叫住了，表面上是要他幫忙幹活，實際上是阻止他打擾秦小寶。
秦小寶一回房中倒頭就睡，到了下午，她伸著懶腰，神清氣爽地又活過來了。
正巧這個時候，裴子安輕輕打開房門，小寶睡了那麼久，他不放心。
「小寶，妳醒啦！」裴子安看到秦小寶醒了，便眉開眼笑地蹭了過去。
秦小寶看裴子安又貼過來，感覺很頭大。這個裴子安，怎麼成親後越來越黏啦！
「子安哥，我渴了。」睡了這麼久，秦小寶真的很渴。
裴子安趕緊倒了一杯茶遞過去，秦小寶咕嚕、咕嚕喝完茶，滿足地呼了口氣。
「怎麼樣?休息得好嗎？」裴子安關切地問道。
秦小寶點點頭問道：「現在是什麼時辰，我睡了多久？」
「都快吃晚飯了，妳午飯沒吃，所以娘提早煮晚飯，應該快好了。」裴子安答道。
「天哪！我睡了這麼久，我得起來了，哪有新娘子第一天都在床上睡覺的。」秦小寶趕緊示意裴子安將衣服拿給她。

裴子安拿起秦小寶的衣服，卻沒遞給她，而是細心地替她穿起來。秦小寶心中一暖，由著他去了。

穿戴整齊，裴子安拉著秦小寶出了房門。文氏剛好將晚飯做好了，裴秀安正幫文氏擺上碗筷。

秦小寶看著裴秀安，一轉眼她也長成大姑娘，今年都十三歲了，再過兩年要幫她和裴平安說親了。秦小寶想到自己來這兒已經五年，不禁感嘆時間過得真快。

「小寶姊，餓了吧？快過來吃飯。」裴秀安依然叫她姊，對她燦爛一笑。

秦小寶笑著點頭。她突然感到身負重任，明天得趕緊去找趙氏，商量混合織布的事情。

蘭秋沒想到秦小寶新婚第三天就為了混合織布的事情，拉著她一起去找趙氏。

「小寶，妳不多休息兩天，這麼著急幹什麼？」趙氏嗔道。

「休息什麼，這件事情不解決，我心裡不踏實。」秦小寶說道。

「也是，我們城裡的鋪子還關著呢！等這邊的事解決了，我們就得趕回去開張。」蘭秋附和。

「可是，現在雖然麻線好找，卻沒有棉線，咱們也沒辦法試啊！」趙氏為難地說道。現在不是棉花採收的季節，去年的棉線都已經用完了。

這的確是個問題，大家都苦苦思索著。

突然秦小寶靈光一現，興奮地說道：「我想到個好辦法。」

「什麼好辦法，快說來聽聽。」趙氏和蘭秋眼睛一亮，趕緊問道。

「我家中有幾床去年新做的棉被，可以把被子拆開，將裡面的棉花紡成棉線來用。」秦小寶說道。

「哎呀！小寶，真有妳的，這都能想到。」蘭秋輕輕推了秦小寶一把，佩服地說道。

「這個辦法好，反正我們只是試做，並不需要太多棉線，這些棉被足夠了。」趙氏也贊同。

既然想到了辦法，三人都是行動派，立刻著手做了起來。

織布坊現在處於停工狀態，但小雙每隔幾日就會去打掃一次，所以當她們踏進織布坊的時候，織布坊還是很乾淨，秦小寶不由得對小雙又增添幾分好感。這個織布坊交給她打理很是妥當。

棉被拆開後，將棉花再彈一遍，然後上紡車紡棉線，麻線到處都有，所以等棉線紡出來後，趙氏便上織布機試做起來。

秦小寶和蘭秋緊張地看著織布機，只見經趙氏靈巧雙手的撥弄，一下、兩下、三下，經線和緯線互相交錯，透過織布機的織合，居然沒有絲毫不協調，穩穩地結合在一起。

一陣歡呼從秦小寶和蘭秋口中傳出。大問題解決了，明年的進貨不用愁了！

秦小寶和蘭秋吩咐小雙，在棉花採收之前到附近村子收亞麻，有多少棉花就收多少亞麻，因為布莊需要棉布、麻布和棉麻布，可以各織幾百疋。

「小寶，雖然咱們現在可以自己織布供給布莊，但是咱們織的布都是沒染色的，這樣賣還是不行。」蘭秋想到這個問題，擔憂地說道。

秦小寶也覺得這是個大問題，她想了想，對蘭秋說：「蘭秋姊，明天我們就出發去青州城，開始張羅染坊的事情。」

「妳確定今年就開染坊嗎？咱們寶綾閣才剛剛開張。」蘭秋有些擔心。

「正是因為寶綾閣剛開張，現在生意還不忙，我已經不指望今年能掙多少錢，趁現在把染坊做起來，明年就能掙錢了。」秦小寶下定決心不再拖延，索性今年先把根基打好，明年再努力掙錢。

「好，我支持妳，咱們回青州城好好張羅。」蘭秋被秦小寶的決心感染，她相信秦小寶的決定是正確的。

「蘭秋姊，麻煩妳再好好關照小雙，我們今年會將全部心力放在布莊，織布坊就交給她了，讓她照我們的交代去做，小問題自己解決，解決不了的大問題再來找我們。」秦小寶囑咐道。

「放心吧！小雙這丫頭機靈得很，交給她沒問題的。」蘭秋對小雙很是放心。

秦小寶點點頭。小雙很能幹，否則自己也不敢把這麼大的織布坊交給她打理，現在只盼回到青州城能順利把染坊做起來。

回到青州城，裴子安再不肯和秦小寶分開睡，當晚就收拾東西搬進秦小寶的屋子。看到裴子安高興的樣子，秦小寶無奈地笑著搖頭。他們把床上的被褥換成新被、新枕，又裡裡外外打掃一番，裴子安更是將家中的大紅喜字帶了幾個過來，貼在床頭和家具上，更是增添幾分喜氣。

新婚燕爾又年輕氣盛，秦小寶的激情被裴子安成功點燃，回到青州城的第一晚又在筋疲力盡中度過。

第二天一早，大家都起床了，但蘭秋見裴子安和秦小寶屋裡還未有動靜，了然地一笑，不去打擾他們，喊上大慶吃完早飯，就張羅開鋪子。

秦小寶醒來時，看著四周環境，有片刻恍惚，想不起自己怎麼在這裡，但一低頭看到裴子安的臉，又猛然清醒過來。

秦小寶俯下身摸了摸裴子安的臉，昨晚的激情畫面浮現在腦海，她忍不住又紅了臉。她用手指撫摸著裴子安的眼睛、鼻子和嘴巴，自己從來沒有仔細看過這張臉，原來相公挺俊的，整個人充滿陽剛之氣。

「看夠了沒？」

冷不防地，裴子安的聲音在秦小寶耳畔響起，把秦小寶嚇了一大跳。她看向裴子安，裴子安仍然閉著雙眼，只是嘴角的笑意宣告他已經醒了。

秦小寶輕輕擰裴子安的耳朵，笑著嗔道：「既然醒了，幹麼還裝睡？」

裴子安配合地大叫一聲，表示很痛，然後張開雙臂一把抱住秦小寶，在她耳邊低聲說道：「不裝睡怎麼知道妳對我的情意呢？」

秦小寶的耳朵本來就敏感，裴子安的氣息吹在她的耳垂上，讓她忍不住發顫，摀著耳朵嬌聲說道：「好癢，放開我。」

裴子安原本不知道這是小寶的敏感部位，一見秦小寶這副表情，越發帶勁，他不僅沒有放開秦小寶，反而伸出舌尖輕輕舔了一下那小小的耳垂。

秦小寶耐不住地呻吟一聲，把裴子安撩撥得興奮起來，他一個翻身就把秦小寶壓在身下，含住秦小寶的耳垂輕輕吮吸起來。

秦小寶的理智告訴她該起床了，今天還約了木鴻宇和魏啟才吃飯，但在裴子安的挑逗下，她的喘息聲越來越重，意識也漸漸模糊。

裴子安抱著身下柔弱的軀體，感受著她的變化，最終再也把持不住，任由原始的情慾肆意氾濫開來。

得到滿足的兩人好不容易平息下來，秦小寶把臉深深埋進被窩，不解自己怎麼這麼容易被點燃，太害臊了。

裴子安在被窩外溫柔地哄著秦小寶。「小寶，乖，把頭伸出來，這樣會悶壞的。」

「不出來。」被窩裡面傳出悶悶的聲音。

裴子安忍不住笑了起來，感覺自己像是養了個女兒似的，但他真的怕秦小寶悶壞，於是使勁將被子翻開來，秦小寶驚叫一聲，雙手趕緊摀住臉，躲到了床角。

裴子安耐心地哄道：「小寶，妳這是怎麼了？」

「沒臉見人了。」秦小寶從手指縫隙偷看裴子安，只見罪魁禍首一臉滿足，絲毫沒覺得不好意思。

「為什麼這麼說啊？」裴子安不解地問道。

「現在是大白天啊！還有、還有，以後不許你碰我耳朵。」秦小寶結結巴巴地說道。

「好、好，以後不碰了。小寶，咱們已經是夫妻，大白天也是可以的，不過如果妳不願意，我再也不這麼做了。」裴子安忍住笑，一本正經地說道。

聽到裴子安的承諾，秦小寶這才放下手，咕噥道：「這還差不多。」

裴子安見秦小寶終於不再害臊，便笑著拉她下床，替她仔細清理身體，又幫她穿好衣裳。

「今天不是要補請鴻宇和啟才喝喜酒嗎？咱們趕緊收拾出發吧！」裴子安說道。

「好。」秦小寶乖巧地點頭應下。

第五十二章 染布

裴子安和秦小寶在裴家村辦成親酒，本來木鴻宇和魏啟才要去湊熱鬧，哪知書院不讓他倆請假，他倆理直氣壯地對管事說，為啥裴平安可以請假？管事鄙視地看了他們一眼，說那是裴平安家中的事情，你倆是嗎？

木鴻宇和魏啟才一聽就閉嘴了。早知道不說是去喝裴子安的喜酒，改說是自己家中的事情了。但沒辦法，仁文書院管理嚴格，他們不敢偷偷跑出來，只好將準備好的賀禮託給裴平安，然後一臉羨慕地看著裴平安道別離去。

好不容易裴平安回來了，其實裴平安也才請兩天假，但這兩天對木鴻宇和魏啟才來說真是難熬，他們好想知道裴子安和秦小寶的成親禮辦得如何？

裴平安知道他倆在想什麼，便詳詳細細地說給木鴻宇和魏啟才聽，聽到花轎路過的每家每戶都主動放鞭炮時，木鴻宇和魏啟才不禁咂舌，這場面肯定很熱鬧。

裴平安還告訴木鴻宇和魏啟才，這個月的月休，裴子安和秦小寶要補請他倆喝喜酒，要他們空下時間，這讓兩人歡呼雀躍起來。

請客的酒樓木鴻宇早早就叫阿興訂好了，他家的醉香樓雖然菜好吃，但是人太多了，木鴻宇挑了一間比較雅致清靜的酒樓，訂了一個包廂，這樣才能好好聊。

裴子安和秦小寶身為主人，在木鴻宇和魏啟才到之前，他們已經到了。

這次木清靈也跟了過來。這幾年她和魏啟才的感情越來越好，雙方家長看在眼裡，有意結這門親事，現在已經在張羅了。

木清靈一臉幸福，看魏啟才的眼神帶著一絲嬌羞，而魏啟才對她也是照顧有加，裴子安和秦小寶著實為他倆感到高興。

「子安、小寶，來來來，這杯祝賀你們成親，一定要乾了。」木鴻宇率先拿起酒杯，敬裴子安和秦小寶。

裴子安和秦小寶笑著端起酒杯，一口乾了杯中酒。

「爽快！來，我和清靈也敬你們，祝你們早生貴子。」魏啟才見他倆這麼乾脆，也端起了酒杯，帶著木清靈一起敬酒。

「啟才，你敬酒就算了，為啥帶著清靈一起呀？莫不是你倆已經訂下來了？」秦小寶調侃道。

木清靈小臉一紅，聽見魏啟才說：「是啊！過不了多久就要請你們喝喜酒了。」

秦小寶沒想到魏啟才這麼直爽，再看木清靈雖然臉紅得厲害，卻只是含情脈脈地看著他，並未否認，便知道兩人好事將近，她哈哈一笑，端起酒杯說道：「那真是太好了，來，乾了這杯，接下來輪到我和子安哥敬你們了。」

大家互相敬酒，喝得不亦樂乎，酒過三巡，秦小寶趕緊提醒大家吃菜，不然光喝酒不吃菜，很快就醉了。

大夥兒隨意聊著天，話題很快轉到寶綾閣上。木鴻宇擔心地問起寶綾閣進貨的問題，秦小寶安慰他說問題已經解決了，還把最近的新嘗試說給木鴻宇和魏啟才聽，引得他倆一陣驚嘆。

既然聊到這話題，秦小寶想著染坊還沒著落，自己、裴子安、大慶和蘭秋都不懂染坊的事情，若自行在青州城請人怕會再上當受騙，所以考慮再三後，決定將事情說出來。「鴻宇、啟才，雖然進貨的問題解決了，但還有件事情想請你們幫忙。」

木鴻宇和魏啟才一聽，同時說道：「什麼事？儘管說來。」

裴子安朝秦小寶點點頭，秦小寶便不再跟他們客氣，直接把想在寶綾閣開染坊的事情說出來。

「這個不難，我家有染坊生意，我爹對你們頗為欣賞，我去跟爹說一聲，請他派一個自家染坊的老技師過去指點，你們只要請好工人，其他都由老技師安排，這樣如何？」木鴻宇想了想說道。

「那真是太感謝了，這樣一來，便可解決我們對染坊一竅不通的困境。」裴子安聞言，心想這麼安排真是再好不過。

「解決技師的問題，其他事情只要照規矩向衙門報備就行，應該沒什麼問題，如果有人刁難，儘管來找我。」魏啟才也開口說道。

「多謝、多謝。」裴子安轉頭對魏啟才拱手。

「謝什麼，大家都是兄弟，這點小忙算不得什麼。」木鴻宇大刺刺地說道。

「鴻宇、啟才，雖然這在你們眼中是小事情，但對我和子安哥來說，卻是關乎身家的大事，這份恩情我們一定會記著的。」秦小寶鄭重地說道。

「好、好，等啟才大婚的時候，你們多送點賀禮就成。」木鴻宇哈哈笑道。

「鴻宇，那你的喜事何時辦呢？」裴子安關心道。

「他呀，恐怕還早，高不成、低不就，挑剔得很，說是要找到一個心意相通的女孩才肯成親，我爹娘為他的婚事操碎了心呢！」木清靈一聽裴子安提起，便一股腦兒地說了出來。

木鴻宇想攔都來不及，只好摸著後腦勺嘿嘿地笑道：「我看到子安和小寶就很羨慕，我也想像他們一樣。」

裴子安和秦小寶不禁相視一笑，這倒像是木鴻宇的風格，裴子安笑著說：「緣分是很奇妙的，說不定鴻宇馬上就能找到心上人呢！我們可是拭目以待哦！」

「哎呀！老提我幹麼，今天是你們的成親酒，來來來，咱們喝酒，祝你們白頭到老、永遠幸福。」木鴻宇被說得有些不好意思，趕緊端起酒杯說道。

在場幾人都是聰明人，哪會不知道木鴻宇的困窘，便笑呵呵地一起舉起酒杯，開懷地喝酒。

秦小寶心中又放下了一塊石頭。現在開始張羅染坊，年底應該就可以染布了。

沒過幾天，阿興帶著一位老先生來到寶綾閣，說是木老爺安排的。

裴子安和秦小寶正算著帳，沒想到木鴻宇辦事這麼俐落，立即客氣地將阿興和老先生迎進來。

「裴大哥，這是木家染坊的大總管福伯，在木家染坊已經做了幾十年，手藝和經驗都是最好的，木老爺吩咐我帶他過來，讓他暫時在寶綾閣做事，待寶綾閣染坊做起來了再回去。」阿興跟裴子安很熟，裴子安硬是不讓他叫自己公子，只讓他稱自己為大哥。

「真是多謝木老爺了，也謝謝你跑這一趟。」裴子安拱手謝過阿興後，又對福伯彎腰行了一個大禮。「福伯，有勞您了，寶綾閣染坊就靠您老人家了。」

福伯看著年過五旬的樣子，不過精神卻非常好，身體也很結實，一看就是從小幹活的人，他的頭髮和鬍子灰白，一張笑咪咪的臉讓人感覺很親切。

「裴老闆真是太客氣了，老爺交代的事我必定盡心完成，今後不用這麼客氣，有什麼事情儘管吩咐便是。」福伯樂呵呵地笑道。木老爺對他有恩，這麼多年他一直盡心盡力為木老爺做事，現在木老爺有事讓他辦，他高興都來不及。

「吩咐不敢當，咱們寶綾閣在裴家村有自己的織布坊，布料都是自家供應，現在想在寶綾閣做個染坊，目前暫時不需要很大的規模，只要能染自家織的布就行，日後若想要擴大再說。」裴子安客氣著說道。

「裴大哥，你們帶福伯了解狀況，我先回去了。」人帶到了，也介紹雙方認識了，阿興便準備回去。

秦小寶眼明手快地拿了一些碎銀子塞到阿興手中，笑著說道：「謝謝阿興，回去替我謝謝木老爺和木少爺，改日我們定當登門拜謝。」

阿興本想推辭，但秦小寶硬是不肯收回來，阿興只好笑道：「好的，阿興這就回去稟報，告辭了。」

裴子安和秦小寶帶著福伯看染坊，福伯將要置辦的物品和待辦事項列了一份清單，接下來就要開始籌備了。

福伯不愧為木家染坊的大總管，做起事來井井有條、雷厲風行，裴子安他們聽從福伯的指揮，將該買的東西買齊、該招的夥計招集，接下來最關鍵的就是福伯傳授染布技術了。

福伯看起來非常和藹，但做起事情卻是認真又嚴謹，好多次秦小寶勸他休息，但他仍舊一絲不苟地幹活，秦小寶沒辦法，只能讓蘭秋多做些好菜犒勞他。

寶綾閣這次一共招了三名夥計，秦小寶想著這三名夥計可以染布，也可以賣布，畢竟染布工作只需要一段時間，其他時間都空閒著，布莊和成衣鋪今後也需要夥計，就一起招了。

秦小寶和裴子安負責招人，秦小寶最看重的是人品，一個人再聰明，如果品行不好，也是不能用的。最後招到的三個小夥子名為阿康、小甯、大華，秦小寶還挺滿意的，就看他們今後的表現了，她想從中挑一位做為三人的頭。

這三個人也讓大慶和蘭秋看過了，由於是秦小寶和裴子安挑中的人，大慶和蘭秋只看一眼就同意了。

秦小寶乘機和他倆討論起寶綾閣分工的事情。大慶穩重老成，很適合做掌櫃，裴子安為人處事比較老道，就負責對外打交道，蘭秋和秦小寶則負責布料和成衣的事情。

在福伯的教導下，三個夥計都進步得很快，沒多久便上手了。蘭秋讓裴家村織布坊做了幾十疋麻布，麻布價格低廉，用來當作練習再好不過，蘭秋可不捨得拿未染色的棉布來練習。

開張將近半年時間，寶綾閣的生意不好不壞，他們賣的布料和別的店鋪差不多，比較特別的就是棉布了，但都是未染色的，所以雖然店鋪位置還不錯，但顧客並沒有到絡繹不絕的地步。

秦小寶看在眼裡、急在心裡，她擔心辛苦一年下來，恐怕掙不了幾個錢，急歸急，但表面上卻是一副淡定的模樣。

另一頭，眼看三個夥計的染布手藝漸漸純熟，秦小寶便找蘭秋商量，趁福伯還在，可以帶著他們把剩餘的棉布染色，這樣會好賣一些。

蘭秋聽了連連點頭。她早就有這個意思，但沒敢提出來，生怕這幾個新手把棉布糟蹋了，現在聽秦小寶提議，想著有福伯在，應該不會出差錯。

秦小寶鄭重地找福伯談了此事，並說明現在寶綾閣的困難，問他能否帶著三個夥計幫忙將棉布染好？

福伯考慮了半晌，他知道這件事情的重要性，便慎重地應承下來。他已經把染布的流程一一教給三個夥計，他受秦小寶所託，一直觀察著誰較能委以重任，目前看起來阿康頭腦靈光、做事仔細，也最喜歡問問題，所以進步最快，這次染棉布的任務，福伯打算帶著阿康一起做。

秦小寶聽了福伯一番話，心定了定，越發對福伯感到尊敬。福伯不僅幫她解決難題，還替她物色好接替他的人選。

棉布不比其他布料，本身量就少，福伯在木家染坊時也沒有染過棉布，只能憑著過去的經驗來嘗試，福伯事先跟秦小寶說過可能會有耗損，秦小寶請福伯放心嘗試，不要有負擔。

福伯經驗豐富，在他的指揮下，棉布成功地染色，而且居然沒有耗損多少。

這幾天，秦小寶和蘭秋正開心地合不攏嘴，又有一件好事找上門。

來者是木清靈，她含羞帶怯地說了自己此行的目的。原來她和魏啟才已經訂在臘月成親，她聽說秦小寶的嫁衣是自己設計的，便專程來找她做嫁衣。

「清靈，嫁衣不都得由新娘子自己做嗎？我們幫妳做適合嗎？」秦小寶突然想起這個問題。

「沒問題的，青州城替人做嫁衣的成衣鋪多得是，妳以為城裡那些大小姐都會自己做嫁衣啊？她們才不會這麼費神呢！都是成衣鋪做好了，頂多取回來後自己繡上圖案。」木清靈撇撇嘴說道。

「沒錯，小寶，外面成衣鋪做一件嫁衣價格不菲，咱們是沒錢請人做，只能自己做，有錢人家的小姊都是請成衣鋪做的。」蘭秋點頭道。

「原來是這樣，成衣鋪可以代做嫁衣，價格還不菲？」秦小寶這才明白，突然她眼珠子一轉，想到一個掙錢的好辦法。如果這次幫木清靈做嫁衣一舉成名的話，將來一定會有好多人找上門。

「蘭秋姊，我們這次要好好幫清靈做嫁衣，只要能讓大家驚豔，咱們寶綾閣的生意就上門啦！」秦小寶想到就開心。

「對啊！妳們可要做得好一點哦！到時我交代下去，誰要問起這是哪家做的嫁衣，就說是寶綾閣做的。」木清靈一聽也拍手叫好。這樣一來，她們肯定會盡心盡力幫自己做嫁衣。

「好，那我們幫木小姐量尺寸吧！」蘭秋是個行動派，聽到她倆這樣說，便趕緊拉了木清靈到成衣房去量尺寸。

秦小寶和木清靈哈哈笑起來。蘭秋性子好急，不過木清靈沒拒絕，跟著蘭秋進成衣房。

第五十三章　新裁

木清靈成親在臘月，天氣寒冷，不能用絲綢做嫁衣，但棉布太過柔軟，麻布又不符合木清靈的身分，三人光是嫁衣的布料就討論許久。

蘭秋提出用棉麻布料試試，秦小寶突然靈光乍現。她想起現代的絲棉布料，趕緊把自己的想法說給蘭秋和木清靈聽，並把如何織出絲棉布料詳細解釋一遍。

「絲棉布料適合做嫁衣嗎？」木清靈心心念念的就是自己的嫁衣。

「非常適合，絲棉布料穿起來比較保暖，小衣和嫁衣都用絲棉布料做，這樣就不用穿太多層，也不會顯得臃腫。」秦小寶笑著答道。用絲棉布料真是個不錯的辦法。

「那好，我相信妳們，我們就用絲棉布料做。」木清靈聽秦小寶這樣一解釋，馬上拍板決定。

「只是，哪裡可以進到絲線呢？蘭秋姊。」秦小寶想到這個問題。

「小寶，這個妳別擔心，我娘家村子有好多人養蠶繅絲賣給織布坊，我可以回去一趟，將這件事情安排好。」蘭秋答道。

「那就麻煩妳跑一趟了，我們這次一定要為清靈做出一件獨特的嫁衣。」秦小寶聽到絲線有著落，放心不少。

「對、對，我的嫁衣要很稀罕的，不要滿街都一樣的那種，越少見越好。」木清靈趕緊附和。

秦小寶和蘭秋看到木清靈急切的樣子，不禁相視一笑。

蘭秋說道：「木小姐，妳放心，妳的嫁衣絕對是最特別的一件。」

木清靈聽蘭秋掛保證，這才開心地笑了起來，心中的期望更高了，她很豪氣地說不要幫她省錢，務必做出最好的。

秦小寶笑咪咪地答應了。其實她心中是不打算收錢的，一來木家和魏家幫他們太多，這件嫁衣就當作自己的一點心意；二來這也算是必要的宣傳費，畢竟屆時青州城的達官貴人都會去參加婚禮，這件嫁衣若是做得好，不愁以後沒客人。

但她並不想現在就告訴木清靈，怕她聽到不收錢會擔心嫁衣的品質，所以還是等嫁衣做好了再說吧！

送走了心滿意足的木清靈，秦小寶拉著蘭秋商量起織絲棉布料的事情，最後蘭秋決定過兩天回一趟裴家村和文家村，把這件事情辦妥。

秦小寶白天照看寶綾閣的生意，晚上設計木清靈的嫁衣，幸好已經與木清靈溝通好大方向，現在只要處理細節，把正式的圖紙畫出來就行。

裴子安這幾晚也十分配合地沒有再騷擾秦小寶，只是心疼她白天、晚上都要幹活，便時不時問她渴不渴？看她停筆伸懶腰時，幫她捏捏肩膀，當然也會在她的唇上乘機偷個香。

蘭秋帶著絲棉布料趕回來時，秦小寶長舒了一口氣，終究是做成了。

「蘭秋姊，妳效率真好，才去了十天不到，就把這麼不容易的事情搞定了！」秦小寶豎起拇指誇讚。

「這次挺順利，幸好我娘家村子有養蠶繅絲，否則還真不知要去哪裡找絲線？」其實蘭秋一開始也沒把握，只是憑著一個非得做好的信念，想辦法去做，還好一切順利。

「看來還是得養蠶，否則供不上絲線，絲棉布料也做不出來。」秦小寶覺得可以讓裴家村的鄉親們養蠶，這樣一來，鄉親們又多了一項收入，寶綾閣的鎮店之寶也不用愁了。

「嗯，咱們先把眼前的事情解決再說。」蘭秋點著頭說道。

雖然絲棉布料織出來了，但還是得染色，染完色才算成品。

「小寶，這十幾疋絲棉布料太珍貴了，咱們要染成什麼顏色？」蘭秋問道。

「都染成大紅色，這批布料專供嫁衣。」秦小寶果斷地說道。她對自己設計的嫁衣非常有信心，青州城富豪無數，想必接下來寶綾閣主要的生意就是製作嫁衣了。

「會不會太多了？萬一沒人做嫁衣，大紅布料不好銷啊！」蘭秋擔心地說。

秦小寶聽著蘭秋的話也有道理，好在染多少可以自己決定，便說道：「妳說得有理。這樣吧，為了保險起見，咱們先把清靈的嫁衣所需的布料染好，再多染兩疋備著，剩下的絲棉布料好好收起來，等接到生意再染。」

「好，我這就去找福伯。」蘭秋應下來。

福伯從未見過這種布料，摸著光滑、柔軟又有質感的料子，驚嘆了好久，聽蘭秋說是秦小寶想出來的，便越發對秦小寶佩服了。

有福伯這個老手在，再難染的布料都不是問題。福伯對各家染料非常了解，都是買最好的來用，所以寶綾閣染出來的布料色澤非常好，加上加工程序嚴謹，不容易掉色，先前那批棉布染色後，雖然價格不菲，仍是賣得非常好。

至此秦小寶打定主意讓寶綾閣走高級品牌路線。目前寶綾閣有絲棉和棉麻兩種稀有布料，又可自行染色，基礎都已經打好，現在只要趁木清靈成親時，把品牌一舉推廣出去。

大紅絲棉布染好的那天，秦小寶把木清靈請了過來，木清靈一見到這塊布料，讚不絕口，非常喜歡。

秦小寶又拿出精心設計的嫁衣畫稿。這份畫稿費了好大心力才製作出來，木清靈自然是無可挑剔，連連點頭，沒有修改一絲一毫。

得到木清靈的認可，接下來便要讓蘭秋來完成。蘭秋女紅做得極好，手又快，秦小寶只須在旁打打下手，趕工十幾天，終於，一件讓人嘆為觀止的嫁衣完成了。

年底很快就到，為了木清靈的婚禮，裴子安、秦小寶、大慶和蘭秋都延後回裴家村過年，打算喝完木清靈的喜酒再回去。

嫁衣半個月前就交付，木清靈對新嫁衣愛不釋手，穿上了就不肯脫下來，讓秦小寶和蘭秋笑到不行。

木清靈吩咐翠竹好好保管嫁衣，然後問起嫁衣的價格。秦小寶硬是不肯收錢，木清靈硬是要給錢，最後秦小寶以收回嫁衣做威脅才讓木清靈就此罷休，不提付錢的事情了。

秦小寶跟蘭秋接到木清靈的邀請，成親當天要陪在她左右，她倆便商量著反正要過年，乾脆一人做一件新衣裳，還能趁此機會展現給全城權貴看，決定新衣裳就用棉麻布料來做。

蘭秋上次回裴家村特意囑咐了小雙，棉麻布料只要做好一批便送一批進城，不要等全部完工才送，所以第一批棉麻布料已經染好色，就等著上架了。

秦小寶挑了蓮青色，蘭秋挑了妃紅色，一冷一暖兩個色調正好形成鮮明的對比，總有一款有人喜歡。

秦小寶考慮良久，決定結合棉麻布料的特性來進行設計。現在最時興的便是廣袖流仙裙，領口大、袖子大、裙襬大，雖然顯得大氣，但在日常生活中卻極為不便；而且由於寬大，女子的身段完全顯現不出來，這種樣式的裙子比較適合用絲綢、錦緞等柔軟飄逸的布料來做。

如今秦小寶要推廣的是寶綾閣的棉麻布料，棉麻布料結合了棉和麻的優點，比麻布柔軟、又比棉布挺，但沒有絲綢那種飄逸感，所以秦小寶打算做修身設計。

她將原本寬大的領口設計成直領，大袖改為窄袖，上衣做緊身設計，將裙子改成簡單的羅裙，最關鍵的是在一身衣裳外面加一件褙子，褙子長到膝蓋，類似現代的風衣，但比風衣修身得多，完全按照女子的身材來設計，由於裡面的上衣合身，所以褙子一穿就能把女子婀娜多姿的身段完美地呈現出來，脖子、胸部、腰身呈流線型，一氣呵成。

秦小寶還特別設計了一個束腰，這樣一來，生過孩子的夫人用了以後，就會顯得身段尤為苗條。

十二月十八，木府小姐和魏府公子的大喜之日，便是整個青州城的好日子，木、魏兩家是青州城富豪權貴想盡辦法結交的，所以這一天，幾乎全青州城有些地位的人家都去送禮，但因為人太多，並沒有個個都被邀請進去喝喜酒。

木府和魏府派出總管事，在前廳接待賀喜的客人，按照事先擬好的名單，在名單之列的貴客邀請進府中，若不在名單中，便留下姓名以及賀禮，等喜事過後再雙倍回禮。

沒有被邀請進府的客人也不喪氣，其中一部分是因為受過木、魏兩家的恩惠，只求表達感恩之心，無所謂能否進府喝喜酒；另一部分則是想乘機和木、魏兩家有所聯繫，所以樂得將姓名報上，好歹露了個臉。

裴子安和大慶在賓客名單中，秦小寶和蘭秋更是被新娘子邀請全程陪伴，所以秦小寶早早就備好貴重的賀禮，讓裴子安和大慶帶去喝喜酒，而自己和蘭秋則準備了紅包直接送給木清靈。

天還沒亮，秦小寶和蘭秋就起身，一般新娘子都是天剛亮便要起床梳妝，所以她倆必須更早起床梳妝打扮，才趕得及到木府幫忙。

裴子安本想陪秦小寶一起起床，卻被秦小寶按住，要他在床上多躺會兒。裴子安聽話地半躺在床上，但眼睛可是一眨也不眨地看著秦小寶洗漱、穿衣、梳妝。

秦小寶穿上新做的衣裳，只見她一身蓮青色的小裳和羅裙，外穿一件及膝的修身褙子，恰到好處地將曼妙的身段展現出來，褙子對襟、領口、袖口細細繡著秀雅的蘭花，裴子安不禁發出一聲讚嘆。「小寶，這件衣裳好美，是妳新設計的嗎？」

秦小寶聽到裴子安的稱讚，嫣然一笑道：「是，我和蘭秋姊一人一件，她是妃紅色的。對了，我們幫你和大慶也做了新衣，今天記得穿上。」

「好，謝謝小寶。」裴子安笑應道。他的小寶對他真好。

秦小寶心中偷笑，轉過頭去繼續梳髮和裝扮。秦小寶現在已為人妻，所以她將一頭青絲綰起，用一支木蘭翡翠簪作為主要頭飾，再加上紅珊瑚番蓮花釵作為配飾，這樣既顯得清雅脫俗，又應了大喜日子的景；耳墜子她則選擇跟木蘭翡翠簪配為一套的木蘭翡翠耳墜。

秦小寶梳好頭髮、化好妝，站在裴子安面前俏皮地轉了一圈，問道：「子安哥，我美嗎？」

裴子安看著轉圈的秦小寶，肌膚勝雪，含情的杏眼猶如一汪清泉，裙角飛揚帶有一股清靈之氣，裴子安從未見過如此裝扮的秦小寶，不禁倒吸了一口氣，說道：「小寶，妳簡直像天仙下凡呢！」

秦小寶看著裴子安呆掉的表情，非常有成就感，便跑過去在裴子安的臉上輕輕一啄，然後輕巧地跑出屋子，只留下黃鶯般的聲音。「子安哥，我走啦！你記得好好收拾自己啊！」

裴子安沒抓住跑開的秦小寶，伸出去的手只觸到她的衣角，他心中回味著秦小寶剛剛的模樣，聽到她留下的囑咐，笑了起來。

秦小寶一出門，便見到打開房門走出來的蘭秋，她們倆互相打量著對方，不約而同地說道：「天哪，妳真美！」

說完，兩人相視一笑。蘭秋一身妃紅色衣裙稱得她氣色極佳，果真是佛要金裝、人要衣裝。蘭秋個子高挑，生完孩子後她的身材更是豐滿，修身褙子完全展現出她的優點。果然這修身褙子既適合豐滿的身材，也適合苗條的身段。

秦小寶和蘭秋兩人，一個清雅靈巧，一個秀麗明豔，正好是兩種完全不同的類型。

「蘭秋姊，大慶哥是不是看呆了？」秦小寶打趣道。

「嗯。」蘭秋想著大慶那呆呆的模樣，不禁噗哧一聲笑了出來。

「咱們走吧。天快亮了。」秦小寶抬頭看了看天，對著蘭秋說道。

兩人加緊腳步，總算在天亮前趕到木府。還好現在是冬天，走了那麼多路也不會出汗，反倒是把寒冷驅趕走了。

木府管家將兩人請進木清靈的房間，木清靈已經起床洗漱了，喜娘也早就陪在旁邊。

木清靈一眼就發現秦小寶和蘭秋的衣裳與眾不同，忍不住拉著她倆細細打量一番，口中連連說好看，並說等成完親，就要訂做兩件過年穿。

秦小寶早料到木清靈會有這樣的反應，便笑咪咪地答應下來，只是得晚兩天回裴家村了。

第五十四章　過招

吃完早飯，秦小寶和蘭秋便熟練地幫木清靈換上嫁衣。

「哎喲，木小姐，您的嫁衣可真是出色，我見過這麼多新娘子，您是最漂亮的。」喜娘恭維著。

木清靈已經試穿過新嫁衣，早就有了心理準備，對於喜娘的恭維也只是禮貌地笑了笑。她看著鏡子裡的自己，不禁有種不真實的感覺。今天開始就可以跟啟才哥永遠在一起了，從此生兒育女、相夫教子，她摸著自己的臉，眼神迷濛起來。

秦小寶和蘭秋拉著木清靈坐下。穿好嫁衣，還需要喜娘幫忙梳頭和裝扮，大戶人家的小姐出嫁不像小老百姓那麼簡單，所以秦小寶和蘭秋自動讓出位置，在旁邊打下手。

接下來便是按照成親的禮俗一項一項進行。木清靈的嫁衣、秦小寶和蘭秋的新衣，都讓在場的夫人、小姐驚豔，等木清靈進了洞房，秦小寶和蘭秋本想在旁陪伴，卻被木清靈趕去宴席，因為木清靈知道，宴席上是與那些夫人、小姐結交的最好時機。

秦小寶和蘭秋不想拂了木清靈的好意，依言入了宴席。宴席分為男賓和女眷兩處，所以秦小寶和蘭秋並未見到裴子安和大慶，只是按照指引到了她們那一桌坐下。

宴席上座無虛席，按照來賓的身分和地位排桌，秦小寶和蘭秋自然是不能坐到身分、地位最高的那幾桌，但木清靈儘量安排她們坐到次之的女眷桌上，否則秦小寶和蘭秋恐怕得排到最後幾桌去。

秦小寶和蘭秋是最後到的，她倆剛剛坐下，旁邊一位長相富態的夫人便笑咪咪地湊過來問道：「兩位可是寶綾閣的秦老闆和文老闆？」

秦小寶心知是木清靈特意安排了丫鬟、僕婦，當有人問起嫁衣是哪裡做的，便告知是寶綾閣做的。

這些夫人、小姐個個都是人精，不一會兒，便將秦小寶和蘭秋的身分打聽清楚，得知她們是寶綾閣的老闆，木家小姐還邀請她們做送客女，這可不是一般的關係，所以她們好些人存了結交的心態。

秦小寶略略起身行禮，答道：「正是我們姊妹倆，請問夫人您是？」

「這位是太白酒樓的柳夫人，太白酒樓在青州城是數一數二的酒樓。」旁邊伺候的魏府丫鬟忙介紹道。

「柳夫人您好，真是失禮了。」秦小寶聽了丫鬟的話，客氣地說道。

「哎喲，跟我不用這麼客氣，大家坐在一張桌上也算是有緣。我跟妳講，今天妳們寶綾閣可出名了，不說木小姐的新嫁衣，就是妳們倆這身打扮也是青州城數一數二的，這衣料和款式咱們都沒見過，怎會這麼好看呢？」柳夫人趕緊說道。

「柳夫人是做酒樓生意的，對布料和衣裳不大研究，怪不得妳沒見過呢！」坐在秦小寶對面的一位少婦滿臉的不屑。

「盧少奶奶，瞧妳說話的口氣，嘖嘖，都說同行是冤家，這話還真不錯，妳家開了好幾間成衣鋪，自然比我們做酒樓生意的見過世面，只是妳敢說妳見過秦老闆和文老闆身上的衣料和款式？」柳夫人見是慶豐成衣鋪的盧家少奶奶，嘴上不饒地回了過去。

「我又不是做布料的，我怎會知道她們的衣料是什麼？不過雲錦布莊的雲夫人想必知道，以前秦老闆不是還給雲錦布莊供過布料嗎？只是後來開了寶綾閣，便不再搭理雲錦布莊了，嘻嘻。」盧少奶奶根本不知道秦小寶和蘭秋身上的布料是什麼，只是她哪肯承認，便用帕子摀著嘴，偷笑著將皮球踢到了雲夫人那兒。

秦小寶一聽雲錦布莊的雲夫人也在座，趕緊順著盧少奶奶的眼神望了過去，只見一位儀態端莊，溫婉嫻雅的中年美婦正一眨不眨地盯著她看。

秦小寶見雲夫人緊緊盯著自己欲言又止，以為是今年停止供貨讓她心中不悅，便趕緊起身向雲夫人行了個大禮，輕聲說道：「小寶見過雲夫人，雲錦布莊在小寶最困難的時候拉了小寶一把，小寶從不敢忘此大恩。」

雲夫人見秦小寶對自己行大禮，又放下身段說雲錦布莊對她有大恩，心知她誤會了，忙抬手請她免禮，溫和地說道：「秦老闆不用如此多禮，妳們供的貨品質好、價格合理，做生意本是互惠，哪談得上大恩呢？再說去年供貨的時候，妳們已經詳細地跟掌櫃解釋了今年不能供貨的原因，大家都是協商好的，秦老闆不必介懷。」

秦小寶沒想到雲夫人如此通情達理，不禁多望了她兩眼，說道：「多謝雲夫人體諒。」

雲夫人對秦小寶微笑著點了點頭，又神情複雜地盯著她看了幾眼，這才若無其事地喝起茶來，也不接盧少奶奶的話。

「秦老闆，妳以前給雲錦布莊供過貨啊？雲錦布莊是咱們青州城四大布莊之一，收的布料都是數一數二的，我之前也在雲錦布莊買過布，說不定還買過妳供的布料呢！」柳夫人見場面冷了下來，趕緊找話題。

「秦老闆可是個能幹人呢！從裴家村出來的，一步一步把寶綾閣開起來，著實不容易。」盧少奶奶見雲夫人並未責怪秦小寶，也未接她的話，便又語氣嘲諷地說道。

「咦，妳連秦老闆哪裡人都知道？」柳夫人沒想到盧少奶奶對秦小寶這麼了解。

「那是當然，寶綾閣雖然才剛開業，但也算是靠著木家的關係開起鋪子，咱們是同行，怎能不了解清楚呢？」盧少奶奶用帕子輕輕擦了擦嘴，雖然嘴邊什麼都沒有。

秦小寶見盧少奶奶對自己很不友善，雖不想生事，但也不想讓人以為寶綾閣好欺負，便輕輕一笑，慢條斯理地說道：「盧少奶奶，您這話說錯了，雖然寶綾閣新開張不久，但生意還不錯，況且連木小姐都找我們做嫁衣了，怎麼不見木小姐找您家的成衣鋪做呢？」

秦小寶這話把盧少奶奶說得啞口無言。木清靈確實是找寶綾閣做嫁衣，而且這嫁衣也的確讓大家驚豔不已。

「是啊！秦老闆當初供給我們的是棉布，這棉布可是西域才有的，沒想到秦老闆也能織出來，我相信秦老闆這麼能幹，寶綾閣將來一定會有很好的發展。」雲夫人也覺得盧少奶奶態度過分了，便幫秦小寶說起話來。

秦小寶感激地對雲夫人一笑，雲夫人微笑著搖搖頭，示意她不用客氣。

盧少奶奶見雲夫人幫秦小寶說話，又聽到秦小寶供給雲錦布莊的是棉布，頓時說不出話來。

柳夫人一聽雲夫人的話，驚訝地問道：「秦老闆居然會織棉布？這可是西域特有的布料啊！」

「我和蘭秋姊只是覺得，西域能織出來的布，為什麼咱們織不出來呢？便引進棉花種子，在裴家村開了織布坊，嘗試把棉布織出來，只是僥倖而已。」秦小寶不卑不亢地解釋。

「嘖嘖，真是不容易。」柳夫人嘖嘖稱奇。

盧少奶奶不敢再公然挑釁秦小寶，只是壓低聲音跟旁邊的夫人聊了起來。「妳不知道吧，她是個童養媳，從小沒了爹娘，小時候是在鄉野長大的，也不知走了什麼狗屎運，居然攀上木府，讓她一步一步在青州城開起鋪子。」

旁邊的夫人不想得罪人，只是微笑聽著，並不搭話，雲夫人坐在離盧少奶奶不遠的地方，聽到了幾句，不由得皺著眉頭掃了她兩眼，盧少奶奶見沒人搭理她，便訕訕地低頭喝起茶來。

雲夫人有心想與秦小寶聊幾句，但是隔得遠，宴席又吵，只得作罷，倒是柳夫人就坐在秦小寶旁邊，與她聊得熱絡。

秦小寶見柳夫人善意地跟自己聊天，便也好好應對，把自己身上的衣裳和嫁衣的布料都向柳夫人解釋一遍。柳夫人仔細瞧著秦小寶身上的衣裳，摸了又摸，當即想要訂貨，秦小寶只好委婉地告訴她，過幾天要回家過年，年後再請柳夫人到寶綾閣量身裁衣。

柳夫人雖然心有遺憾，但見不能勉強，也爽快地應了下來。

一頓飯吃下來，桌上的女眷秦小寶都認識了個遍，除了盧少奶奶對自己沒有善意，其他幾位夫人、小姐還算不錯，都在誇讚木清靈的嫁衣，稱讚完嫁衣又稱讚秦小寶和蘭秋的新衣，還說過完年要到寶綾閣買布做衣裳，把盧少奶奶的臉都給氣歪了。

秦小寶客氣地應著，心中也知道這些可能只是場面話，到底會不會來等過完年便知道。

宴席吃了許久，終於結束，眾人要去鬧洞房，一些身分尊貴的夫人們較為自持，自然不會跟著一起去洞房，便向主人告辭。

主人將告辭的夫人們送了出去，秦小寶和蘭秋也恭敬地站在一旁，打算待她們走了之後，再去洞房看木清靈。

卻不想，在魏夫人陪同的一群夫人中，一位看似精明強悍的中年夫人在秦小寶和蘭秋面前停下了腳步，看著她們。

秦小寶和蘭秋不知她是何意，只是低頭行了一禮，也不出聲。

「原來這兩位就是寶綾閣的老闆，我還以為是什麼大人物，沒想到是兩個黃毛丫頭。」

那夫人上上下下打量了秦小寶和蘭秋一番，嗤笑道。

魏夫人聽了，臉色當即有些不好看。別說秦小寶和蘭秋跟木、魏兩府有些交情，上回送的棉被和棉衣可是幫他們解決了過冬問題，魏夫人對秦小寶她們一向抱有好感，就算只是參加喜宴的一般客人，在這大喜日子，也不能容人挑釁。

「郭夫人這就不知道了，她們兩人雖然年紀不大，但卻聰明能幹，我看將來寶綾閣必會在咱們青州城大放異彩。」魏夫人雖是笑著說話，但言詞中全是維護之意。

挑釁的郭夫人哪裡聽不出魏夫人話中之意，她以為自家在青州城有些地位，魏夫人也要給幾分薄面，而秦小寶只是剛在青州城扎根的黃毛丫頭，所以才敢出言不遜。

但她沒料到魏夫人會替秦小寶說話，她原以為兩人只是替木清靈做嫁衣，所以被木清靈看重，沒想到她們居然還攀上了魏府。

郭夫人聽自己兒子郭建安提起過寶綾閣，得知寶綾閣的老闆就是害她兒子被趕出書院的人，雖然之前已作梗讓寶綾閣在青州城進不到布料，但心中還是忿忿不平，今天在這兒見到她倆，本想好好出言諷刺一番，豈料一開口便被魏夫人頂了回來。

郭夫人臉上忙堆起笑容說道：「魏夫人言之有理，莫欺少年貧，正是這個道理。」心中卻暗想，回家要好好問問建安，這寶綾閣到底什麼來頭，怎麼木府和魏府都跟她們交好？

魏夫人笑著點點頭。今天是啟才的大喜日子，她不想為了這些瑣事掃興，便做了個請的手勢，陪著一眾夫人走了出去。

雲夫人也隨魏夫人走出去，在經過秦小寶面前時，特意停下腳步對她一笑，意味深長地看了一眼才轉身離去。

「小寶，這位雲夫人有些奇怪，我注意她很久了，她一直盯著妳看呢！」蘭秋悄聲對秦小寶說道。

「可能跟咱們以前供貨有關係，不過看雲夫人說的話，應該是不介意以前的事情，話裡話外都在維護咱們。」秦小寶也覺得有些奇怪，不過看起來雲夫人對她們應該是善意的。

「只要她對咱們友善，咱們就不用擔心了，可能她對妳好奇吧！畢竟妳曾經供過自己織的棉布給她。」蘭秋說道。

秦小寶點頭，想了一下說道：「那位郭夫人，想必是郭建安的母親了，果然不是一家人，不進一家門，看來郭家這門對頭是結定了。」

「唉，咱們要在青州城赤手空拳打下一片天地，想必同行都會把我們當對手，就像那位盧少奶奶，不過咱們只要專心做生意，其他的不用多理，畢竟這青州城還是有法理的。」蘭秋說道。

「說得沒錯，兵來將擋，水來土掩，走，咱們去洞房看看清靈。」秦小寶並不在意同行間的競爭，畢竟有競爭才有進步。

秦小寶拉蘭秋一起往木清靈的新房走去。木清靈一臉嬌羞地被魏啟才挑起了紅蓋頭，新房頓時一片沸騰，木清靈生得本就很美，加上新嫁衣和精心裝扮的襯托，更像是畫中走出來的人兒一般。

秦小寶笑盈盈地看著木清靈，彷彿又回到自己成親的那天。

第五十五章　遷居

秦小寶和蘭秋回到家中已是晚上。鬧洞房的人多，大夥兒熱熱鬧鬧地不肯離去，而魏啟才和木清靈也是儘量配合，讓鬧洞房的客人盡興而歸。

裴子安和大慶沒去鬧洞房，他們喝完喜酒就回來了，祥子還託福伯看著，所以他們趕緊回來照顧孩子和鋪子。

晚上，蘭秋簡單弄了些飯菜，大家湊合著吃了，吃完就商量什麼時候回裴家村過年。

「今天是臘月十八了，我們答應為木小姐做兩件新衣再回去，估計要三天時間。」蘭秋說道。

「好，那妳跟小寶在鋪子做衣裳，我和子安這幾天去置辦年貨，給木小姐送完新衣裳，咱們就回家過年。」大慶在一邊陪著祥子玩，一邊說道。

祥子已經會說些簡單的詞了，聽到過年，便開心地叫了起來。「過年，娘，要過年。」

秦小寶見祥子可愛的樣子，忍不住一把將他抱起來，往他胖嘟嘟的臉上親下去，說道：「對，咱們回家過年，可以見到爺爺和二叔、二嬸了。」

「新，衣服。」祥子被秦小寶親得格格笑，卻不忘說出自己的願望，這段時間一直聽秦小寶和蘭秋說過年要穿新衣裳，他倒是牢牢記住了。

秦小寶用額頭抵著祥子的額頭，寵溺地說：「好、好，寶姨給你做。」

裴子安一聽祥子要新衣服，也樂了，走過來接過祥子往空中一舉，惹得祥子興奮地說：「高！高！還要！」

大慶和蘭秋在旁邊看得高興，大慶笑呵呵地說：「你倆多帶帶祥子，說不定祥子會給你們帶個弟弟或妹妹來呢！」

民間有個說法，如果一直沒有孩子，可以收養一個孩子，收養後便會生出孩子來。

蘭秋怕秦小寶誤會，忙拉了大慶一把，說道：「子安和小寶還小呢，而且才成親半年，不急的。」

秦小寶當然明白大慶的好意，她怎麼可能誤會大慶說他們生不出孩子，忙道：「是啊，我還沒準備好當娘呢！咱們先把寶綾閣做起來再說。」

裴子安臉上閃過一絲失望，被秦小寶收入眼底，她心中不忍，趕緊補充道：「咱們寶綾閣在清靈的喜宴上出了不少風頭，明年的生意肯定很好，只要穩定下來就好了。」

秦小寶邊說邊偷瞄裴子安，只見他神色舒緩下來，逗著祥子更起勁了，秦小寶這才輕輕舒了一口氣。

接下來的幾天，蘭秋和秦小寶趕工做新衣裳，裴子安和大慶外出置辦年貨，福伯和三個夥計已經放假回家了，寶綾閣靜了下來。

秦小寶做衣裳累了就在寶綾閣轉圈子，發現寶綾閣其實挺大的，還空著好幾間屋子，她心中有底，看來一家人團聚應該是不遠了。

臘月二十一，正是一年之中最寒冷的三九（注），青州城大街上已經冷清許多，裴子安和大慶將寶綾閣的大門鎖好，把年貨裝上驢車，然後讓蘭秋抱著孩子一起坐到驢車上，眼見驢車往下沈了沈，秦小寶收回正要跳上驢車的腳，走到驢二跟前摸了摸牠的腦袋，輕聲說了一句。「算了，不給你增加負擔了。」

蘭秋見狀趕緊向秦小寶招手，要她抱祥子坐車，自己走路，卻被秦小寶拒絕了，她笑著往前走去，說了一聲。「正好我要減肥，就讓我多走走路吧！」

路途不短，但幾個人一路上說說笑笑，秦小寶還準備了零食，所以時間過得快，只是秦小寶在半路還是被蘭秋推上了驢車，負責抱著祥子。

文氏聽到敲門聲，心知肯定是裴子安和秦小寶回來了，開門一看果然是他們，臉上樂開了花，趕忙一手拉了一個進屋，裴平安和裴秀安聽到聲音也趕緊出來幫忙卸年貨。

秦小寶取出為文氏和裴平安、裴秀安做的新衣，三人從未見過棉麻布料，高興地比劃、試穿了一陣，秦小寶和裴子安笑咪咪地看著他們，家人開心是他倆最大的願望。

晚上秦小寶和裴子安討論了一下，決定趁這次過年跟文氏商量一起去青州城的事情，這樣一家人就可以在一起了，而且文氏和秀安去青州城，可以幫忙張羅家中事務，秦小寶和蘭

注：三九，指冬至後的第三個九天，三九前後為一年中最冷的時期。

秋便可以騰出更多時間經營寶綾閣。

第二天，裴子安便把文氏、平安和秀安都找來，畢竟這事關家中每一個人，要一起商量比較好。

「子安、小寶，是不是寶綾閣出了什麼事？怎麼把我們都叫過來？」文氏不安地問道。

「娘，您放心，寶綾閣好著呢！今天咱們一家人都在，正好要跟您商量一件事。」裴子安忙安慰道。

「好，你們說吧！咱們都是一家人，有什麼難處和想法儘管說出來。」文氏聽到寶綾閣沒事，這才放下心來。

「娘，如今我和小寶在青州城開鋪子，平安也在青州城讀書，只留下您和秀安在家中，我們照顧不到，心中很是掛念。」裴子安懇切地說。雖然他是代替原本的裴子安活下來，但文氏對他的疼愛和關切，他感受至深，這麼多年下來，他已將文氏當作自己的娘，所以這番話確實發自肺腑。

「好孩子，不用掛念，我和秀安在家好著呢！而且村裡鄉親都很好，有啥難處大家都會幫忙的。」文氏聽到裴子安的話，心中感動，但還是安慰他不用擔心。

「娘，我知道您是安慰我們，我們走的這些日子，您肯定也是掛念、擔心著，這些我和小寶都知道，所以，我們打算過完年把您和秀安一起接到寶綾閣，這樣咱們一家人就可以在一起了。」裴子安一口氣把他和秦小寶的想法說完。

文氏沒想到裴子安和秦小寶存了這樣的念頭，雖然她之前曾聽秦小寶提過搬去青州城的事，但沒想到這一天來得這麼快，頓時有些不知所措。

裴秀安倒是一臉興奮，她雀躍地問道：「大哥、小寶姊，過完年我真的可以跟娘一起去青州城嗎？」

秦小寶見裴秀安開心的樣子，笑咪咪地答道：「當然是真的，我們這次回來就是要徵求妳們的意見，看妳們想不想去。」

「娘，我想去，咱們一起去好不好？」裴秀安到底還小，對熱鬧繁華的青州城嚮往不已，所以她一聽秦小寶的話，就趕緊拉著文氏的手表示想要去。

文氏拍了拍秀安的手，轉頭對裴子安和秦小寶說道：「一家人在一起生活，這也是我想要的，只是娘自從嫁給你爹以後，從沒離開過裴家村，這下要離開，還真有點不捨得。」

秦小寶很能理解文氏的心情，誰都喜歡待在自己習慣的地方生活，特別是文氏，人到中年，更是如此。她輕聲勸慰道：「娘，您放心，我都跟子安哥商量好了，寶綾閣地方大，而且還有大慶和蘭秋，大家住一起，就跟在裴家村差不多；再說，咱們先去住一段時間，如果您覺得住不慣，再回來就好。」

文氏聽小寶說住不慣可以回來，稍微放心了些，但她擔心起家中的田地。「如果我走了，家裡的水田和棉田怎麼辦？」

「娘，現在咱家的田不也都是請人來照顧的嗎？」裴子安說道。

「那不一樣，我在的時候可以看著點，如果我走了，誰知道請來的人會不會好好幹活呢？」文氏搖著頭說道。

秦小寶想想也有道理，便提議道：「娘，這個您不用擔心，我和子安哥去找族長，請他幫我們盯著，再安排幾個可靠的人幫我們照顧田地，頂多我們多出一些費用而已，您放心，有族長幫忙，沒人敢不盡心的。」

「是啊，娘，田地的事情解決了，其他便沒什麼需要擔心的吧？」裴子安想讓文氏開開心心地去青州城，所以文氏擔心的事都要先解決。

「其他倒沒什麼，既然秀安這麼想去，娘就和秀安跟你們一起去見見世面。還有，你和小寶都成親大半年了，若明年能給我添個孫子就好了，以後我要去幫你們帶孩子，索性就早點去習慣習慣，省得到時反倒住不慣。」文氏笑咪咪地盯著秦小寶。她已經不跟娘家來往了，家裡也沒有公婆，現在最放心不下的就是幾個兒女，如今可以跟兒女一起生活，還能照顧他們，她是非常願意的。

這番話把秦小寶說得低下了頭，而裴子安卻高興地笑開了。

裴秀安聽文氏同意，開心地跳起來；裴平安也很高興，雖然他在書院讀書，並不能經常出來，但之後每月的月休就能見到娘了。

「平安，你今年考了秋試，感覺怎樣？是不是還想繼續考？」裴子安見搬去青州城的問題解決了，便問起裴平安來。

「嗯，今年雖然沒考上，但如果再給我一年時間，我想應該可以考上的。」裴平安平時話不多，但看得出來他很有自己的主見，喜歡的事情會堅持下去。

「哥希望你能做喜歡的事情，好好努力，哥和小寶姊都會支持你的。」裴子安拍了拍裴平安的肩膀說道。裴平安這兩年個頭長了不少，都快趕上裴子安了。

秦小寶看一家人其樂融融地聊天說笑，每個人的笑容都發自內心，不禁感慨這些辛苦都值得了。

決定好的事情就立刻去做，這是秦小寶做事的原則。過年期間，秦小寶拜訪了裴成德，說了請託之事，裴成德自然拍胸脯答應下來；秦小寶又去找小慶和小雙，拜託他們幫忙盯著家中的田地，如果有什麼問題記得立刻報信。

做完這些，文氏徹底放心了，就等過完年，大夥兒做好準備，一起搬去青州城。

蘭秋和大慶得知這件事情也很高興。兩家關係本來就好，文氏和秀安去了還能幫上不少忙，他們是舉雙手贊成的。

要離開時，文氏戀戀不捨地在屋裡走了幾圈，還好屋後的菜地和果園都託給小雙了，後院養的動物能帶的帶著，不能帶的也都交給了小雙。

秀安從沒出過遠門，一路上對什麼都很好奇，秦小寶很有耐心地一一向她解釋。

到了中午，一行人才抵達寶綾閣。文氏沒想到寶綾閣挺氣派的，她一直以為是個小鋪子，等走進去，才發現裡面更大，文氏趕緊拉著秦小寶問是不是花了很多錢？秦小寶笑著安慰她說因為有鴻宇幫忙，所以買得比市場價低了許多，要她別擔心，文氏這才放下心。

秦小寶把文氏和秀安帶進房間，幫她們收拾收拾，午飯就煮了些麵條墊墊肚子。

寶綾閣重新開張，已是秦小寶回到青州城的三天後，福伯和三個夥計都來上工了，裴子安放了一串大鞭炮，象徵著生意興隆、財源廣進。

令大家措手不及的是，寶綾閣一開門，便來了不少夫人、小姐，都指名要訂製新布料做的新衣，還有好些是要訂做嫁衣的，看來過年期間，這些夫人、小姐聚會聊天的話題，少不了木清靈大婚之日所見所聞。

這次從裴家村帶來了一批棉麻布料，只是還未來得及染色，這一下寶綾閣便忙碌起來。秦小寶見訂做嫁衣的不少，便吩咐把剩下的絲棉布料都染成大紅色，專供嫁衣。

正當寶綾閣忙得不亦樂乎，雲錦布莊的雲夫人登門了。

「請問秦老闆在不在？」一個溫和的女聲打斷了秦小寶的思路。

前幾天客人一窩蜂地上門，今天店裡好不容易空閒了些，蘭秋和秀安在成衣房做衣裳，裴子安和大慶在幫忙染布，文氏在後屋做飯，鋪子裡只剩秦小寶一人，她見沒客人，便拿著自製的炭筆畫著草圖。

「我是。」秦小寶抬頭看了看。雖然眼前這位年近四十的中年僕婦她不認識，但她一眼就看見了中年僕婦身後的雲夫人。

秦小寶趕緊從櫃檯裡走出來，微笑地打著招呼。「雲夫人，您怎麼來了，快請進來坐。」

雲夫人笑著朝秦小寶點點頭，隨著她來到堂屋，秦小寶經過成衣房時叫了秀安，要她到鋪子暫時看一下。

雲夫人邊走邊打量著寶綾閣，沒想到寶綾閣挺大的，後院還有一個小染坊，不比雲錦布莊小多少。

第五十六章　身世

秦小寶領著雲夫人坐定，恭敬地問道：「雲夫人，您這次來是有什麼事情嗎？小寶能為您做點什麼？」

「沒什麼大事，就是年前在木小姐的喜宴上沒機會多跟秦老闆聊聊，今天我和阿容正好從青山寺禮佛回來，路過寶綾閣，見鋪子裡沒什麼人，便冒昧進來打擾了。」雲夫人喝了一口茶，笑盈盈地說道。

「原來是這樣，雲夫人能駕臨寶綾閣是我們的榮幸，高興還來不及，怎會是打擾。」秦小寶自從在喜宴上見過雲夫人，就覺得她很親切，所以這番話是出自真心的。

雲夫人笑著點了點頭，說道：「秦老闆是裴家村人嗎？」

秦小寶見雲夫人並沒有什麼事情，只是跟她話起了家常，便如實答道：「是的。」

「我聽說妳從小就在裴家做童養媳？」雲夫人緊接著又問了一句。

秦小寶有些奇怪地看了看雲夫人。她不像是八卦的人啊！怎麼問起了這個問題？她見雲夫人神色有些緊張又有些期盼，還是老老實實地回答。「是啊，我娘生下我就去世了，多虧了我婆婆從小收養我，我是喝婆婆的奶水長大的，所以說是童養媳，不如說我婆婆是把我當女兒來養。」

「小寶，外頭有客人，說要請妳出去一下。」文氏走了進來。方才她見秦小寶在招呼客人，便和裴秀安一起出去看著鋪子，可是這個客人指名要見秦小寶，所以便進來叫秦小寶出去招待。

「雲夫人，真是不好意思，您在這等我一會兒，我去去就來。」秦小寶抱歉道。

「無妨、無妨，這位是……」雲夫人忙問道。她見文氏對秦小寶的態度，猜想她就是秦小寶的婆婆。

「這是我婆婆。」秦小寶介紹道。

「能不能請裴夫人陪我小坐一會兒呢？」雲夫人見猜測正確，喜不自禁地說道。

秦小寶看了看文氏，文氏對她點點頭，她便笑著對雲夫人說道：「好的，雲夫人您稍坐，我先過去。」

文氏雖是個鄉下婦人，但跟裴明澤在一起也學了不少待人接物的禮儀。「雲夫人，這是今年的新茶，給您再添些。」文氏為雲夫人添了茶水，就在秦小寶剛剛的位置坐了下來。

秦小寶走到鋪子，來者原來是要做衣裳的小姐，只是看上去有些挑剔，口口聲聲說一定要秦老闆出來接待。

秦小寶見多了這種客人，只是不卑不亢應對著，好不容易送走這位小姐，她正想去堂屋看看文氏和雲夫人聊得如何了，卻見文氏將雲夫人送了出來。

「雲夫人，您這就要走嗎？不再多坐一會兒？」秦小寶趕緊迎上去問道。

「不坐了，剛剛和裴夫人聊得甚是投機，希望以後能多跟裴夫人來往才是。」雲夫人客氣地說，看秦小寶的眼神又多了幾分慈愛。

「是啊，下次一定去雲錦布莊拜訪。」文氏也客氣地回道。

秦小寶見雲夫人真的要走，便不多挽留，只是跟著文氏將她們送出寶綾閣。臨走的時候，跟著雲夫人的中年僕婦還回頭看了秦小寶兩眼，秦小寶不知何意，只能微笑以對。

「娘，妳們都聊了些什麼，雲夫人好像挺開心的樣子？」秦小寶見她們走遠了，拉著文氏好奇地問道。

「也沒什麼，只是聊了些家裡的事情，她好像對咱們家挺感興趣的，問了好多關於妳的事，對了，還有妳娘。」文氏說道。

「我娘？她怎麼問的？」秦小寶奇道。

「就問妳娘叫什麼、長相如何，妳是怎麼來到咱家之類。」對於雲夫人的問題，文氏也覺得挺奇怪。

「難道她認識我娘？」秦小寶拍著腦袋說道。

「有可能，妳跟妳娘長得很像，說不定她是妳娘的故人。」文氏點點頭說道。

秦小寶心中有些激動。她的身世從來沒人知道，說不定雲夫人是知道的。她開口說道：「娘，我明天就去找雲夫人問問。」

「小寶，別這麼冒失，也許雲夫人只是跟咱們閒聊，妳這樣貿然去問，會讓人笑話的；

如果她真是妳娘的故人，肯定還會再來找妳。」文氏忙攔住秦小寶。畢竟秦小寶在青州城有些知名度，做事還是得謹慎些。

秦小寶想了想，覺得文氏的話有道理。若真是娘的故人，應該會仔細調查清楚再來找她，不急於一時。

雲夫人回到了雲府，她一改在外的鎮定，激動地拉著阿容的手說：「阿容，是她、是她！妳今天也看到了，真是太像了！」

「是啊，夫人，我看到她還真嚇了一跳呢！」阿容趕緊安撫雲夫人。

「還有，我今天和裴夫人聊天，她說小寶的娘是快臨盆時到她家的，雖然生下小寶就去世了，但秦小寶這個名字是她取的，她的夫家不正是姓秦嗎？」雲夫人又重複一遍剛剛得到的訊息。

就在此時，雲錦布莊的老闆雲逸修回來了，雲夫人趕緊上前拉著雲逸修，激動地說道：「逸修，我找到箬慧的孩子了！」

「什麼？」雲逸修與雲夫人感情極好，他看見雲夫人不尋常的神態，也跟著慌了神。

「寶綾閣的秦小寶就是箬慧的孩子。」雲夫人忍不住淚流滿面。

「妳說的……可是真的？」雲逸修見到妻子流淚，趕緊伸手幫她拭去淚水，聲音顫抖地問道。

「八九不離十，我今天去過寶綾閣，確認了一些事情。」雲夫人說道。

「這是什麼時候的事？妳怎麼沒早跟我提起呢？」雲逸修心疼道。這事若早些讓他知道，定不會讓夫人辛苦去打探。

「說來話長，在木家小姐的喜宴上，我遇見了寶綾閣的老闆秦小寶，那時我真是不敢相信，她長得實在太像阿箬了，但那時沒機會跟她多聊，回來後沒和你說，是怕萬一落空會讓你失望，所以等過完年，寶綾閣開張後再去確認。」雲夫人將事情經過告訴雲逸修。

雲逸修聽雲夫人這麼說，不禁眼泛淚光，他長嘆一口氣說道：「真是老天有眼，這麼多年我們到處打聽，就是沒有阿箬的消息。對了，阿箬怎麼樣了？為什麼妳只提起阿箬的孩子？」

雲夫人原本止住的淚水又流了出來，她艱難地開口道：「阿箬已經去了，生小寶的時候難產。」

雲逸修聞言一個趔趄，雲夫人趕緊扶住他。雖然這麼多年過去都沒有阿箬的消息，他心中已做了最壞打算，但親耳聽到惡耗，還是感到無法承受。

「阿箬真是命苦，都是秦家害的！」雲逸修悲憤道。

「逸修，我們不想過去的事情了，秦家造的孽已遭到報應，我們也將屬於阿箬的東西都拿回來了，現在最重要的是認回阿箬的孩子，如果老夫人知道阿箬的孩子留下了，不知道有多開心。」雲夫人勸道。

「那我們這就去寶綾閣認回那可憐的孩子！」雲逸修反應過來。

「別急，咱們先跟老夫人透點口風，然後再派人去寶綾閣邀請小寶和她婆婆來家中做客。我和阿容今天問了這麼多小寶娘親的事情，想必她們也猜到我是她娘親的故人了，心中一定會有所準備的。」雲夫人見雲逸修這就要去接人，忙將他攔了下來。

「也好、也好，咱們也該準備一下，那就辛苦妳了。」雲逸修緩過神，覺得雲夫人的建議不錯。

寶綾閣接到了雲府的邀帖，請文氏和秦小寶三日後赴宴。

文氏和秦小寶接到帖子，心中便知八成和秦小寶的身世有關，否則為何只邀請她們兩人，邀帖上還寫明是家宴。

這三天秦小寶不知怎麼過的，她雖然是因穿越才到這個身體，但她還是很想知道自己的身世。

雲府在與雲錦布莊相隔三條街的位置，這裡也是青州城最好的地段之一，文氏和秦小寶一早就收拾妥當，帶著禮物往雲府趕去。

阿容已在門口候著了，跟她們見禮之後便將她們引進去。

雲逸修、雲夫人坐在堂屋主人的位置上，一見到她倆便站了起來，雲夫人比較鎮定，雲逸修則目不轉睛地看著秦小寶，不住地說：「像！真像！」

雲夫人扯了一下雲逸修，低聲說道：「逸修，此事非比尋常，咱們確定過後再相認。」

雲逸修緩了緩神，點頭表示明白。

文氏和秦小寶走了進來，向雲逸修和雲夫人行過禮後，便被請到座位上坐了下來。

雲夫人溫和地開了口。「裴夫人、小寶，咱們前幾天在寶綾閣聊得甚好，我也不繞圈子了，今天請妳們來雲府做客，是有件事情想要確認一下。」

「雲夫人，您請說，我和小寶也猜到了您的意思，如果真的有緣，也是小寶的福分。」文氏有禮地開口。

雲夫人看了雲逸修一眼，雲逸修則朝她點點頭。果然她們也有所準備，正好省去客套話。雲夫人的聲音更加和悅了，說道：「小寶的娘親有可能是我們雲府的小姐箬慧，也就是逸修和我的妹妹。」

秦小寶一聽，忙抬起頭看向雲逸修。果真是外甥像舅，自己的容貌和雲逸修確實有幾分相似。

文氏聽了雲夫人的話，雖說早有準備，但還是心中一喜。可憐小寶從小沒有娘家，這下總算有真正的娘家人了，但這件事情必須確定無誤才行，她開口說道：「雲夫人的話確實讓我們欣喜，但這件事情還須慎重，不知雲夫人可有依據？」

「我上回問過妳小寶娘親的容貌，妳說過她眉心有顆紅痣，那正是我家箬慧的特徵；還有，小寶的長相非常像她娘親，所以我一見小寶就起了這個心，特去找妳詢問她娘親的事情。」雲夫人娓娓道來。

「是，小寶確實很像她娘親。」文氏答道。

「我還問妳小寶娘親臨終前有沒有給過小寶什麼東西，妳回答我給過一枚玉墜，恰巧箬慧從小就戴著一枚玉墜，這是老夫人為她祈過福的，不知道小寶今天戴著這枚玉墜嗎？」雲夫人看向秦小寶。

秦小寶聽聞此話，趕緊摘下胸前一直戴著的玉墜，遞了過去。

雲逸修一見此物便激動地站了起來，他仔細端詳半晌，雙目含淚說道：「這正是箬慧隨身戴的玉墜，小寶，妳果然是箬慧的女兒，也是我的甥女。」

雲夫人見雲逸修如此說，一把摟過秦小寶，欣喜地說道：「好孩子，這麼多年總算是找到妳了！」

雲逸修不方便像雲夫人那樣抱著秦小寶，只是憐惜不已地站在秦小寶旁邊摸摸她的頭。

文氏見事情終於確定，心裡也舒了一口氣，她對秦小寶說道：「小寶，還不快叫舅舅、舅母。」

秦小寶心中激動不已，能找到娘家的親人，對她來說是意外的驚喜，她也有娘家人了！她看著雲逸修和雲夫人抹著眼淚，眼眶一熱流下淚來，撲通一聲跪下喊道：「舅舅、舅母。」

雲夫人趕忙拉她起來，嗔道：「好孩子，別跪了，地上涼。」

秦小寶順從地爬起來，她心中有好多疑問，不禁開口。「舅舅、舅母，我娘為什麼會臨產時離開家，到了裴家村呢？」

雲夫人和雲逸修對視一眼，雲逸修嘆了口氣說道：「妳告訴她吧，總是要說的。」

雲夫人拉著秦小寶坐了下來，拍了拍她的手說道：「我嫁進雲府時，箬慧還小，跟我特別投緣，簡直像我的親妹妹一樣，她從小就訂好了江州的一門親事，等年紀到了便嫁過去。」

秦小寶緊張地聽著。一個臨盆的孕婦居然不在家待產，而是一個人出現在裴家村，這裡面肯定有問題。

「她的夫家姓秦，雖然比不上咱們雲家，但在江州也算是有頭有臉的人家，妳外祖父跟秦家有多年交情，所以才放心讓箬慧嫁了過去。」雲夫人慢慢地說道。

「可惜的是，妳那個混帳爹不是個東西，妳娘嫁過去沒多久就有了身孕，妳爹居然在這個時候納了姨太太，還夜夜待在姨太太房裡，不肯陪妳娘，妳娘為了肚裡的孩子都忍了下來，沒想到……」

講到這裡，雲夫人又哽咽起來。秦小寶默默拿出手帕，為雲夫人擦去淚水。

雲夫人拍了拍秦小寶的手，穩定情緒後又繼續說：「那姨太太自以為得寵，不甘心被妳娘這個正室壓著，便設計陷害妳娘，說妳娘與人私通，肚子裡的是孽種。妳爹居然對她的話深信不疑，準備要讓妳娘進祠堂浸豬籠，所幸妳娘的陪嫁丫鬟打探到這個消息，便連夜偷偷帶著妳娘逃了出去。」

秦小寶聽到這裡，眼睛瞪得老大。她怎麼也不敢相信自己有個這樣的爹，居然寵妾滅妻，而且他的妻子還懷著孩子，頓時氣得站起來罵道：「禽獸不如！」

雲逸修和雲夫人沒想到秦小寶竟是這樣的烈脾氣，不禁呆了。

第五十七章　陪嫁

秦小寶見幾位長輩吃驚地看著她，意識到自己失態了，趕緊坐下來問道：「舅母，那後來呢？」

「妳娘逃出來後想回娘家，但半路上遇到幾個地痞，陪嫁丫鬟拖住那些地痞，讓妳娘先跑，妳娘慌不擇路，走岔了，跑到裴夫人家中，後來的事情妳們都知道了。」雲夫人見秦小寶情緒穩定下來，又繼續說道。

「那你們是怎麼知道這些事情的？」秦小寶疑惑地問。

「陪嫁丫鬟後來在好心人幫助下，擺脫了那幾個地痞，但到處找不到妳娘，她只好先回青州城向我們報信。」雲夫人解釋道。

「是啊，當時丫鬟說完事情經過，妳外祖父當場氣得暈了過去，醒來後直後悔把妳娘嫁去秦家，我嚥不下這口氣，當時一邊派人去找妳娘，一邊親自帶人去江州找秦家算帳。」雲逸修接著說道。

「後來呢？有沒有為我娘討回公道？」秦小寶緊張地問道。

「咱們雲家不是好惹的，秦家自知理虧，但卻不承認姨太太誣陷妳娘，畢竟要將妳娘浸豬籠這件事只是丫鬟聽到的，並沒有證據，然後妳娘逃了出來，也還沒用刑。我將秦家告上了官府，但我們在江州人生地不熟，而江州官府卻跟他們關係很好，最後只判了將妳娘的陪嫁全數返還，秦家居然一點事都沒有。」

「什麼？這是什麼官府！」秦小寶氣憤地說道。

雲逸修見秦小寶是非分明，雖是姓秦，但卻對秦家的行為非常憤慨，欣慰不已，他接著說道：「不過，人在做、天在看，官府不治他們，不代表他們就能過著太平日子。我本想繼續託關係告秦家，沒想到秦家自己出事了，秦家認為這一切都是姨太太惹的禍，打算將她趕出秦府，那姨太太想偷些東西帶走，不料被妳爹發現，跟她扭打起來，姨太太不小心誤殺了妳爹，秦家把姨太太送進官府判了死罪。如今，妳的祖父母也已經過世，秦家現在是妳叔父在當家。」

秦小寶聽到這裡，心中出了一口惡氣，卻也因為那人是這個身子的爹，不由得難受了一會兒。她現在當真是沒爹沒娘的人了。

雲夫人見秦小寶沈默了，便溫柔地將她摟進懷中，安慰道：「小寶，妳還有舅舅和我，對了，還有老夫人，也就是妳的外祖母，她老人家可惦記著妳呢！等會兒我們就帶妳去拜見她老人家吧！」

秦小寶只聽到雲夫人說外祖母，不免問道：「外祖父呢？」

「唉，妳外祖父自從妳娘的事情以後，一直臥病不起，沒多久便撒手人寰了。」雲逸修黯然地說道。

秦小寶心中難受，低頭不語。

「親家母，妳一起見見我們老夫人吧！現在咱們是親家了，而且您對箬慧有救命之恩，對小寶有養育之恩，我們雲府真是感激不盡。」雲逸修見文氏站在一旁含淚看著秦小寶，心中很是感激，便開口邀請。

「好，我是應該去拜見老夫人。」文氏用帕子擦著眼淚說道。

穿過堂屋，來到三進院子，正廂房門口站著一位拄著枴杖的銀髮老太太，由丫鬟攙扶著向外張望。

秦小寶眼尖，剛進院子便瞧見老太太，那感覺就像是見到了前世的外婆，她不由得滿眼含淚，在雲夫人的引導下，向老夫人磕頭行禮。

老夫人早已淚流滿面，不顧自己年邁，親自攙扶秦小寶起來。秦小寶見老夫人慈祥的面容，再也忍不住，撲進老夫人的懷裡哭了起來。

秦小寶哭得很傷心，把對前世外婆的想念都哭了出來，還是雲夫人把她勸住了。「外祖母年紀大了，不能讓她這麼傷心，妳已經回來了，以後多來看望外祖母就是。」

感人的相認過後，文氏向雲老夫人見禮，而雲老夫人則是拉著秦小寶的手不肯放，滿滿的關心話語，讓秦小寶又一陣感動，輕聲回答著老夫人的問題。

不覺已到了午飯時間，雲夫人一早就命人準備了午宴。雲老夫人拉著秦小寶的手坐上了餐桌。雲逸修和雲夫人育有三子一女，皆已成家，一大家子圍坐在一起十分熱鬧，秦小寶依雲夫人的介紹一一向表哥、表嫂行禮。

秦小寶的碗自始至終都是滿的，裡面盛滿了老夫人和雲夫人為她挾的菜，這頓飯大家都吃得很開心。

雖然雲老夫人捨不得秦小寶回去，但也知道如今她已成親，還在青州城開了鋪子，不能整天留在身邊，所以一再叮囑她記得常來看看她這個老婆子。

雲夫人善解人意地勸著老夫人。「現在小寶住得離雲府很近，隨時可以來看您，還能帶外孫女婿一起來看您呢！」

雲老夫人聽到外孫女婿眼睛都亮了，趕緊對文氏說：「親家母，什麼時候讓外孫女婿來看看我這老婆子？」

文氏笑著回道：「老夫人，明天我就讓子安來給您老人家請安。」

雲老夫人這才滿意地笑了，放文氏和秦小寶回家。

回到家中，秦小寶臉上抑制不住的笑意，讓裴子安和大慶、蘭秋很是好奇，文氏將事情經過告訴他們，三人也不禁為秦小寶感到高興。

文氏要裴子安去買禮物，準備明天去雲府拜見秦小寶的外祖母和舅父、舅母，裴子安立刻二話不說出門挑選禮物去了。

毫無意外的，雲老夫人見到裴子安非常喜歡，雲逸修和雲夫人也對他甚有好感。雲逸修見裴子安是個秀才，便跟他聊起百家學說。裴子安怎會怕這些話題，非常自然地跟雲逸修聊起來，還提出不少自己的見解。

這下，雲逸修徹底喜歡上這個外甥女婿，拉著他非要喝幾杯，裴子安自然是恭敬不如從命，兩人天南地北，從學問到朝政無一不聊，甚是歡樂。

雲夫人見了也很高興。丈夫為了箬慧的事情，這十幾年來一直悶悶不樂，總覺得對不起箬慧，如今找到秦小寶，還嫁了個好丈夫，婆婆又對她像親生女兒一般，這已是最好的結果。

用完午餐，老夫人把雲逸修、雲夫人、秦小寶和裴子安叫過來，對他們說道：「今天趁你們都在，逸修，你把小寶娘親陪嫁的事情跟他們說說。」

雲逸修向老夫人行了一禮，慎重地開口。「小寶，妳娘當初的陪嫁，秦家已經全數歸還，這些年，陪嫁的鋪子、田莊由我們打理，如今找到妳，這筆陪嫁也該是還給妳的時候了。」

秦小寶聽到雲逸修這番話，心中十分震驚。她從未想過能得到這筆陪嫁，還沒來得及細想，她便懇切地開口道：「舅父，這陪嫁是雲府的財產，我不能要。」

雲逸修見秦小寶說了這話，心中甚是欣慰，他轉頭看裴子安，只見裴子安也贊同地對秦小寶點了點頭。

「小寶，這本來就是妳娘的財產，如果當初她在秦家生下了妳，妳出嫁的時候肯定會給妳做陪嫁的，如今妳娘就只有妳這麼一個女兒，這筆財產不給妳給誰呢？」雲逸修接著說。

「舅父這麼多年為了尋我，費了不少人力、物力，這些小寶都是知道的。」秦小寶依然不肯收下。

「小寶，妳舅父尋妳是他的責任，而妳娘親的陪嫁是妳應得的，這件事就這麼說定了，過兩天妳舅父把這些田莊和鋪子都整理出來，包括這些年的收益，統統都交給妳。」雲老夫人開了口。

「是的，娘。」雲逸修恭敬地對雲老夫人說道。

秦小寶見雲老夫人這麼說，便雙膝跪地磕了個頭，鄭重地說道：「小寶多謝外祖母、舅父、舅母的厚愛，只是現在小寶和子安哥的生活無虞，而且可以憑著雙手繼續努力，娘親的陪嫁小寶受之有愧，恕小寶難以接受這份好意。」

秦小寶這番話讓雲老夫人和雲逸修、雲夫人十分感動，雲夫人說道：「真是箬慧的孩子，這要強的性子……就隨了她吧！」

雲逸修沒想到秦小寶堅決不收，他看著雲老夫人，等著她的決定。

雲老夫人沈吟了半晌，這才開口說道：「也罷，這些東西暫且由雲府來管理，以後妳想拿的話，隨時都可以拿回去。」

秦小寶聽雲老夫人鬆口，趕緊拉著裴子安跪了下來，磕了三個響頭，說道：「多謝外祖母、舅父、舅母成全，小寶不會說客套話，只一句話，這份恩情小寶和子安永生不忘。」

雲夫人趕緊一手拉起一個，說道：「起來，好孩子，只盼你們今後好好地過日子，我們也就安心了。」

秦小寶含淚點頭。有這麼好的外祖家，她也是夠幸福的了。

走在回家的路上，秦小寶問裴子安。「子安哥，我拒絕了娘親的陪嫁，你會怪我嗎？」

裴子安停下腳步，認真地看著秦小寶。「小寶，我支持妳的所有決定，妳不想接受自然有妳的道理，而且咱們現在日子過得不錯，我相信將來也會越來越好的。」

秦小寶欣慰地一笑。這才是夫妻相處之道，互相尊重和支持。

秦小寶不肯收下箬慧的陪嫁，主要是她已經不是箬慧真正的女兒了，原本的秦小寶應該已經去了天堂，她不能拿著本該屬於原主的財物享用，所以這筆陪嫁還是留給雲府比較好。

想到這裡，秦小寶頓時覺得一身輕鬆，連走路的步伐也輕快起來。裴子安原本就跟秦小寶心有靈犀，豈會不懂箇中緣由，他見秦小寶心情輕鬆起來，自然也是鬆了一口氣，拉著她的小手回寶綾閣。

剛進寶綾閣，文氏便迎上來說道：「知府魏大人下了帖子，說請你倆明天到魏府赴宴。」

秦小寶跟裴子安對視一眼。魏大人為什麼要請他們吃飯呢？

「會不會是啟才？」秦小寶問道。

魏啟才和木鴻宇去年沒中舉人，繼續留在仁文書院學習，明天不是月休的日子，而且帖子是以魏知府的名義下的，應該和魏啟才沒有關係。

「應該不是啟才，他要請我們吃飯的話，哪用得著下帖子？」裴子安搖頭道。

「算了，明天去了就知道什麼事情，應該不是壞事，否則直接押我們去官府就好，幹麼請咱們吃飯？」秦小寶樂觀地說道。

裴子安想想也是，索性不管了，只是準備起明天去魏府的禮物。

魏府就在青州城府衙的南面，秦小寶和裴子安次日一早便去了魏府。魏知府已經等著他們了，裴子安和秦小寶行了大禮，恭恭敬敬地坐下來。

「子安、小寶，你們不介意我這麼叫吧？」魏知府倒是一點官架子都沒有，一開口便親切地叫起他倆的名字。

「當然不介意，子安和啟才原本就是很好的朋友，大人又是長輩，子安本該早點登門拜訪，卻又擔心打擾大人。」裴子安忙站起來躬身答道。

「哈哈，不打擾，你上次讓啟才帶回來的棉衣、棉被，確實很暖和，真是有心了。」魏大人笑道。

「那是子安和小寶的小小心意，實在不足掛齒。」裴子安慚愧地說道。

「這些棉被、棉衣也是你們自己做的？」魏知府有老寒腿，多虧了棉衣、棉被，這個冬天才好過。

「不敢欺瞞大人，確實是小寶和她的一個姊妹做的。」裴子安恭恭敬敬地說道。

魏大人見裴子安應對自如、不卑不亢，心中很是喜歡，他開口說道：「說起來，你們也算是為數不多的中原種棉人呢，怎麼樣，現在棉田依舊挺好的？」

裴子安見魏大人問起棉田，便自豪地答道：「越來越好了，一開始由於不熟悉，還有些不順遂，經過幾年的試驗，現在都沒什麼問題了。」

魏大人聽到裴子安這番話，頷首說道：「子安，這次請你們來是有件事情想跟你們商量，青州城雖然熱鬧，百姓生活富足，但青州城管轄範圍下的不少村子百姓還是貧困交加，若是遇上災年，那更是苦不堪言。」

秦小寶感同身受地點了點頭。農民生活非常辛苦，這幾年她有深深的體悟。

「我身為父母官，很想為百姓做些事情，改善他們的生活，所以想請你們推廣棉花的種植，讓青州城的農民百姓都能種上棉花。」魏知府將自己的計劃說了出來。

裴子安和秦小寶沒想到魏知府有這樣的想法。不禁有些遲疑，畢竟自己種棉花只是小打小鬧，壞也壞不到哪裡去，但如果要推廣棉花種植，還是擔心自己的能力不夠。

「魏大人，這件事情事關重大，還望能讓我們考慮考慮。」裴子安打算再好好考慮一下。

「好，這關係到我青州城百姓的生活，你們兩個好好商量，有共識了再回覆我。」魏知府是個講理的人，所以他才請裴子安和秦小寶到家中商議，而不是直接下命令。

魏知府已準備好午宴，魏夫人和木清靈也出來作陪。秦小寶見到木清靈非常高興，兩人好久沒見面了，木清靈的氣色看起來相當不錯，看來魏府少奶奶的日子過得挺舒適。

吃過了午飯，話過了家常，裴子安和秦小寶便告辭，魏知府只是叮囑他們盡快給答覆。

第五十八章　辦學

回到家中，裴子安叫來大慶和蘭秋一起商量這件事情。

「這是件好事，但會不會太費精神？畢竟寶綾閣也需要咱們打理。」大慶有些擔心。

「我記得以前小寶說過，做任何事情都要互利，咱們做這件事情，老百姓能獲利，魏知府也可以得個好名聲，那咱們有什麼好處呢？」蘭秋一針見血地指出問題。

秦小寶沒想到蘭秋這麼直接，不過她說得沒錯，雖然這是一件積德的好事，但是在商言商，若無利益，光憑熱情是做不久的。

「蘭秋姊說得有道理，我是覺得此事可以做，只是我們須和知府大人說好，村民種出來的棉花都由咱們的織布坊收購，因為只有咱們的織布坊能快速加工出棉線和棉布，其他織布坊做不到這一點。」秦小寶思索著。

蘭秋聽了眼睛一亮，拍手說道：「這個主意好，如此一來，我們可以擴大織布坊規模，甚至在青州城開個織布坊，不僅寶綾閣可以銷售，還能賣去其他地方，這倒是個互利的法子。」

「我覺得，咱們可以先在幾個村子試種，不要一開始就全面推廣，一步一步來，穩紮穩打比較好。」裴子安也提出他的建議。他性格沈穩，並不贊成速成。

大慶沒什麼主意，跟著直點頭，但他突然想到一個問題。「那咱們豈不是要天天跑那幾個村子？試種的村子可以選距離近的，要是以後全面推廣，咱們幾人不得跑死？況且，咱們還要照顧寶綾閣的生意呢！」

秦小寶一聽，這還真是個大問題，突然她靈光一閃，想到了個好辦法，她對裴子安說：「子安哥，咱們辦個學堂吧！你來負責教他們種棉花。」

「什麼，學堂？」裴子安愣了。

「對，不過得辛苦你了，看能不能把種棉花的技術寫成一本書，請想種棉花的村民代表到青州城來，每人發一本，然後你再講解，這樣不就解決疲於奔命的問題了？」秦小寶對自己的法子感到很滿意。

「可是，那些村民好多不識字的，寫書有什麼用呢？」裴子安說道。

這倒是。秦小寶撓了撓頭補充道：「那這樣好了，子安哥你負責編書，我來負責畫圖，這樣他們總能看懂了吧？」

裴子安想了一下，笑著答道：「這倒是可以。」

編書對裴子安來說不在話下，畫圖對秦小寶來說也是易如反掌，棉花收購更是擴大寶綾閣規模的大好機會，這件對大家都有好處的事情便這樣定了下來。

魏知府得到他們的回覆也很滿意，當即同意他們收購棉花的要求，並且撥出一間屋子專門作為學堂，並派屬下收集青州城管轄村莊的資料，送到裴子安手中。

秦小寶見學堂要開了，便讓裴子安專心處理學堂的事情，將寶綾閣交由大慶打理。還好現在寶綾閣已經上軌道，福伯看三個夥計也學得差不多了，便告辭回到木家染坊。

裴子安將種植棉花的技巧仔細寫了下來，秦小寶翻著他寫下的東西，不禁服氣。這簡直跟教科書一樣，不論字體、文筆、內容都是可以出版的。她忍不住對裴子安說：「子安哥，現在關於農作的書幾乎找不著，你以後有空可不可以多寫寫這類型的書呢？」

裴子安自從寫了這本棉花種植的書後，一發不可收拾，發現寫書正對了他的胃口，現在聽秦小寶一提議，便欣然應允，將自己這幾年所學都用筆記了下來。

裴子安和秦小寶這段日子專心製作教科書，他們想趕在三月前將村民培訓完成，這樣今年就可以開始種棉了。

秦小寶將裴子安的描述，盡可能地用炭筆將細微之處都畫出來。

官府開辦種植棉花的學堂，這在青州城是個大消息，雲逸修聽聞此事，還專程讓雲夫人來了一趟寶綾閣，關心他們是否需要幫助？

秦小寶很是感動，連連安慰雲夫人她和裴子安可以搞定，如果有什麼困難，一定會去雲府尋求幫助，雲夫人這才安心地回府。

開課第一天，好多人圍在外面看熱鬧，裴子安神色自若地走進去，並未受到圍觀人群的影響。

由於裴家村剩餘的棉種不多，又來不及到西域購買，所以這次只選了五個村莊的五戶人家來做試種，被選中的村民一臉興奮與好奇，都想知道種棉花究竟是怎麼一回事？

果然，村民都不太識字，好在秦小寶的插圖畫得栩栩如生，只須裴子安講解一番，村民很快就能理解。

裴子安在課堂上教村民種棉的技巧，課餘時間便虛心請教他們關於農作的問題。一開始村民們對於裴子安這樣的讀書人還是有些敬畏，直到知道裴子安也是村裡出來的，而且對他們態度很是尊重，沒有一絲瞧不上的意思，便也跟他打成了一片，對於問題都是有問必答，讓裴子安學到不少從前不知道的知識。

在裴子安上課的期間，大慶管著鋪子，蘭秋負責做衣服，秦小寶正張羅著另一件重要的事情。寶綾閣因為木清靈的喜宴在青州城已經小有名氣，秦小寶想要乘勝追擊，將寶綾閣的知名度擴大，讓青州城人人皆知。

再過一個多月便是上巳節，在這個節日裡，人們會在水邊飲宴、郊外遊春，往年青州城的楊柳湖在這一日便是最佳的遊憩之處，男人和女人們會劃分區域分開圍坐，大家聊著喜歡的話題，享受春光的明媚，那一日人雖多，好在楊柳湖非常大，不顯得擁擠。

秦小寶雖沒見過此番盛景，但從三位夥計口中了解不少，所以她才湧現這個念頭——這不正是展示寶綾閣成衣的最好時機嗎？
當晚她便找蘭秋商量這件事，蘭秋自是舉雙手贊成。之前客人訂製的衣裳已經差不多完工了，等秦小寶設計出新的衣裳，她馬上就能接手做。
「只是，咱們做出這麼多新衣裳，到時要怎麼讓大家看到呢？」蘭秋疑惑道。
「放心吧！我已經想好辦法了，到時按我的吩咐做，目前咱們先把新衣裳做出來。」秦小寶保證道。
蘭秋見秦小寶這麼胸有成竹，也相信她會有好辦法。有了蘭秋的支持，秦小寶放心地開始設計衣裳。到了上巳節已經是春天，再過不久就是夏天，所以秦小寶設計的款式以春夏為主，而顏色則選擇了粉嫩的淺色系，使用的布料除了麻、棉、絲以外，還把棉麻、絲棉布料也加了進去。
裴秀安對設計衣裳非常感興趣，秦小寶也樂意教她，一段時間下來，發現她很有做設計的天賦，於是這次秦小寶便將裴秀安帶在身邊，一邊畫圖紙，一邊指點她。
文氏見他們天天忙得人仰馬翻，心裡擔心不已，每天想著法子做些可口的飯菜給他們吃。
祥子很乖，不吵不鬧，自己一個人玩也很開心，文氏見了又記掛起抱孫子的事情，免不了在吃飯時囉嗦兩句，先是叫大慶和蘭秋再生個孩子，祥子也好有個伴，然後又對裴子安和秦小寶說，不然你倆趕緊生一個，反正娘現在體力好，帶兩、三個不成問題。

秦小寶一陣心虛，嘴裡卻答應得很快，讓文氏安心不少。裴子安見秦小寶這樣說，心裡也高興，到了晚上，他便以要完成娘的心願為由，纏著秦小寶要做人。

兩人新婚以來，甜蜜恩愛，雖不能說日日同房，卻也是纏綿不斷。本來秦小寶覺得這段時間大家都忙，想節省點體力，晚上安安靜靜地睡個好覺，前幾天都義正辭嚴地拒絕裴子安，沒想到今晚被文氏破了功，給了裴子安絕佳的藉口。

自己挖的坑，跪著也要填完，隨著秦小寶最後一絲理智的泯滅，兩個年輕人的青春荷爾蒙盡情地釋放出來。

晚上的折騰並未影響裴子安白天的講課，反而有一種精神煥發的感覺；秦小寶則揉著痠痛的身體，心裡暗自嘟囔，難道這廝是外星人？

不過，自從教會裴秀安畫圖以後，秦小寶輕鬆不少，畢竟有個幫手在身邊，能幫上不少忙。

棉田快要開種時，裴子安的課堂也結束了。他與村民們約好時間，到時會去現場指導，所以過兩天裴子安便要離開青州城好些日子，等這五戶村民的棉田播種完了才能回來。

啟程的前一夜，裴子安抱著秦小寶，將頭埋在她白皙的頸間，似乎想將她的體香永遠留在腦海裡。秦小寶不禁心軟，安撫著他難捨難分的心，對於他的要求也是儘量配合，最後，在裴子安一聲滿足的嘆息中，秦小寶沈沈地睡了過去。

黑暗中，裴子安卻是一絲睡意都沒有，他憐愛地摸摸秦小寶的臉，親親她粉嫩的唇，抱著她柔若無骨的身子，這才不捨地閉上眼睛。

馬上就要到上巳節，裴子安在村裡趕不回來，只有秦小寶和蘭秋獨挑大樑。

「小寶，還差這兩件，咱們所有的新衣裳就可以完工了。」蘭秋指著最後兩件縫製中的衣裳說道。

秦小寶正認真地檢查已經做好的衣裳。對於蘭秋的手藝她向來很放心，蘭秋心靈手巧，總是能百分之百地實現她的想法。

「妳想好要怎麼在上巳節展示咱們的新衣裳了嗎？」蘭秋忍不住問道。

「嗯，我們去楊柳湖。」秦小寶簡單一句話交代。

「楊柳湖？是青州城城郊那個嗎？」蘭秋問道。

「對，就是那裡。我聽說上巳節去楊柳湖郊遊踏青的夫人、小姐很多，我們可以去那裡圍一塊地方，請幾個姑娘穿著我們的新衣裳，在那裡踏青賞春。」秦小寶說道。

「哈，這倒是個好辦法，只是咱們上哪找這些姑娘？」蘭秋犯愁。

「不難解決，咱們問問這些天來取訂製衣裳的姑娘，若她們願意在上巳節穿上咱們新做的衣裳，參加寶綾閣在楊柳湖的飲宴，這些衣裳便會送給她們。」秦小寶笑著說道。來訂製新衣的姑娘都是愛美的，看到這麼漂亮的新裝，肯定會答應，況且她們本來就會在上巳節去楊柳湖踏春，今年寶綾閣既有飲宴、又有新衣相贈，她們怎麼會拒絕？

蘭秋聽了，忍不住豎起大拇指連聲誇讚，秦小寶不客氣地收下這些讚賞，但還是鄭重地囑咐蘭秋道：「不過得跟她們說清楚，寶綾閣是為了推廣這些新款衣裳才辦這場飲宴，她們穿上新衣不用做什麼，但只能在寶綾閣圈劃的範圍內活動。」

「是得跟她們講清楚，好讓她們有所準備。」蘭秋點頭贊同道。

既然展示的方法決定了，秦小寶就得置辦飲宴的物品。食物和茶水交給裴秀安準備，秦小寶則將每款衣裳各畫了一張大海報，找夥計訂了幾塊大木板，最關鍵的是，她花了好幾天設計了一個寶綾閣的LOGO，看著自己的傑作，秦小寶愉悅地點點頭。這樣看上去就有點像伸展臺了。

前世的秦小寶一直想辦一場屬於自己的服裝發表會，沒想到誤打誤撞地在古代實現這個夢想。

為了使寶綾閣的場地更加吸引人，秦小寶下了重本，將鋪子中的粉紗拿出來，圍在四周作為裝飾，這種飄飄然的浪漫氛圍應該會吸引不少愛美的夫人和小姐吧！

一切準備就緒，秦小寶滿懷期待地等著上巳節的到來。

第五十九章　展示

果然不出秦小寶所料，來取訂製衣裳的夫人、小姐們，一見寶綾閣又出新款式，都爭著要參加上巳節的飲宴。

蘭秋很是機靈，她專挑那些身材好、長相美的姑娘們推薦，所以應邀參加的都是美女，秦小寶樂得直誇蘭秋能幹。

秦小寶留了幾套新衣打算當天自己人穿，她也帶了一件新衣去找木清靈，問她願不願意來？木清靈拿著那件新衣，當場抱著秦小寶啃了幾下，這麼好的事情她想都不用想，不僅願意去，還要跟著秦小寶一起做準備工作。

秦小寶調了兩個夥計去幫忙，寶綾閣就讓大慶和另一個夥計看著，仁文書院在上巳節放假一天，於是又多了裴平安這個壯丁打下手。

上巳節清早，寶綾閣的大門便大開，秦小寶領著大夥兒搬著道具、食物、茶水等物品，馬車是前一天就租好的，此刻正等在門前準備出發。

由於時間還早，路上沒什麼人。這也是秦小寶事先計劃好的，清早就去楊柳湖，隨便她想占哪裡都行，等人多起來，就沒那麼好辦了。

早晨的空氣很清新，本來古代空氣就好，這會兒沒人顯得更舒服。三月已是春風拂面、百花盛開的季節，好久沒出遊的秦小寶一臉興奮，想到今天還有自己的設計秀，更是樂不可支。

木清靈說話算話，秦小寶一行人到達楊柳湖時，她和魏啟才、木鴻宇已經等在那兒了。

秦小寶見到魏啟才和木鴻宇，趕緊下馬車打招呼，問他們怎麼這麼早就來了？他倆笑著打趣說：「要來看美女啊！」

秦小寶指著木鴻宇說道：「你來看美女我不反對，但是啟才，你可不能再有其他心思了。」

木清靈站在一旁格格地笑。她也想看看魏啟才會有什麼反應？魏啟才一把摟過木清靈，笑著說道：「我就是來看美女的，這不美女就在我身邊了？」

這番話讓在場所有人都做嘔吐貌。沒想到魏啟才成親後比以前活潑不少，想必是受木清靈的影響。秦小寶心中替他們高興，臉上卻作出同情的表情說道：「好了，知道你們恩愛，唉……可憐的鴻宇。」

木鴻宇莫名其妙地中槍，一臉可憐兮兮地說道：「你們現在就取笑我吧，回頭有你們羨慕的。」

大家對這個回答一笑而過，趕緊幫秦小寶布置場地去。木清靈早就替秦小寶選好地方，既處於必經之地，風景又好。

等到寶綾閣的標誌妥妥地放好，四周粉紗飄揚時，來遊玩的男女已經三三兩兩出現了。不一會兒，受邀參加寶綾閣飲宴的姑娘們也一個一個如約到來，頓時寶綾閣的場地充滿歡聲笑語。

路過的人們被寶綾閣的布置吸引，紛紛駐足觀看豎在周圍的新衣畫報。

秦小寶眼見圍觀的夫人、小姐越來越多，索性大聲介紹起來，圍觀的女人們聽著秦小寶的介紹，再看看圍坐在一起、身著新衣的姑娘們，都覺得十分新奇。

蘭秋幫秦小寶解釋布料、款式等問題，當場就有人要訂製新衣，秀安和木清靈則負責登記和收取訂金。

這火熱的場面出乎秦小寶意料，沒想到當場就有人預訂新衣，她和蘭秋更加賣力吆喝，原本坐在裡面喝茶的姑娘們對於今天穿了寶綾閣的新衣感到很榮幸，也都走出來幫忙招攬客人。

魏啟才、木鴻宇和裴平安在一旁看得目瞪口呆。沒想到女人這麼瘋狂，這小寶真夠厲害，居然當場就做起了生意。

這一天，寶綾閣可算是出了名，幾乎全青州城的人都知道寶綾閣了。蘭秋揚了揚手上的本子，激動地告訴秦小寶今天接到了上百筆訂單。

秦小寶淡定地告訴蘭秋，過了今天，還會越來越多。

「可是，就我一個人做衣裳，恐怕會來不及。」蘭秋興奮完以後，開始煩惱了。

「沒問題的，明天我們就開始招人，把另外兩間空屋子用做成衣房，不過，考核招人的事情就交給妳了，一定要找技藝跟妳差不多的，工資貴一點沒關係，寶綾閣的招牌可不能砸了。」秦小寶早就想到這個問題，招募裁縫是遲早的事情。

等蘭秋招到裁縫開始趕工時，裴子安回來了，雖然風塵僕僕但卻神采飛揚，他迫不及待地跟秦小寶分享這些天的經歷。

當他聽到秦小寶成功將寶綾閣的名氣打響後，忍不住抱起秦小寶轉著圈道：「我媳婦太能幹了！」都說小別勝新婚，轉圈的結果就是轉到床上，把這麼多天的思念都化作綿綿情意。

「只要努力，總會有結果」，這句話用在裴子安身上再適合不過，秦小寶在眾人的期待下，懷孕了。

秦小寶得知自己懷孕已是一個多月後，並不是因為嘔吐或不適，而是癸水兩個月沒來，她才後知後覺地猜想自己可能是懷孕了。

由於沒有害喜的症狀，她不敢聲張，生怕是自己內分泌紊亂而影響了癸水，所以偷偷找了大夫把脈，當大夫告訴她這是喜脈，她還不太敢相信，直到第三個大夫說著同樣的話，她才確定下來。

她滿腦子都是一個多月前激情的場景。過完年以後，秦小寶就沒有刻意避開危險期，她潛意識裡也希望有個孩子，所以便順其自然，沒想到這麼快就懷上了。

秦小寶此刻的心情是激動的，她是第一個知道孩子到來的人，若裴子安知道了，只怕會更高興吧！得趕緊告訴他。

「小寶，妳還好吧？是不是不舒服，怎麼到醫館來看病了？子安為什麼沒陪妳一起來？」秦小寶剛跨出醫館大門，便聽到蘭秋的聲音。

秦小寶嘆了口氣。看來裴子安注定要第三個知道這消息了。她拉著蘭秋往旁邊走，低聲說道：「噓，我沒事，妳小聲點，妳怎麼在這兒？」

「鋪子裡絲線快用完了，我來集市逛逛，看有沒有什麼好看的絲線？」蘭秋答道，隨後又小心地捧起秦小寶的臉，關切地問道：「快說，妳到底怎麼了？」

秦小寶也算是個開放的人，但面對蘭秋居然說不出口，只能紅著臉低下頭，希望蘭秋能聰明一點，自己看出她的窘迫。

蘭秋見秦小寶的模樣，不由得一拍腦袋，興奮地叫道：「小寶，妳是不是有喜了？」

「妳小聲點、小聲點。」秦小寶趕緊摀住蘭秋的嘴，好在來來往往的路人並不關心她們在聊什麼。

「太好了，走，我扶妳回去，子安要是知道了，不知會開心成什麼樣子呢！」蘭秋把秦小寶的手拉下來，喜孜孜地說道。

蘭秋伸手要扶秦小寶，卻被秦小寶一口拒絕。「蘭秋姊，我身體好得很，妳看我都沒啥不舒服，我自己走就好了，不用扶我。」

「哎呀，妳可是個有福的人，居然沒有害喜，據說身體好的人才會這樣呢！那妳可以少受好多罪了。」蘭秋羨慕地說道。想當初她懷祥子時吃了不少苦頭呢！

「嘿嘿，希望到生下來都沒不舒服就好了。」秦小寶暗自高興，肚子裡的孩子真的很乖呢！

兩人說說笑笑回到寶綾閣，一進門，蘭秋的大嗓門就把秦小寶有喜的好消息公布了，文氏喜得趕緊讓秦小寶坐下休息，自己燉雞湯去了。

裴子安聽到消息，還有些不敢相信，他見秦小寶笑咪咪地看著他，肯定地點了點頭，這才反應過來。他在鋪子裡開心地轉了幾圈，然後小心翼翼地摸著秦小寶的肚子，問她有沒有不舒服？當他得知秦小寶沒有害喜之後，鬆了一口氣說：「還好我的孩子最乖了，不會讓娘親難受的。」語氣和神態充滿了自豪，把秦小寶逗得不行。

裴子安的反應讓秦小寶覺得他就像個大孩子。都是要做爹的人了，她不禁笑著搖搖頭。

秦小寶低頭摸著自己平坦的肚子，心中很好奇，到底會生出兒子還是女兒呢？會長得像誰呢？

秦小寶的肚子一開始平平的，過了四個月，就像充氣一樣大起來，不過還好，肚子裡的孩子很安靜，並不折騰她，這讓她鬆了一口氣，平常除了行動稍有不便之外，倒是沒什麼大影響。

寶綾閣的成衣生意越來越好，蘭秋見人手不夠，便多帶了幾個徒弟，大夥兒忙得不亦樂乎。裴子安又去了幾次試種棉花的村子，親自指導當地村民種植技術。

正當秦小寶在考慮增開分店時，魏知府派人告知他們，原來是郭家出事了。

郭建安的大伯父在朝廷為官，由於結黨營私，被皇帝下旨抄家入獄，不僅如此，還牽連到青州城的郭家，朝廷乘機將郭家大半的鋪子收繳上來。

充公的鋪子通常都會賞賜給王親貴族和有功之臣，這些權貴很少會自己經營鋪子，多半會丟給官府，讓他們找租客，把鋪子租出去。

魏知府找他們正是因為這些鋪子。郭家主要是做織布坊和布莊生意，這些鋪子大抵也都是做這些，魏知府第一個就想到裴子安和秦小寶，如果青州城的村子都種上棉花，他們肯定要開設織布坊的。

裴子安和秦小寶聽了魏知府一番話，趕緊站起來行禮表示感謝。他們正在籌劃找鋪子、拓門面，這麼好的事情就自個兒上門了，真是踏破鐵鞋無覓處，得來全不費工夫。

他倆仔細考量了現在寶綾閣的生意、以後要收購的棉花和目前手中的銀子，最終決定租用十間織布坊、三間布莊和兩間染布坊。

租鋪子到底比買鋪子便宜許多，雖然一下花出去那麼多銀子，但這段時間寶綾閣掙回來的銀子，還足以負擔租金和工錢。

在棉花未收成前，織布坊還是照常開工，畢竟其他材料都有，只要正常營運就可以了；而租下來的三間布莊，兩間改造成成衣鋪，這樣成衣的訂單便不愁來不及做。

秦小寶雖然行動不便，但腦子還挺好使，便在寶綾閣設計起秋冬款的衣裳，外頭租鋪子、改造成衣鋪的事情，全都交給了裴子安、大慶、蘭秋和裴秀安，文氏就專心準備大夥兒的伙食，特別是秦小寶的伙食。

鋪子張羅妥當，隨之而來就是管理的問題。鋪子多了，人手卻不夠了，於是秦小寶想到了小慶和小雙。

裴家村織布坊已經步上正軌，趙氏和邱氏足以撐起來，當蘭秋回去詢問小慶和小雙願不願意一起來青州城時，他倆很痛快地答應下來。小雙是要強的，她也希望能像蘭秋那樣去青州城闖一闖。

貴叔自然跟著他們一起住到青州城，這樣一來，他就能天天見著孫子了，一家人住在一起比什麼都好。

大慶和蘭秋等貴叔、小慶、小雙搬來青州城後，便也搬去跟他們住在一起。本來蘭秋想要租個房子，但秦小寶不讓她浪費那些錢，他們租的其中一間布莊有個後院，住他們一家子正好，何必住到外頭去？蘭秋拗不過，便答應下來。

現在寶綾閣住著秦小寶一家，蘭秋一家則住在不遠的布莊，兩家人還能相互照應，跟在裴家村時沒什麼區別。

小慶和小雙搬來後，秦小寶召集大家開了個會，將鋪子分配好負責人，小雙對織布坊比較有經驗，所以小慶和小雙負責織布坊的事務，秦小寶和蘭秋還是負責成衣鋪的生意，裴子安和大慶就負責染坊和對外接洽的事情。

安排好這些鋪子，已經夏末了，秦小寶的肚子像個大皮球，比蘭秋之前的大多了，秦小寶知道肚子越大就越不好生，於是天天走路運動，雖然很累，但是總比生起來困難要好。

五個試種村子的棉花種植得很順利，魏知府定了心，吩咐裴子安明年要全面推廣，這下裴子安便全力處理起這件事來。

第六十章　終章

木鴻宇在秋試過後找上了寶綾閣，同他前來的還有一位舉止端莊的姑娘。裴子安不在，正好是秦小寶和蘭秋在鋪子裡，秦小寶見這姑娘有些眼熟，顧不上笨重的身子，八卦之心被點燃了。果然，這是木鴻宇的成親對象，這次是想請秦小寶和蘭秋幫忙做嫁衣的。

木鴻宇年近二十還未成婚，就是因為他要找個自己喜歡的人，他的爹娘急得要死，可是他卻不著急，這回看他對帶來的姑娘溫柔備至，他終於找到了心愛之人。

秦小寶不由得問起他倆如何認識的？木鴻宇少見地有些害羞，直對秦小寶和蘭秋拱手，說是因為她們，才能認識這麼好的姑娘。

蘭秋聽罷，仔細地端詳起木鴻宇帶來的姑娘，她突然恍然大悟，原來這姑娘是上巳節參加寶綾閣飲宴的其中一位。

這位姑娘姓蔣，父親是魏知府手下的一名官員，人長得纖細柔弱，但卻極有主見，想法也很獨特。由於魏啟才和木清靈認識蔣姑娘，所以便在上巳節那天介紹給木鴻宇認識。

木鴻宇認識蔣姑娘以後，發覺這姑娘很特別，不由得上了心，魏啟才和木清靈見木鴻宇動了心，樂得撮合他倆，兩人漸漸越走越近。

木清靈不久前回娘家探望父母，把這消息透露給她娘，這下可樂壞了木鴻宇的娘親，趕緊找來木鴻宇確認此事，然後急著找人說親，這才將這門親事訂了下來，婚期也是跟魏啟才一樣，訂在十二月十八。

秦小寶得知這樁美事，自然替他高興，她想帶蔣姑娘進去量尺寸，蘭秋趕忙攔了下來。「妳這麼大肚子還是別動了，我去幫蔣姑娘量就好。」

木鴻宇和蔣姑娘也連忙勸秦小寶坐著別動，讓蘭秋去量就行，秦小寶無語地搖頭。懷個孕就被當國寶，其實沒那麼誇張，只是看大家都這麼關心她，不忍拂了他們的好意，乖乖地坐了下來。

裴平安已考完秋試，正在寶綾閣幫忙，見木鴻宇來了，自然出來招呼。他倆聊著考試的事情，雖然兩人考的不是同一種功名，但聊聊考題也是非常有意思。

秦小寶在這段時間已經設計了好幾款嫁衣，為得就是滿足不同身材新娘子的需要，所以，這次蔣姑娘直接看中其中一套，稍加修改就可以。

等裴子安回來，秦小寶跟他說起木鴻宇要成親的事，他激動地說：「他終於要成親了！」他對那位蔣姑娘很是好奇，到底什麼樣的女子能夠收服木鴻宇？

秦小寶看著裴子安的樣子，格格地笑。裴子安很少這麼激動，看來他是真的替木鴻宇高興。

到了十一月，試種的棉花都收上來了，雖是第一次種植，但收到的棉花卻不比裴家村的少，更大大增加了裴子安的信心。

對於裴平安來說，今年十一月是他人生的轉捩點，因為他終於等來了放榜的消息，他考上了秀才，而木鴻宇和魏啟才也在今年同時考中了舉人。

裴子安得到消息後，便跟秦小寶商量，打算好好慶祝一下。秦小寶提議這次不到外頭館子，不如在家中宴請木鴻宇和魏啟才，這樣更顯得溫馨。

秦小寶一直很喜歡古代在家中宴請的習慣，覺得這是朋友之間交流的好途徑，也顯得關係更加親近。

裴子安猶豫了半天，他擔心秦小寶太累，秦小寶推薦蘭秋來掌廚，自己只打下手，這樣肯定沒問題。

最後還是文氏拍板決定，在家請，她和蘭秋可以做出一頓不比外頭館子差的菜來。

於是三天後，魏啟才帶著木清靈，木鴻宇帶著蔣姑娘登上寶綾閣的大門。為了準備這頓家宴，寶綾閣特意掛出休息一日的牌子，省得有人打擾這喜慶的時刻。

一向少語的裴平安，在宴席上鄭重地感謝了裴子安和秦小寶，多謝他們的支持，自己還會繼續努力，最終目標就是出仕。

文氏在一旁聽得頻頻點頭，眼中泛著淚光。自己的大兒子和大兒媳生意做得這麼好，二兒子又上進，再看看小女兒雖然才十四歲，但也出落得亭亭玉立，有了兩個兒子努力打拚下來的家底，過兩年就可以幫她找個好婆家了，她這輩子也算是可以享福了。

在家裡吃飯不像在外拘束，一頓晚飯吃得大家心滿意足，席間木清靈的嘔吐反應讓眾人知道她有喜了，大家又是一陣手忙腳亂，把秦小寶和木清靈請到另外兩把舒適的椅子上去。

秦小寶和木清靈在感嘆大夥兒緊張過頭之餘，只能乖乖坐在一旁，好在她們兩個準媽媽聊聊孩子的話題也不覺得悶。

雖然已是初冬，但寶綾閣內絲毫不覺寒冷，聽著木清靈清脆的聲音，秦小寶微笑地看著一屋子的親人和好友，心中暗嘆幸福生活不過就是如此吧！

直到亥時，大家才盡興地離去，秦小寶還想幫忙收拾，但卻被眾人勸進房間休息，她見自個兒確實幫不上忙，反而還會妨礙別人，便聽話地回房。

裴子安過不久也回房，秦小寶已經鑽進被窩了，迷迷糊糊中知道裴子安輕輕地摸上床，心中一定，又睡了過去。

裴子安上了床，輕輕撫摸著秦小寶的肚子，很是心疼。秦小寶的肚子特別大，只能側著睡，起床的時候要費好大力氣，不過慶幸的是腹中寶寶很乖，沒有讓秦小寶吃太大苦頭。

聽著秦小寶均勻的呼吸聲，裴子安也漸漸睡了過去。

十二月十八是個吉日，木鴻宇的婚事就訂在這一天，青州城首富最寶貝的兒子，還是個少年舉人，這場婚事比魏啟才和木清靈的婚事辦得還要盛大。

秦小寶臨盆在即，本來裴子安不想讓她參加喜宴，但是拗不過她的倔脾氣，只能要求她不能再去做新娘的送客女，喜酒喝完就得回來。

秦小寶雖然很想跟蘭秋一起全程參與，但是想想自己的肚子，確實不方便，就聽了裴子安的話，喜宴快開始時才隨雲夫人一同去了木府。

文氏是寡婦之身，不能參加這種喜事，好在木府邀請了雲逸修和雲夫人，所以文氏就把秦小寶拜託給雲夫人，請她幫忙照看。

雲夫人當然義不容辭。平時她沒事就會來寶綾閣看看秦小寶，當然秦小寶也常去向雲老夫人請安，雲老夫人看著大肚子的秦小寶，欣慰不已。

到了後面幾個月，雲老夫人擔心秦小寶受累，便要她在家中好好休息，不要再跑來跑去，雲老夫人更要雲夫人每隔幾天就去看看秦小寶，回來後再稟報她的身體情況。

今天，雲夫人特意到寶綾閣接秦小寶，見她肚子越來越大，忍不住擔心她不好生，秦小寶安慰雲夫人說：「這段時間一直都有在走路，這樣會好生一些。」

關於穩婆，雲夫人老早就跟青州城最好的穩婆高大娘約好，請她務必將秦小寶生產的這段時間騰出來。由於秦小寶的臨盆時間接近春節，高大娘不確定是否會回老家過年？雲夫人便出了重金，將高大娘留下來隨時待命。

木鴻宇的喜宴還沒結束，裴子安就已經在門口等著秦小寶了。他為了接她回家，洞房也不去鬧了，雖然有些遺憾，但老婆、孩子還是最重要的。

雲夫人扶著秦小寶從女眷的宴席出來，一眼就看到等在門口的裴子安，心中暗自讚許。

看來這位外甥女婿對小寶不錯。

雲夫人將秦小寶的手交到裴子安的手中，看著他們上了馬車，這才放心地往自己的馬車走去。她前腳剛踏上馬車，便聽到秦小寶「哎喲」一聲，雲夫人心中一震。不會是要生了吧？

雲夫人急忙從馬車上下來，快步走到秦小寶的馬車邊，連聲問道：「小寶，怎麼了？」

裴子安伸手將車簾撩開，一臉焦急說道：「舅母，小寶說肚子痛。」

雲夫人顧不得形象，一腳踩上馬車就去看秦小寶，見她雖然皺著眉頭、捧著肚子，但還是可以忍受的樣子，便知產程才剛開始，不會那麼快生，她心中稍定，對裴子安說道：「你先將小寶送回家，我去請穩婆，稍後就過去。」

「是，舅母。」裴子安聽到雲夫人有條不紊地指揮，心中安定不少。

「還有，你得吩咐馬車走得穩一些，小寶沒這麼快生，不要為了快些到家就加快速度，儘量穩住，否則小寶會很辛苦。」雲夫人下了馬車，突然又想到這件事，趕緊吩咐道。

裴子安自然聽從雲夫人的囑咐，一點都不敢怠慢，小心翼翼地摟著秦小寶，安慰著強自忍痛的她。

車伕得知車上的孕婦要生了，也很緊張，又不敢趕得過快，好不容易小心平穩地駛到了寶綾閣門口。

裴子安扶著臉色蒼白的秦小寶下了馬車，車伕先一步進門告知文氏和秀安，她倆趕緊迎了出來。

秦小寶躺到了床上，見裴子安大冬天的居然急出了汗，便虛弱地安慰道：「子安哥，我不要緊，你別擔心。」

裴子安趕緊阻止她說話，跪在她床前，緊緊握住她的雙手，說道：「妳別說話，娘說要節省體力，等會兒有得是妳用力氣的時候。」

秦小寶微笑地點頭，只是腹中一陣一陣的疼痛卻讓她的眉頭越皺越緊。

文氏和秀安忙著做準備，店裡夥計被派出去通知蘭秋和小雙，不一會兒，她倆便匆匆趕來，一起忙活起來。

雲夫人帶著高大娘來的時候，秦小寶已經出汗了，隨著時間一點一點推移，陣痛的間隔也越來越短。

高大娘先為秦小寶檢查一番，見她的肚子高高隆起，便輕聲細語地跟她說：「夫人，妳的肚子太大，一會兒恐怕得費點力氣，妳現在痛的話也不要叫出聲，要留點體力。」

秦小寶咬牙點點頭。雲夫人帶來了雲老夫人珍藏多年的老人參，往秦小寶口中塞了一片，讓她含著。

裴子安已被趕到門外，焦急地在屋外轉著圈，卻毫無辦法。

從中午到晚上，半天的疼痛把秦小寶折磨地筋疲力盡，但她知道自己還不能洩氣，一口氣始終撐著。

眼見接近半夜，在秦小寶撕心裂肺的喊叫聲中，一聲響亮的嬰兒啼哭從房裡傳了出來。

「小寶、小寶，妳怎麼樣？娘，小寶怎麼樣了？她還好嗎？」裴子安在門外聽到了嬰兒哭聲，心中一喜，終於生下來了，他顧不得其他，只是拍著房門問秦小寶的情況。

房門「吱呀」一聲開了，文氏喜孜孜地抱著包裹著的嬰兒，出來對裴子安說：「小寶沒事，就是太累了，在休息呢！你先別打擾她，等收拾好了你再進去。你看看，這是你兒子，這小子長得可真像你啊！跟你小時候一模一樣。」

裴子安見房門開了，就想往裡衝，卻被文氏攔了下來，聽到秦小寶沒事，他終於鬆了一口氣。他從文氏手中接過孩子，眼神卻飄向了房內。

沒等裴子安低頭看兒子兩眼，房裡又傳來秦小寶痛苦的呻吟聲，這下裴子安再也忍不住了，把孩子交給文氏，推門就想進去，不料房門上了鎖，他怎麼都推不開。

裴子安急得在外頭喊。「舅母，小寶怎麼了？」

「沒事、沒事，小寶肚裡還有一個，你別急啊！」裡頭傳來雲夫人驚喜的聲音。

文氏原本焦急的臉上頓時一喜。怪不得小寶肚子這麼大，原來是雙胞胎啊！

「舅母，我不管別的，一定要保小寶安全。」裴子安早就聽說女人生孩子是在鬼門關前走一遭，剛才好不容易生下孩子，現在居然還有一個，豈不是走了一遭又一遭？他想都沒想就對著屋裡喊道。

雲夫人聽到裴子安的聲音，心中一酸。小寶這孩子真是有福氣，丈夫這時候只想著她的安全，想到這，她便大聲對房外說道：「你們放心，大人、孩子都不會有事，順著呢！」

過了半炷香時間，又是一聲嬰兒的啼哭，這次雖然沒有剛剛那孩子的聲音洪亮，卻也是氣勢十足。

裴子安在外頭已是大汗涔涔，他渾然不覺自己有多緊張，只是暗暗祈禱他的小寶不能有事。

房門打開了，裴子安不由分說，跑進了房間，他顧不得周圍的血腥，衝到秦小寶床前，跪著拉住她的手，眼睛眨也不眨地看著秦小寶，紅了眼眶。還好他答應小寶等她長大一些再成親，還好小寶已經快十七歲了，身子結實了些，否則這麼小的身體怎麼承受得了這種痛苦？他想想都後怕。

「我沒事，你放心。」秦小寶感覺到裴子安的體溫，虛弱地睜開眼睛，微笑著說道。

裴子安說不出話，只是一味地點頭。

「子安，小寶現在沒有危險，她需要休息，正好你可以來看看第二個孩子，是個閨女，長得和小寶像極了。」雲夫人在一旁勸著裴子安。

裴子安這才小心翼翼地將她的雙手放進被子裡，起身接過雲夫人手中的孩子。果然，長得很像秦小寶，裴子安看著懷中的兩個孩子，不由得滿足地笑了。自己居然也當爹了，天生的骨肉親情把他們聯繫在一起。

三年後，距離青州城數百里的鳳靈州，風景最為迷人的鳳靈山客棧迎來了一家四口。

「子安哥，咱們在這兒住兩天就回青州城去吧！」

「也好，這次我們出來很久，是該回去了，不然娘又要嘮叨了。」

秦小寶對著裴子安莞爾一笑。寶綾閣的生意已經步上軌道，就算自己不整日守著也可以正常運作，況且還有大慶、蘭秋、小慶、小雙在，所以不忙的時候，裴子安便會帶著他的妻兒走訪大好河山，吃遍美食，最重要的是有親人在身邊陪伴，老天對自己的確太好了。

「爹，快放我們下去，我和妹妹要去玩。」被裴子安一手抱著一個的裴飛羽和裴茹歡，正不安分地扭著身體，急著要下去逗客棧養的兔子。

裴子安哈哈一笑，彎下腰雙手一撒，兩個孩子便飛也似地跑了出去。

「飛羽、茹歡，小心一點，別摔著了。」秦小寶忍不住囑咐一聲。她向來主張孩子要散養，不會管他們太嚴，但畢竟她是做母親的，時刻都得注意他們的安全。

放出去的孩子，哪裡會知道小心，兩個孩子頭也沒回地「哦」了一聲，已經蹲到兔子籠邊。

在秦小寶扶額感嘆孩子大了不好帶的時候，裴子安笑著一把摟過了她。感受到丈夫的安慰，秦小寶隨著他坐了下來，看著不遠處的一雙兒女，嘴邊揚起了發自內心的微笑。

——全書完

落日圓／筆鋒犀利，精彩可期

文創風 576-579

《旺宅閒妻》

全套四冊　11/7 陸續出版

重生歸來，葉如濛竟大走桃花運！
自認才貌普普，卻有三位好男兒上門求親，來者還個個不凡——
當朝第一才子宋懷遠，和她青梅竹馬、情投意合；
將軍之子顏多多，行俠仗義不落人後，耿直性子與她最合拍。
至於位高權重、才能卓絕又俊美非凡的祝融，呵呵，只能說抱歉王爺請回！
誰教前世吃太多他的虧，心不設防死得快，姑娘已有覺悟，
府裡姊妹不可信，而那腹黑王爺祝融更得避而遠之、小心為上……
祝融實在不甘願，堂堂王爺被嫌惡得莫名其妙！
偏偏心心念念只牽掛她一人，多年前的救命之恩早已牽起兩人的姻緣線，
姑娘無情沒關係，他可不當負心漢，這護花使者他當定了！
明的不行來暗的，追妻心切爺拚了！姑娘不想見他的俊顏，他索性蒙面登場，
知她吃貨性子不改，他投其所好張羅美食送上，月夜傳情別具浪漫；
葉家有難他全擋，連她老實的爹都仕途順遂得不得了！
他暗中打點心甘情願，只盼能討得那粗神經天下無敵的美人歡心……

文創風 580-582

《明珠福女》

全套三冊　11/21 出版

孤獨病逝卻因此穿越到古代，姜玉珠太感謝神的安排，
她終於不再是遇誰剋誰的天煞孤星，變成人見人愛的小福女～～
還有高僧的福籤加持，連皇帝都對她另眼看待，賞下縣君封號。
這等好運豈能浪費啊，她決定替疼她的爹娘賺飽荷包，振興落魄伯府，
拿出前生縱橫商場的實力，開鋪子只是小菜一碟，大家準備數銀兩吧！
本以為就此好吃好喝悠哉度日，孰料難關已在後頭等著她——
大瑞皇家果然水深，有人打算重挫太子，竟利用姜府當砲灰；
而她的福命與美貌更引來其他皇子覬覦，揚言納她為側妃，對奪嫡志在必得，
幸虧定國公府的世子沈羨處處迴護相挺，她才有勇氣陪家人度過難關。
雖然傳言說沈羨喜怒無常、冷情冷面，同他往來簡直嫌命長了，
但她瞧著，這世子爺不過臉臭了點、話少了點，其實是個好兄長呢，
如今得家人嬌寵，又多個可靠大哥哥護著，路再艱險，她也能昂首向前走！

新書優惠　**75折**，另加送「紅利金」(一本10元)，可在下次購書時使用喔！

昭華／情投意合，心心相繫

破除刑剋六親的詛咒，她終能勇敢去愛。
帶著家人過上好日子，就是最大的福氣！

文創風 583-585

《龍鳳無雙》

全套三冊　11/28 出版

納蘭崢心裡藏著一個秘密。
七年前她莫名被害，丟了性命，卻沒丟掉前世的回憶，
如今再世為魏國公府四小姐，她步步為營，不忘查探當年真凶。
她天資聰穎，胞弟卻資質平平，為替他謀個似錦前程，
她研習兵法，教授胞弟，豈知她在這頭忙，另一頭竟有個少年慫恿弟弟蹺課！
她納蘭崢可不是那種不吭聲的良家婦女，她與少年結下了梁子，
可說也奇怪，這少年一副睥睨姿態，竟說自己是當朝皇太孫——而他還真的是！
她自知惹上不該惹的人物，豈料這誤打誤撞，反倒讓她被天家惦記上了?!
湛明珩貴為皇太孫，什麼窈窕貴女沒見過，卻偏偏被一個女娃擺了一道！
閨閣小姐學的是溫良恭儉讓，她學的是巾幗不讓鬚眉，
一口伶牙俐齒，總能教他啞巴吃黃連。
想他平時說風是風，說雨是雨，如今卻拿捏不住一個女子，
說出去豈不被人笑話？他非要讓她瞧瞧厲害不可！
怎知他算盤打得叮噹響，還沒給她一個教訓，心就被她拐了去……

新書優惠　**75折**，另加送 紅利金 (一本10元)，可在下次購書時使用喔！

池上早夏／故事千迴轉，情意扣心弦

宋雨桐／愛意纏綿，挑惹妳的心！

橘子說 1255

《醉愛是你》

11/7 出版

杜天羽，一個身上帶點滄桑，臉上總是帶著溫柔微笑的男人，
他，像海洋，可以溫柔沈靜的包容她的所有，無論悲喜愛憎；
也會在不經意間掀起千層巨浪，無情冷漠的將她給吞噬……
他，更像一杯酒，淺嚐怡情養性，喝多了便要宿醉頭痛，
偏她總愛喝點小酒，每天都要微醺一下，怎能不迷戀上他？
「不要喜歡我。」他對她說。
「我沒打算喜歡你。」她驕傲地回了他一句。
她說謊，口是心非，個性要強不肯服輸，
就算偷偷哭著想他一千一萬回，也要躲他躲得遠遠的！
因為她知道，這男人的心裡一直住著一個女人，
她寧可當他的朋友，就算形同陌路也行，
都好過喜歡上這男人，卑微地等待可能永遠不會成真的愛情……

Family Day \快來加入橘子會員吧！/

官網購書每滿100元，可得紅利點數1點哦！

輕鬆集點，超值兌換！

3點	長頸鹿繞線器
3點	臉紅兔萬用貼紙
5點	貓耳造型便利貼
10點	悠閒時光家計簿
20點	續會員卡一年
20點	加入橘子會員一年
30點	180元紅利金
100點	600元紅利金
200點	7-11禮券1000元

※ 禮物顏色以實物為準

Family Day 購書注意事項：

1. 購書滿千元(含)以上免郵資。未滿千元部分：
   郵資65元(2本以下郵資50元)／超商取貨70元，限7本以內／宅配100元。
2. 請在訂購後三天內完成付款手續，逾期不予優惠，本社會以付款先後依序處理，可到「我的帳戶」查詢最新處理進度。
3. 歡迎海外讀者參與(郵資另計)，請直接上網訂購或是mail至love小姐信箱(love@doghouse.com.tw)詢問。
4. 使用信用卡傳真付款，請傳真後來電確認是否有收到。
5. 預購新書須等書出齊才會一起寄送，親自至本社購買亦享有相同折扣，請先電話連絡欲選購書籍，但紅利積點及紅利金則限網購會員獨有。
6. 加入會員及紅利積點辦法詳見狗屋官網橘子會員相關事項。

※狗屋．果樹　有權修改優惠活動的實施權益與辦法。

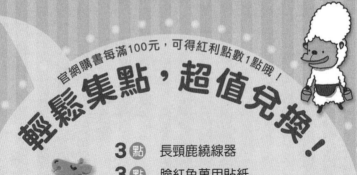

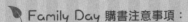

2017年10月出版

醫門獨秀

文創風 566～568

前世手執手術刀，救下無數性命，
如今卻是一手握刀鋤，一手掌鍋杓，
誰教在這古代，十八般武藝樣樣都要行！

笑看妙手回春，細談兒女情長／煙雨

前世身為醫生，再重生一次的安玉善小小年紀就身懷高超醫術，
家人皆以為是佛堂寄命才讓她過了神氣，她也樂於借神佛之名行醫。
古代醫學如未開墾的荒地，生個小病就像要人命，
更讓她驚奇的是，這裡的村民有眼不識「藥山」，
許多山中藥草都是珍稀之物，他們竟然視如雜草 ?!
怎麼說她也不能看著村民糟蹋了！
她忙著開班授課、醫病救人，還要製藥丸、釀藥酒，
神醫之名逐漸在村內傳揚，本還擔心身處亂世，一身才學會遭來橫禍，
好在村民皆守口如瓶，日子倒也過得順心愜意。
豈料一瓶「神奇藥酒」救了遠在帝京的貴人，一石激起千層浪，
某天一位神秘俊公子造訪小小山村，竟是跋山涉水來求醫？

為流浪貓狗加油 和貓寶貝 狗寶貝

廝守終生(一定要終生喔！)的幸福機會

對人來說，貓寶貝狗寶貝只是生活的一部分，
但妳（你）對牠們來說，卻是生活的全部，領養前請一定要考慮清楚——

▲ 三貓三色的「三隻小貓」
虎太＆理花＆喵菊

性　　別：都是男生

品　　種：都屬米克斯

年　　紀：皆是4歲

個　　性：1. 虎太起初較怕生，熟悉後變得黏人、愛玩

2. 理花能很快適應環境，也愛玩

3. 喵菊親人、愛玩，較會爭寵

健康狀況：已結紮、植入晶片、施打狂犬病疫苗
(2017年9月到期，須補打)

目前住所：台北市士林區

『虎太＆理花＆喵菊』的故事：

中途說，會遇見「三隻小貓」是因為前同事。當時的同事養了不少貓，都是在幼貓時被他撿回家，「三隻小貓」也是。「小時候好可愛，長大怎麼跟白癡一樣？」他這麼跟中途說。中途看著貓貓們一起被關在籠子，甚至在發情期互相打架也都被置之不理，實在不忍心；於是，中途申請了政府的節育手術，也因此貓貓們的「官方主人」變成了中途。今年七月，貓貓們被前同事的家人帶到收容所去，中途被通知後，只能先將牠們帶回安置。

虎太稍微怕生，但熟悉後很親人，喜歡坐在人旁邊；牠也熱愛逗貓棒、爬高高，因此打造安全、友善的環境對牠而言非常重要。理花的個性則較大剌剌，也很親人、愛玩，只要給牠小玩具，便能自己玩一整個下午；但他更熱愛跟人互動，非常好奇、好相處。至於喵菊一樣很親人，但比較聽話，甚至一叫就來，很像狗狗（笑）；牠亦喜歡逗貓棒、爬高高，但其實只要會動的都會引起牠的注意。

中途進一步提到，虎太適合熱愛與貓咪互動者；而喵菊因較會爭寵，推薦給家中無飼養任何動物的貓奴；至於理花，就是隻好好先生，很好照顧。「三隻小貓」在被棄養前，就已經失去前主人的關愛，中途由衷期望能幫牠們找到真正愛牠們的家人。若您想進一步了解「三隻小貓」，請來信stella1350@hotmail.com，或致電0909-981-368（Stella 阿薇），或上FB搜尋「貓戰士 - 8隻萌寶找家人」。

認養資格：

1. 認養者須年滿20歲，有穩定收入及適合的環境，且經過同住者、房東的同意。
2. 每年須帶貓咪施打預防針、狂犬病疫苗。
3. 每日須給適當的食物和水、足夠的關愛和照顧，及安心的休息空間。
4. 不可放養或半放養、打貓、長期牽繩或關籠飼養，外出須放外出籠。
5. 須同意簽認養寵物切結書，並提供身分證影本將寵物主人名字及資料更新。
6. 須提供照片讓中途追蹤貓咪現況。
7. 若飼養期間有任何問題，請先與中途反映，不可私自決定棄養或送出。

來信請說明：

a. 個人基本資料：姓名、性別、年齡、居住地、同住者、職業與經濟來源等。
b. 預定如何照顧貓咪，以及所能提供之環境和承諾（如：食物、飼養方式）。
c. 若未來有結婚、懷孕、出國或搬家等計劃，將如何安置貓咪？

文創風
575

巧心童養媳 下

國家圖書館出版品預行編目資料

巧心童養媳 / 葉可心著. --
初版. -- 臺北市 : 狗屋, 2017.10
冊 ; 公分. --(文創風)
ISBN 978-986-328-788-9(下冊:平裝). --

857.7　　106014532

著作者	葉可心
編輯	張馨之
校對	沈毓萍　簡郁珊
發行所	狗屋出版社有限公司
地址	台北市104中山區龍江路71巷15號1樓
電話	02-2776-5889～0
發行字號	局版台業字845號
法律顧問	蕭雄淋律師
總經銷	知遠文化事業有限公司
電話	02-2664-8800
初版	2017年10月
國際書碼	ISBN-13　978-986-328-788-9

本著作物由北京晉江原創網絡科技有限公司授權出版

定價250元
狗屋劃撥帳號：19001626
網址：love.doghouse.com.tw　E-mail：love@doghouse.com.tw